Dr. Stefan Frädrich (Hrsg.)

Business Book of Horror

Dr. Stefan Frädrich (Hrsg.)

Business Book of Horror

Illustriert von Timo Wuerz

GABAL

Bibliografische Information der Deutschen Nationalbibliothek

Die Deutsche Nationalbibliothek verzeichnet diese Publikation in der Deutschen Nationalbibliografie; detaillierte bibliografische Daten sind im Internet über http://dnb.d-nb.de abrufbar.

ISBN 978-3-89749-844-0

Projektleitung: Ute Flockenhaus
Lektorat: Anke Schild
Umschlaggestaltung und Illustrationen: Timo Wuerz, Hamburg | www.timowuerz.com
Satz und Layout: Das Herstellungsbüro, Hamburg | www.buch-herstellungsbuero.de
Druck und Bindung: Aalexx Druck, Großburgwedel

Über aktuelle Neuerscheinungen und Veranstaltungen informiert Sie der GABAL-Newsletter unter www.gabal-verlag.de

Inhalt

Stefan Frädrich

Vorwort

Horror? Finde ich großartig! Wer gruselt sich nicht gerne? Aus der sicheren Distanz freilich: im Kinosessel. Als Leser eines Buches. Am Lagerfeuer, wenn die alten Gespenstergeschichten ausgegraben werden. Auch in der Zeitung stehen hin und wieder richtig gute Thriller, Krimis, Gruselgeschichten – sogar aus dem echten Leben. Spannend! Schaurig-schön! Und gut, dass mir das nicht passiert ...

Dabei haben die meisten Horrorstorys eine wirklich dünne Handlung. Fast immer begeben sich die Helden in einer Mischung aus Selbstüberschätzung und Leichtsinn oder schlicht Dummheit in Situationen, die sie besser meiden sollten. Dem unbeteiligten Beobachter ist das natürlich klar: Dunkler Wald? Nicht hineingehen! Einsames Haus? Draußen bleiben! Allein in den Keller mit dem Monster drin? Vorher Hilfe holen! Und dann passiert genau das, was man längst ahnt: der Horror. Mal blutig. Mal weniger blutig. Aber auf jeden Fall gruselig. Und: Trotz Vorahnung bekommen wir Gänsehaut. Brrrr! Warum? Interessanterweise gerade weil wir es erwarten! Weil die gesamte Handlung, das gesamte Setting auf die schrecklichen Überraschungen hinführen: durch geheimnisvolle Dunkelheit, spannende Musik oder eben die durchschaubare Handlung. Es ist klar, was passiert: etwas Schlimmes. Nur wann genau es passiert, in welcher Sekunde, das weiß keiner. Und wenn dann der Mörder plötzlich auf dem Rücksitz sitzt, quiekt das ganze Kino vor freudigem Entsetzen – obwohl alle vorher dachten: »Nicht in das Auto einsteigen!«

Neuropsychologisch ist dieses Phänomen dadurch zu erklären, dass sich unser Gehirn durch den Kontext auf richtige Entscheidungen vorbereitet, sodass unsere eigentlichen Entscheidungen schneller ablaufen können. Laufen wir etwa allein durch den Dschungel und hinter uns knackt plötzlich ein Ast, tun wir gut daran, zunächst sämtliche Raubtiere zu vermuten, die uns hier bedrohen könnten. Lösung also: Flucht oder Kampf! Und zwar sofort. Knackt es hingegen im Gebüsch, während wir mit einer Gruppe Kinder eine Schnitzeljagd veranstalten, wären Kampf oder Flucht klare Überreaktionen. Wahrscheinlich ist nur der Nachbarsjunge auf einen morschen Ast getreten. Vielen Dank, lieber Kontext!

Insofern ist nun auch klar, warum wir den Horrorfilm genießen können, obwohl wir manch grausige Szene niemals selbst erleben wollten. Der Kontext bestimmt: Es ist ja nur ein Film, ein Buch, eine Geschichte. So baut unser Gehirn einerseits durch das Verfolgen der Handlung eine Erwartungshaltung auf, die freudig auf Schocker hofft. Andererseits aber schaffen wir innerlich die Distanz, die uns die Schocker genüsslich konsumieren lässt. Eben ohne echte Todesangst zu empfinden.

Klingt, als brauchten wir auch im Alltag ein bisschen mehr Kino-Feeling! So könnten wir die Geschichten um uns herum besser interpretieren, sie genießen, als Antrieb nutzen, mit ihnen schlauer interagieren – und sie dennoch nicht zu nah an uns herankommen lassen. Denn mal ehrlich: Kennen wir Horrorstorys nicht alle auch aus unserem Alltag? Zum Beispiel im Business? Dort sind bisweilen durchaus ähnliche Plots zu finden: voller Selbstüberschätzung, Leichtsinn oder schlicht Dummheit. Dem unbeteiligten Beobachter ist natürlich alles klar: Kunde reklamiert zu Recht? Zuhören und Problem lösen! Wichtige Entscheidung treffen? Weniger Ego bitte! Sinnlose Routinen? Bitte querdenken! Und dennoch kriegt wieder mal der Kunde auf die Mütze, führen die Alphamännchen Krieg und töten Bürokraten den Fortschritt. Echter Horror eben. Ganz ohne Kino, Buch oder Lagerfeuer. Brrrr!

Also her mit dem Kino-Feeling! Wie schaffen wir es, den täglichen Businesshorror als Fiction zu begreifen? Als unterhaltsame Story mit einer Message? Indem wir Geschichten daraus machen! Geschichten zum Genießen, Mitdenken und natürlich Gruseln. Geschichten, die zum Schmunzeln anregen. Geschichten, die Spaß machen. Und Geschichten, die voller Spannung stecken. Solch eine Geschichtensammlung halten Sie nun in

Ihren Händen: das Business Book of Horror. Ein Buch voller Gruselgeschichten aus dem echten Geschäftsleben. Eine schauriger als die andere. So wie etwa die Geschichte vom schlimmen Laberbackenverkäufer. Oder die von kranken Gesundheitsmanagern. Oder die vom blanken Callcenterhorror. Oder auch die vom schrecklichen Untergang einer Weltidee. Viel Spaß beim Lesen!

Übrigens haben alle Storys einen gemeinsamen Nenner: Mit ein wenig gesundem Menschenverstand lässt sich so mancher Horror verhindern. Denn eines bleibt klar: Dunkler Wald? Nicht hineingehen! Einsames Haus? Draußen bleiben! Allein in den Keller mit dem Monster drin? Vorher Hilfe holen!

Ich wünsche Ihnen ein genüssliches Gänsehaut-Feeling! Und hoffe doch, Sie haben sich mit geweihten Silberpatronen und Kruzifixen bewaffnet ...

Herzliche Gruselgrüße

Ihr Dr. Stefan Frädrich-Frankenstein

Thilo Baum

Volvo – for life.

Wie man sich als Besitzer eines Montagsautos beim Hersteller unbeliebt machen kann

»Ratet mal, wo mein Auto ist!« Mit diesem Satz betrete ich immer mal wieder mein Büro. Und ebenso häufig tönt es aus dem Kollegenkreis zurück: »In der Werkstatt!« Denn ich bin der leidgeprüfte Besitzer eines Montagsautos. Mein Auto, ein Volvo XC 70, Erstzulassung pünktlich zur Fußball-WM am 9. Juni 2006, bleibt seinem Autohaus außerordentlich treu.

Nichts gegen das Auto selbst. Ich liebe diesen Wagen, das Fahrgefühl, den Komfort. Bei 60 000 Kilometern im Jahr ist ein ordentliches Auto auch nötig. Es ist Arbeitsplatz, Ruheraum, Ideenschmiede, Rückenschule, Konzerthaus und manchmal sogar Schlafzimmer.

Ein neuer Wagen! Mich umwogte damals ein wohliges Gefühl der Geborgenheit. Als Neuwagenkunde, so dachte ich, habe man ein paar Jahre Ruhe vor Reparaturen, von Verschleißteilen vielleicht abgesehen. Zumal bei dieser Marke, in meinem Denken als Qualitätsmarke verankert.

Fieser Troll im Auto

Was ich noch nicht wusste: In meiner schmucken Zauberkutsche lebte offenbar ein Monster. Ein fieser Troll, der angetreten war, mich zu quälen. Und der seine Arbeit über Monate hinweg mit Sadismus und hartnäckiger Ironie verrichtete. Der Troll hatte den Auftrag, mich zu demütigen, mir meine Zeit zu rauben, mich zu zermürben und zu zerstören.

Der Troll hatte das Navi verhext. Das Navi kannte die Prenzlauer Allee nicht – in meinen Augen keine ganz unwichtige Straße in Berlin, die Verlängerung der Straße »Unter den Linden« nach Nordosten. Das Navi behandelte die Prenzlauer Allee wie eine gesperrte Straße, viele Fahrten ließen sich nicht sinnvoll berechnen. Auch in anderen Städten fand das Navi so manche Adresse nicht. So behielt ich meinen ADAC-Atlas und die Stadtpläne im Auto.

Auf einer der ersten großen Reisen – sie führte mich ins Volvo-Heimatland Schweden – befahl der Troll dem Navi, mich auf gesperrte Feldwege zu schicken, sodass ich mehrmals orientierungslos im Nichts stand. Den CD-Wechsler verzauberte der Troll dahingehend, dass er meine CDs nicht mehr herausgab und über Tage schwieg.

Zu Hause angekommen, quoll die Post vom Autohaus und von der Zentrale des Autoherstellers aus dem Briefkasten. Begrüßungsschreiben, Marketing-Post, ein mehrseitiger Fragebogen. Man wollte wissen, wie zufrieden ich mit dem Wagen und mit der Abwicklung im Autohaus sei. Seite eins füllte ich wohlwollend aus, Seite zwei auch. Ab Seite drei – ich hatte noch einige Seiten vor mir – streikte ich.

Ich hatte ein Auto gekauft, okay. Na und? Ein ganz normales Geschäft. Wozu wollte man nun eine Stunde meiner Zeit, und weshalb überhaupt müllte mich dieses Unternehmen mit Papier voll?

Erkenntnis 1: Vermeide Mailing-Chaos! Wenn du deine Kunden schon mit Post beglückst, dann sorg wenigstens dafür, dass die Briefe von nur einem Absender und eher spärlich kommen. Je inflationärer die Papierberge sind, die du auf den Schreibtischen deiner Kunden anhäufst, als desto unwichtiger werden sie empfunden.

Der Troll war ziemlich hartnäckig. Auf hinterhältige Weise hatte er den Tempomaten vergiftet: Bei Bergabfahrten hielt der Wagen das Tempo manchmal und manchmal nicht. Eine Regel war für mich nicht zu ergründen: Oft spürte ich auf einem Zwölf-Prozent-Gefälle, wie der Motor die Fahrt drosselte und das Tempo hielt – wunderbar. Doch ebenso oft rollte der Wagen wesentlich leichtere Gefälle ungebremst herab, und auf einer abschüssigen 80er-Strecke fuhr ich plötzlich 120.

Außenspiegel, Hupe, Achse defekt

Ich nahm mir vor, das Navi und den Tempomaten bei Gelegenheit zu reklamieren. Kleinigkeiten. Der Händler war ja zur Nachbesserung verpflichtet, dachte ich mir. Keine große Sache also. Noch immer fühlte ich mich wie ein ganz normaler Kunde eines neuen Autos: gut.

Doch nun legte der Troll richtig los. Er tötete den Motor des rechten Außenspiegels. Das Spiegelglas ließ sich nicht mehr rauf- und runterbewegen. Dann setzte er sich vorne an die Achse und ließ es beim Anfahren und Stoppen immer mal wieder hübsch knacken. Und weil der Troll schon mal im Motorraum sein Unwesen trieb, deaktivierte er gleich den tieferen der beiden Huptöne. Die Hupe piepste wie bei einem Mofa – nun war der Wagen ein Sicherheitsproblem.

Mir wurde seltsam ums Herz. Was für ein Auto hatte ich da gekauft? Wann würden die Bremsen ausfallen? Würden die Airbags beim Crash aufgehen? Wenn schon so viel am Anfang kaputtging – wie zuverlässig war das Auto? Ich war mir sicher, dass man bei Volvo alles daransetzen würde, damit solche Probleme traurige Einzelfälle blieben. Die Marke, nein, auf die ließ ich nichts kommen. Ich war Fan.

Also listete ich die Mängel auf, bat die Zentrale bei der Gelegenheit um ein Update der Navi-DVDs und vereinbarte einen Werkstatttermin.

In meiner Naivität ging ich davon aus, dass eine solche Mängelliste den Verkäufern eines nicht ganz billigen Autos in irgendeiner Weise peinlich wäre. Und dass man versuchen würde, mir wegen des Ärgers etwas Gutes zu tun. Doch offenbar war das ein wenig altmodisch gedacht. Statt mich mit Blumen, Musicalkarten und Champagner zu überraschen, berechnete mir das Autohaus 25 Euro pro Tag für den Ersatzwagen.

Nach der Reparatur schrieb mir die deutsche Volvo-Zentrale einen Liebesbrief: »Zunächst einmal danken wir Ihnen ganz herzlich, dass Sie sich die Mühe machten, uns mitzuteilen, wie Sie Ihren Volvo und unsere Serviceleistungen vor Ort erleben, denn nur so haben wir die Möglichkeit, tagtäglich daran zu arbeiten, uns stetig zu verbessern.« Uff – ich atmete auf. Man wollte sich verbessern! Man hörte sich an, was Kunden auf dem Herzen lag. Wunderbar!

Erkenntnis 2: Halte, was du versprichst.

Zum Tempomaten hieß es: »Dass der Tempomat das Fahrzeug bei Bergabfahrten auf der Autobahn nicht konstant hält, sondern beschleunigt, konnte leider nicht reproduziert werden; das System wurde aber auf Fehler hin untersucht und die Analyse ergab, dass keine Fehlercodes hinterlegt sind.« Okay, wenigstens schien man das Phänomen für ungewöhnlich zu halten. Dass man keinen Fehler fand – sei's drum, manche Dinge sind eben tricky.

Prenzlauer Allee von 1878 – unbekannt

Was das Navi betrifft, so ließ ich mich über eine Dreiviertelseite hinweg darüber belehren, dass »eine Straßenkarte immer einen Schritt hinter der Realität zurückbleibt«. Dass die Prenzlauer Allee seit 1878 existiert, erschien Volvo vernachlässigenswert.

Erkenntnis 3: Trage Sorge dafür, dass deine Antworten auf Reklamationen der Wirklichkeit der Reklamation entsprechen, vor allem wenn du mit Textvorlagen arbeitest. Würdige Hinweise deines Kunden und glaube ihm zunächst einmal.

Weiter hieß es, dass eine »kostenfreie Weitergabe« eines Navi-DVD-Updates »nicht möglich« sei. Hm. Hatte man bei fehlerhaften Teilen nicht Anspruch auf kostenfreie Nachbesserung? Hupe und Außenspiegelmotor hatte man schließlich auch ersetzt und mich nicht auf den Zulieferer verwiesen.

Erkenntnis 4: Wenn du deinem Kunden ein fehlerhaftes Teil verkaufst, gehört es sich nicht, für Abhilfe in Form eines funktionierenden Teils Geld zu verlangen. Dein Kunde hat bezahlt und damit Anspruch auf ein funktionierendes Produkt.

Und zu meiner Beschwerde über die 25 Euro für einen Ersatzwagen hieß es, man erachte 25 Euro als faires Angebot, da ich mich beim Kauf nicht für den Komplettservice entschieden hätte. Das stimmte. Ich war ja davon ausgegangen, mit einem neuen Wagen dieser Marke keine Probleme zu haben.

Kurz nach dem Werkstattbesuch klingelte mein Telefon: Eine Dame aus einem Callcenter des Autohauses fragte, wie zufrieden ich mit meinem Werkstattbesuch gewesen sei. Was für eine Überraschung: Man fragte mich etwas, was man längst wusste! Und ich sagte: Unzufrieden! Ich erzählte ihr vom Navi und vom Tempomaten und stockte im selben Augenblick – die Leute bei Volvo kannten das Problem doch. Ich bat die Frau, künftig nicht mehr anzurufen.

Erkenntnis 5: Wenn ein Kunde mit deinen Leistungen unzufrieden ist, solltest du ihm gegenüber deine Routinen einstellen und dich auf normale, menschliche Art um ihn kümmern. Du solltest deinen Kunden so zufriedenstellen, wie du es in deiner externen Kommunikation darstellst.

Am 2. Februar 2007 hakte ich noch einmal schriftlich nach. In der Antwort hieß es, die Diskussion über die »rechtlichen Gegebenheiten« könne »verständlicherweise nur mit dem Partner aus dem Kaufvertrag erfolgen«, also dem Autohaus. Zum Tempomaten schrieb man: »Die von Ihnen geschilderte Sachlage bezüglich der Cruise Control gehört leider zu den ärgerlichen Phänomenen jeder Branche, die mit technisch komplizierten Produkten zu tun hat. Störungen, die unregelmäßig auftreten, wenn eine Werkstatt in der Nähe ist, sind schwer zu lokalisieren. Grundsätzlich muss eine Beanstandung reproduzierbar oder nachvollziehbar sein, damit eine entsprechende Diagnose erfolgen kann. Auch eine Analyse unseres weltweiten Diagnosesystems brachte leider keine Parallele, die uns hätte auf Erfahrungen anderer Kunden diesbezüglich zurückgreifen lassen.«

Inzwischen verstopfte die Kundenzeitschrift regelmäßig meinen Briefkasten. Slogan: »Volvo – for life«. Darin zeigte mir die Propagandaabteilung der Marke schöne Fotos von wilden Landschaften, tollen Autos und gut aussehenden Volvo-Fahrern. Nirgendwo fand sich etwas von ausfallenden Hupen, defekten CD-Wechslern, kaputten Außenspiegeln. In den Broschüren hieß es: »Volvo – for life«. Volvo lebenslang? Wollte ich das?

Bestimmt war ich eine Ausnahme. Sicher war Volvo gut und es ging nur um dieses eine Auto. Aber: Wenn ich der Einzige mit solchen Problemen wäre, sollte es doch eine Kleinigkeit sein, mich für den ganzen Aufwand in irgendeiner Weise zu entschädigen. Oder nicht?

Erkenntnis 6: Wenn du mit deiner PR zu einem Hochpreisprodukt ein Lebensgefühl verkaufst, solltest du vor allem auch bei Problemen dem verkauften Lebensgefühl entsprechen.

Kein Navi-Upgrade, der Tempomat hielt noch immer das Tempo nicht. Keine Lösung von Volvo. Auch in einer anderen Werkstatt hielt man das Tempomat-Phänomen für einen Fehler. »Klar, er muss die Drosselklappe schließen«, sagte ein Meister. Einen Fehler aber fand man nicht. Was ich generell nicht so schlimm fand. Hätte Volvo gesagt: »Tut uns leid, aber dieses Phänomen ist uns selbst völlig unklar, und wir bekommen es nicht gelöst, aber zum Trost schenken wir Ihnen einen Satz Reifen«, hätte ich mich damit abgefunden. Aber da der Eindruck entstand, das Verhalten des Tempomaten sei in der Tat ungewöhnlich, blieb ich dran.

Kirche im Dorf lassen

Die Information mit der Drosselklappe gab ich bald darauf an die Pressestelle von Volvo weiter und fragte, was es mit dem Tempomaten auf sich haben könne. Und ich bat um eine Lösung. Schließlich hatte die Zentrale verlauten lassen, man wolle sich »stetig verbessern« – hier war eine Möglichkeit dazu. Ich fragte, was man mir vorschlage angesichts dieses merkwürdigen Autos. Sollte ich den Kaufvertrag rückgängig machen? Ein Mitarbeiter der Pressestelle antwortete, ich möge bitte »die Kirche im Dorf lassen«. Diese Mängel seien doch kein Grund, einen Kaufvertrag rückgängig zu machen. Aber er werde überlegen, was er für mich tun könne. Und dann geschah etwas Spannendes.

Im Frühjahr 2007 stellte mir die Pressestelle den Kontakt her zu einem äußerst kompetenten Technikspezialisten, Herrn B. aus Bayern. Er sollte meinen Wagen unter die Lupe nehmen. Der Mann war schon am Telefon genial. Seine erste Botschaft kam schnell und war deutlich: Der Tempomat meines Wagens greife nicht auf die Bremsen zu, sondern bremse nur mit dem Getriebe. Und ob ein Gefälle zu stark für die Getriebebremse sei, sei eine Sache verschiedener Variablen. Daher könne es sein, dass der Tempomat das Tempo mal halte und mal nicht.

Hurra, eine klare Ansage! Warum hatten mir das zwei Werkstätten nicht gesagt? Warum stand davon nichts in dem Schreiben der Kundenbetreuung? Davon, dass der Tempomat möglicherweise naturgemäß das Tempo nicht immer halten könnte, hatte ich auch in den Hochglanzprospekten nichts gelesen. Ich war einfach davon ausgegangen, dass ein Tempomat das Tempo hielt.

Erkenntnis 7: Wenn du ein Produkt verkaufst, solltest du selbst über das Produkt Bescheid wissen und den Kunden vor dem Kauf über Funktionsmängel informieren.

SUV als Ersatzwagen

Um sicherzugehen, schlug Herr B. vor, meinen Wagen für eine Zeit zu übernehmen. Ich zögerte, denn eine Erklärung schien es ja nun zu geben, und das Ganze roch nach enorm viel Aufwand. Weil Herr B. aber anbot, sich auch gleich um alle anderen Probleme in meinem Super-Volvo zu kümmern, war ich einverstanden: Einer der Besten sollte gegen den Troll in die Schlacht ziehen und ihm die nachwachsenden Köpfe abschlagen.

Also brachte mir ein Shuttle-Fahrer einen Volvo XC 90 V8 als Ersatz und fuhr meinen Wagen nach Bayern zu Herrn B. Eine außergewöhnliche Aktion, die mich Hoffnung schöpfen ließ. Der XC 90 war ein SUV mit mehr als 300 PS, machte sehr viel Spaß und brachte mir einen Strafzettel wegen Überschreiten des Tempolimits ein. Ein wunderbares Auto. Weil ich ein Autotelefon brauchte, hatte mir die Pressestelle eigens diesen Wagen organisiert.

Nach einigen Wochen bekam ich mein Auto zurück. Es war durchgecheckt und mit einem kostenlosen Upgrade der Navi-DVDs bestückt. Und Herr B. hatte freundlicherweise die ganze Software im Wagen auf den neusten Stand gebracht.

Leider nur war es ihm nicht gelungen, den Troll zu töten.

CD-Wechsler defekt

Zunächst verhielt sich der Wagen wunderbar, er kannte nun sogar die Prenzlauer Allee. Doch der Troll dachte sich neue Gemeinheiten aus. Streifte ich etwa bei der Parkplatzsuche eine Parallelstraße meines Zwischenziels, löschte das Navi das Zwischenziel gern eigenmächtig: »You have skipped the nearby intermed destination. Now guiding to the destination.« Kam ich in die Nähe des Ziels bei definiertem Zwischenziel, tauscht es gerne die Reihenfolge der Ziele. Und wählte ich wegen einer Staumeldung eine Alternativroute, auf der wiederum Stau war, vergaß das System den ersten Stau und schaltete stur zwischen beiden Staustrecken hin und her. Doch ich wollte nicht schon wieder etwas reklamieren, schließlich hatte ich noch mehr zu tun, als mich um ein Auto zu kümmern. Ob diese Eigenart des Navis Standard war oder ob man sie irgendwie abstellen konnte – zu dieser Frage gab es vom Volvo-Pressechef keine Antwort, weil meine Fragen angeblich auf »Unterstellungen« und »Gerüchten« beruhten.

Erkenntnis 8: BELÄSTIGE KUNDEN NICHT MIT HALBGAREN PRODUKTEN.

Der Troll arbeitete weiter. Eines Tages fraß der CD-Player wieder CDs. Also brachte ich den Wagen wieder zur Nachbesserung in die Werkstatt. Wieder ohne Entschädigung für Ärger, Zeitaufwand und Energie. Der Meister bestellte eine neue Stereoanlage und baute sie ein. Bei der Gelegenheit ersetzte er noch den Motor des Außenspiegels links, denn den hatte der Troll inzwischen auch noch lahmgelegt. Immerhin bekam ich meinen Wagen gewaschen zurück, wie jedes Mal nach einem Werkstattbesuch.

Angesichts der zahlreichen Mängel riet mir ein freundlicher Volvo-Mitarbeiter, bei der Zentrale um eine Garantieverlängerung zu bitten. Ich hielt das für eine gute Idee. So bat ich schriftlich darum, wobei ich die bisherigen Probleme auflistete und auf den enormen Zeitverlust infolge meiner ständigen Werkstattbesuche hinwies. Eine Antwort erreichte mich erst mal nicht.

Klappern von unten

Eines schönen Tages im Sommer 2007 beglückte mich der Wagen mit einem beunruhigenden Geräusch. Ein Klappern undefinierter Herkunft, das etwa so klang, wie wenn der Troll unter dem Fußraum mit einem Metalllöffel in einem leeren Metalltopf rührte:

Radadadada ... ... radada ... ...
... ... da ... ... **dada** ... ... **radada** ... ...
dada ... ...
... dadada ... ... **dadada** ... ... **dada** ... ... **da** ... ...
dadadada ... ... **dadadada** ... ... **dadadada** ... ...
dadadada ... ... **dadadada** ... ...

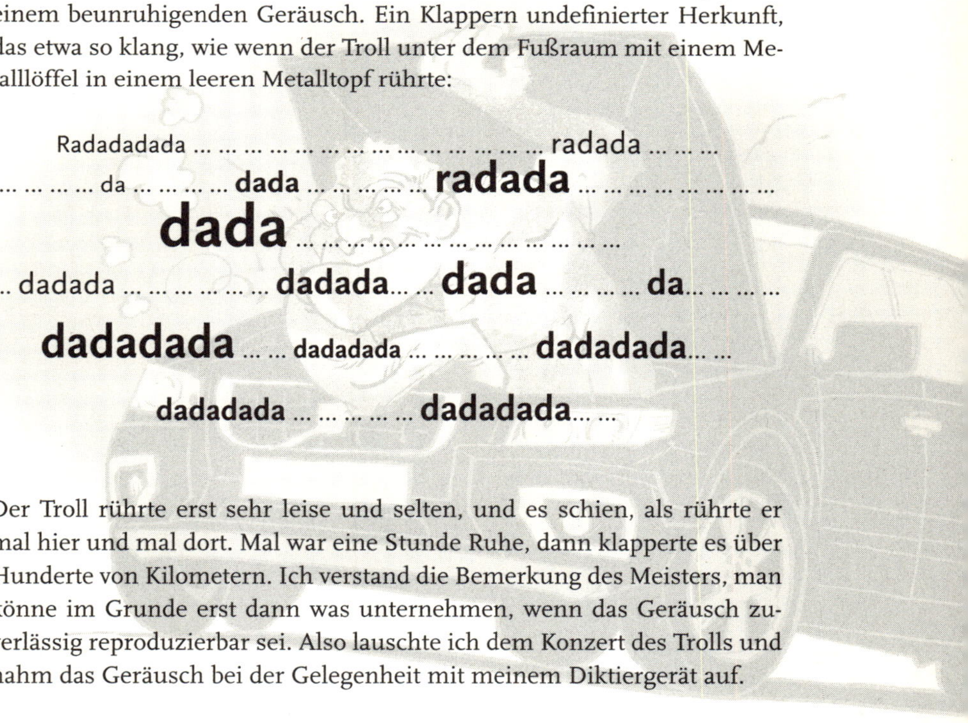

Der Troll rührte erst sehr leise und selten, und es schien, als rührte er mal hier und mal dort. Mal war eine Stunde Ruhe, dann klapperte es über Hunderte von Kilometern. Ich verstand die Bemerkung des Meisters, man könne im Grunde erst dann was unternehmen, wenn das Geräusch zuverlässig reproduzierbar sei. Also lauschte ich dem Konzert des Trolls und nahm das Geräusch bei der Gelegenheit mit meinem Diktiergerät auf.

Die Werkstatt gab sich Mühe: Man checkte die Bremsen, die Blenden – des Meisters Ehrgeiz war geweckt, und offenbar tat ich ihm auch leid. Und weil ich schon mal in der Werkstatt war, reklamierte ich auch gleich das inzwischen wieder defekte Navi: Der Troll ließ den Bildschirm immer mal wieder ausfallen – manchmal nur für Sekunden, manchmal startete das System umständlich neu. Und weil ich mich nach einer Lösung für diese

Situation sehnte und noch immer keine Antwort in Sachen Garantieverlängerung hatte, wiederholte ich meine Anfrage bei der Volvo-Zentrale. Eine einfache Garantieverlängerung – warum nicht?

Beim ersten Reparaturversuch wegen des Blechbüchsen-Geräusches hieß es zunächst, eine Blende sitze lose. Man erneuerte die Führungsschiene der Kraftstoffleitung. Wenig später rollte ich im immerhin kostenlosen Ersatzwagen zur Werkstatt und holte meinen gewaschenen Wagen ab. Auch das Navi war repariert.

Und was geschah nach 20 Kilometern? Der Troll rührte wieder in einem Metallbecher! Die Zentrale schrieb mir unterdessen: Wegen meiner Bitte um Garantieverlängerung sollte ich mich an den Händler wenden.

Zwei Ursachen für ein Klappern?

Der Meister erklärte mir, es habe sich bei dem Klappern um jeweils verschiedene Ursachen gehandelt. Ach so? Der Troll war genial! Innerhalb weniger Wochen erzeugte er laut Autohaus zwei zum Verwechseln ähnliche und dennoch komplett voneinander unabhängige Klappergeräusche! Beeindruckend.

Wieder folgte ein Werkstattbesuch und ein Mechaniker fuhr bei der Testfahrt mit. Nach einigen Kilometern hörte er den Troll trommeln. Der Mann war gut und sofort auf der Spur. Er tippte auf das Verteilergetriebe – das Gerät, das beim Allradantrieb die Kraft des Antriebs auf vorne und hinten verteilt. Fast ein Treffer, wie sich später zeigte. Sicher war er nicht, daher war es Unsinn, nun auf Verdacht ein neues Verteilergetriebe zu bestellen und einzubauen. Das verstand ich. Das Geräusch sollte sich erst noch stärker entwickeln. Weil der Wagen aber fahrbereit war, ließ man mich mit der Klapperkutsche in die kommende Woche rattern. Der Troll rührte immer lauter und bald dröhnte es durch Deutschlands Städte und Wälder:

Ratatatatatata! ... Tatatatatata! ... Tatatatatatatatatatatatatatatatatata! ... ... Ratatatatatata tatatata! ... ... Tatatatatatatatatatata!... ... ...

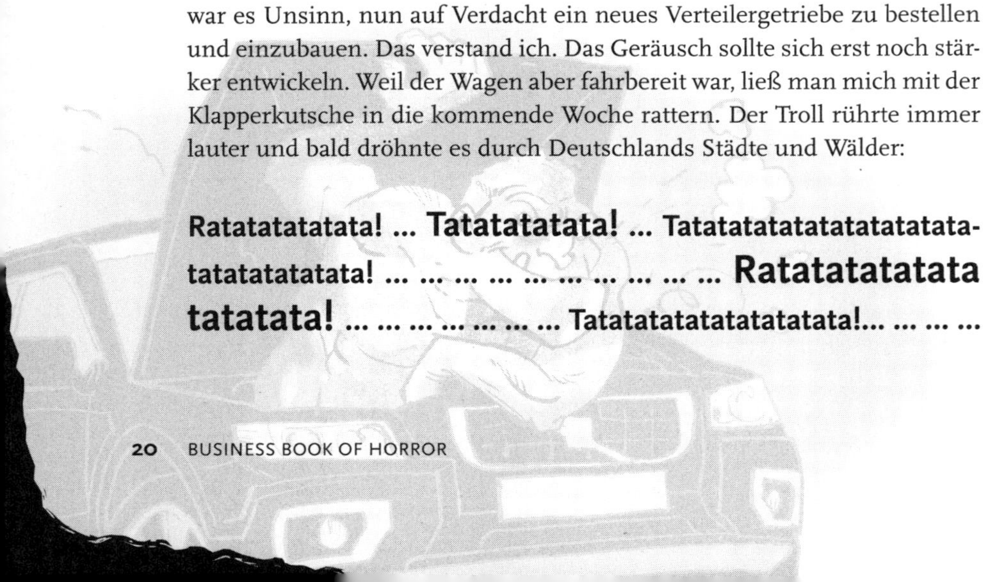

Ich fragte die Geschäftsführung schriftlich, ob sie mir meine vielen Werkstattbesuche künftig bezahle oder wie wir mit meinen Verdienstausfällen infolge des unbefriedigenden Service umgehen wollten. Wie viel Zeit schon für dieses merkwürdige Auto draufgegangen war! Provokant fragte ich: Sollte man mir nicht einen neuen Wagen hinstellen und die bisherige Laufleistung von etwa 80 000 Kilometern als Wiedergutmachung für meine enorme fremdverschuldete Zeitverschwendung vergessen?

Die Antwort schrieb mir der Service-Chef des Autohauses: Man sei im Rahmen der Gewährleistung bereit, Fehler nachzubessern. Zudem hieß es:

»Ihrem Wunsch entsprechend wären wir alternativ im Kulanzwege und ohne Anerkennung einer Rechtspflicht bereit, Ihr Fahrzeug im Austausch gegen ein Neufahrzeug zurückzunehmen. Die dann erforderlich werdende Abrechnung der Finanzierung für Ihr bisheriges Fahrzeug würde entsprechend den vertraglichen Vereinbarungen erfolgen.«

Fanden sich nicht immer Möglichkeiten, aus einer Finanzierung auszusteigen, wenn man beim selben Händler einen neuen Wagen kaufte? Aus dem Schreiben des Service-Chefs und einem anschließenden Gespräch im Autohaus ging nicht hervor, dass man darüber großzügig hinwegsehen wollte. Für meine Begriffe hatte ich bereits genug Geld für ein Auto ausgegeben, und es hatte mich genug Zeit und Energie gekostet – ich wollte nun nicht auch noch draufzahlen.

Warum schlug man mir nicht einfach eine Lösung vor, ohne dass ich weiteren Umsatz generieren sollte? Warum holte man meinen Wagen bei Problemen nicht bei mir zu Hause ab und stellte ihn mir wieder hin, wenn man schon sonst meinen Zeitaufwand nicht entschädigte?

Erkenntnis 9: Wenn du einen Kunden für Ärger entschädigen willst, dann mach ihm Angebote, die für ihn sinnvoll und realistisch sind und bei denen er nicht draufzahlen muss.

Bevor ich meinen Wagen mit dem trommelnden Troll wieder zu meiner Stammwerkstatt brachte, ließ ich ihn am 25. Oktober 2007 spaßeshalber von einer anderen Werkstatt auf die Bühne nehmen. Die Leute dort orteten das Geräusch in der Kardanwelle – sie überträgt beim Allradantrieb einen Teil der Kraft auf die Hinterachse und ist mit dem Verteilergetriebe verwandt. Ich merkte an, dass ich in den kommenden Tagen etwa 1200 Kilometer vor mir habe. Die Kardanwelle könnte aber leider erst in der folgenden Woche geliefert werden, und da der Wagen fuhr, sagte mir der Meister, könnte ich schon mit meinem eigenen Auto die Strecke fahren.

Also ging es wieder mit dem lärmenden Auto eine Woche durch Deutschland: Ratatatatata! Über Hunderte von Kilometern trommelte der Troll mit Stöcken auf einem Blecheimer herum, und die Polizei stoppte mich bemerkenswerterweise nicht. Kein guter Werbeträger, so ein Volvo, der durch die Innenstädte rattert wie ein Traktor. Immerhin gut, dass die Stereoanlage wieder funktionierte: Das Rattern der Kardanwelle ließ sich so wenigstens im Innenraum übertönen.

Der 31. Oktober 2007 war ein Festtag. Man baute in mein Auto eine neue Kardanwelle ein. Der Troll stellte das Trommeln auf dem Blecheimer ein. Tot war er damit aber noch lange nicht.

Weil der Winter nahte und weil ich gelernt hatte, mir ärgerliche Werkstattbesuche zur Zeitersparnis mit nötigen oder freiwilligen Werkstattbesuchen schönzureden, ließ ich an diesem 31. Oktober auch gleich eine Standheizung einbauen. Oder besser: Ich ließ die Software dafür installieren. Die Hardware für die Standheizung war schon drin.

Diesel auf Asphalt

Einige Zeit später klingelte das Telefon. Eine Frau meldete sich mit dem Namen des Autohauses und fragte, wie zufrieden ich mit meinem Werkstattbesuch war. Ich war sprachlos. Redete ich denn gegen eine Wand? Hatte ich sie nicht gebeten, nicht mehr anzurufen? Eine Reklamation nach der anderen, Liebesbriefe an die Volvo-Zentrale und ans Autohaus: Was geschah nur mit meinen vielen Feedbacks? Und: Wozu Anrufe vom Callcenter, wenn man den Kunden nicht zuhörte? Wieder bat ich die Dame darum, künftig von Anrufen abzusehen.

Am 22. November 2007 sprang der Wagen nicht an. Ich stand auf der Friedrichstraße in Berlin-Mitte und hatte es eilig. Nicht schon wieder, dachte ich. Ein Passant klopfte an die Seitenscheibe und sagte mir, unten laufe was raus. Ich stieg aus, um nachzusehen: Unter dem Wagen war eine Pfütze. Ich testete mit dem Finger – Diesel! Ich rief die Feuerwehr, über den markeneigenen Pannenservice »Volvo Assistance« kam ein Abschleppwagen. Anderthalb Säcke Sand verteilte die Feuerwehr unter meinem Auto, die Polizei nahm alles auf, und man kündigte mir eine Rechnung der Feuerwehr und der Stadtreinigung an, die tags drauf den verdieselten Sand einsammeln sollte.

Zwei Stunden später schwebte mein Auto über dem Meister und mir. Ein Kraftstofffilter hing schief, er sah aus wie aus der Halterung geplatzt. Man wechselte ihn aus und gut. Mit dem Einbau der Standheizung hatte die Havarie laut Werkstatt nichts zu tun. Denn die war ja nur ein Software-Upgrade. Die Ursache für den losen Kraftstofffilter blieb unklar. Da ich den Schaden meiner Versicherung gemeldet hatte, stufte die mich wie einen Unfallverursacher hoch, und um das wieder rückgängig zu machen, bezahlte ich den Schaden aus eigener Tasche.

Während einer zweiwöchigen Reise nahm das Autohaus meinen Wagen in Obhut. Dafür war ich sehr dankbar, denn in der Zwischenzeit sollte eine Autonomen-Demo durch meine Straße ziehen – dabei wäre der Feuertod des Trolls qua Molotow-Cocktail vielleicht nicht die schlechteste Lösung für die angeknackste Beziehung zwischen meiner Lieblingsmarke und mir gewesen. Und da mein Wagen sowieso in der Werkstatt stand, bat ich darum, gleich noch den Motor im rechten Außenspiegel zu ersetzen, den der Troll nun zum zweiten Mal zerschossen hatte. Außerdem war die Kontrolllampe der Feststellbremse instand zu setzen. Ein freundlicher Mitarbeiter versprach mir, sich noch einmal in der Zentrale für eine Garantieverlängerung einzusetzen.

Bitte um Garantieverlängerung abgeschmettert

Am 12. Dezember 2007 meldete sich eine Dame von der Volvo-Zentrale. Doch ach, es war nur ein Nachhaken: Ich hätte eine Panne gehabt, wie zufrieden ich denn mit der Abwicklung durch die »Volvo Assistance« gewesen sei. Ich beantwortete jede Frage mit »sehr zufrieden«. Die Abwicklung hatte so hervorragend geklappt, dass ich mir wünschte, alle bisherigen Mängel an meinem Auto seien mit Pannen verbunden gewesen. Vielleicht sollte ich künftig einfach die »Volvo Assistance« rufen, wenn der Navi-Bildschirm schwarz wurde oder ein Außenspiegelmotor streikte.

Am 21. Dezember 2007 kam dann der erhoffte individuelle Anruf: Das Autohaus ließ verlauten, von der Zentrale gebe es für mich keine Garantieverlängerung. Das Autohaus biete mir aber aus Kulanz eine einjährige Gebrauchtwagengarantie für etwa 600 Euro an, wobei ich wegen der hohen Laufleistung bei Ersatzteilen einen Anteil trüge. Schon wieder ein Angebot, bei dem ich draufzahlen sollte? Bisher hatte ich gedacht, Kundenzufriedenheit sei ein Anliegen von Unternehmen, das man nicht gleich noch zum Kassemachen nutzte. Und so wartete ich ab, zumal die Garantie ohnehin noch lief.

Erkenntnis 10: Wiedergutmachungsaktionen aus Kulanz haben einen seltsamen Beigeschmack, wenn du dafür Geld verlangst.

Der nächste Werkstattbesuch stand bei der 90000-Kilometer-Durchsicht an. Kurz darauf, im Januar 2008, kam ein Brief aus der Zentrale: »Sehr geehrter Herr Baum, nichts ist für uns wichtiger, als dass Sie ein zufriedener Kunde von uns sind.«

Ich las den Satz mindestens zehn Mal. Hurra, sie hatten es verstanden! Es ging weiter: »Besser als Sie selbst kann uns niemand sagen, inwieweit unsere Service-Leistungen Ihren Wünschen und Anforderungen entsprechen.« Das stimmte! Endlich! Schlug man mir nun etwas Passables vor?

Doch ach – es war wieder ein Massenmailing. Nach der Einseife folgte das Anliegen. Ich sollte den beiliegenden Fragebogen ausfüllen und erklären, wie mir mein »letzter Werkstattbesuch mit meinem Volvo« gefallen habe. Für diese Büroarbeit gab es nicht etwa ein Honorar oder eine Belohnung, sondern nur die Möglichkeit einer Belohnung – man konnte einen Reisegutschein gewinnen. Und weil ich noch keinen Cent Schadenersatz oder Honorar für meine viele Arbeit bekommen hatte, füllte ich auch keinen Fragebogen aus. Wenn für Volvo nichts wichtiger war, als dass ich ein zufriedener Kunde wäre, würden sie sicher Mittel und Wege dazu finden.

Erkenntnis 11: Wage es, Geschäfte ohne flaues Marketinggeschwätz zu machen. Dadurch wirst du glaubwürdiger. Menschen merken, wenn du mit Phrasen manipulieren willst.

Am 17. Januar 2008 hatte ich die erste Rohfassung dieser Geschichte fertig und schrieb in englischer Sprache eine E-Mail an einen Herrn bei der Volvo-Zentrale in Göteborg, der sich mir auf der Volvo-Webseite als internationaler Pressechef darstellte. Ich bat um Stellungnahme. Es kam zunächst keine Antwort.

Am 23. Januar 2008 klingelte mein Telefon. Eine Frau meldete sich mit der Firmierung meines Autohauses. Ich sei bei der Durchsicht gewesen, und sie wolle fragen, ob ich zufrieden sei. Was sollte ich tun? Ausflippen?

Erkenntnis 12: Qualitätssicherungsinstrumente sind wertlos, wenn du Kunden nicht zuhörst und ihnen nicht individuell hilfst. Achte darauf, dass dein Unternehmen auch bei Sonderfällen handlungsfähig bleibt und nicht in absurden Routinen erstickt.

Nachdem aus Schweden keine Antwort kam, wiederholte ich am 25. Januar 2008 meine Bitte um Stellungnahme in Göteborg und erhielt eine Autoresponse-Mail auf Schwedisch: Der Chef der Presseabteilung sei bis zum 28. Januar nicht erreichbar. Am 27. Januar antwortete er mir – er sei nur für die nordischen Märkte zuständig und habe meine Mail deshalb an die Kollegen weitergeleitet, die für die internationalen Märkte zuständig seien. Ich war gespannt.

Am 10. Februar 2008 legte der Troll die Fernbedienung der Zentralverriegelung lahm. Ich stand in Regensburg, wuchtete Gepäck hin und her – und der Wagen ging nicht zu, weder mit dem Haupt- noch mit dem Zweitschlüssel. Ich versuchte, ihn an der Tür manuell zu verschließen. Die Fahrertür schloss sich, die anderen Türen blieben offen. Nach einigen Versuchen schloss sich das ganze Auto. Glücklicherweise hat mich der Troll nur in Regensburg damit gestört; tags darauf funktionierte die Fernbedienung wieder großteils, auch wenn beim Öffnen die Heckklappe oft verschlossen blieb.

Die iPod-Schnittstelle abgeschafft

Also wieder ein Anruf in der Werkstatt! Und um für mich selbst eine Ausrede für diesen weiteren, sinnlosen Werkstattbesuch und die damit verbundene Zeitverschwendung zu finden, fragte ich nach einer iPod-Schnittstelle für meinen Wagen. Die hatte ich im Dezember in der Zubehör-Werbung gesehen. Nach ein wenig Recherche erklärte der Meister: »Kein Problem!« Also machten wir einen Termin. Pünktlich rollte ich am 20. Februar 2008 um 10 Uhr vor die Werkstatt.

»Schlechte Nachrichten«, hieß es dort. Die iPod-Schnittstelle sei für mein Auto nicht mehr lieferbar.

Mooooment, dachte ich. Welches Unternehmen schafft die Schnittstelle zu einem Bestseller ab? Alle haben iPods, und Volvo schafft den iPod-Adapter für mein Auto ab? Das muss ein Irrtum sein!

Neugierig geworden, rief ich ein anderes Autohaus an. Dort erklärte mir der Meister: Ein iPod-Adapter für mein Auto? Kein Problem! Innerhalb von zwei Tagen lieferbar! Wieder rief ich meine Werkstatt an und gab die Information weiter. Eine Stunde später rief mich die zweite Werkstatt an. Der Meister nahm sein Versprechen kleinlaut zurück und – in der Tat – er entschuldigte sich für das Chaos. Auch die Sekretärin der Geschäftsführung meines Autohauses meldete sich und entschuldigte sich für das iPod-Chaos. Von der Chefin des Kundenservices der Zentrale erfuhr ich, dass man den iPod-Adapter für mein Auto aus der Angebotspalette genommen hatte, weil er nicht nachgefragt worden sei.

Erkenntnis 13: Auch wenn bestimmte Zusatzfeatures in der Realität nicht nachgefragt sind, steigert allein die potenzielle Verfügbarkeit den Wert deines Produktes. Schon die Möglichkeit einer Erweiterung ist ein Verkaufsargument – erst recht dann, wenn es eine Erweiterung im Zusammenhang mit einem weltweiten Bestseller ist.

Am gleichen Tag, am 20. Februar 2008, schrieb ich noch mal den Pressechef von Volvo an, nach seiner Angabe nur für die nordischen Märkte zuständig – mehr als drei Wochen nachdem er meine Anfrage weitergeleitet hatte und ich noch immer ohne Antwort war. Ich bat den Schweden, mir zu sagen, an wen er meine Anfrage weitergeleitet habe, das Ganze sei ja nun schon ein paar Wochen her. Wer war für mich zuständig? Vorname, Nachname? Ich wiederholte, dass es um die Veröffentlichung einer Geschichte gehe und ich in diesem Zusammenhang um eine Stellungnahme bitte. Und ich fragte ihn zudem, weshalb Volvo einen iPod-Adapter vom

Markt nehme und Werkstätten mir nach wie vor sagten, dieser Adapter sei lieferbar.

Tags drauf kamen zwei Antworten. Um 15.01 Uhr schrieb Herr L.:

»Dear Mr Thilo Baum, I have asked our Global Customer Relation Department to contact you and give you all answers. I'm no technician and can not give you any good answers. Best Regards«

Diese E-Mail rief er zurück, und um 15.19 Uhr schrieb er:

»Dear Mr Baum, I have been informed that our Global Customer Relation Department have been in contact with you. I can't do any more. I'm no technician and can not give you any good answers. Best Regards«

Ein »Global Customer Relation Department« sei mit mir in Kontakt getreten? Noch nie hatte ich von der Abteilung gehört, und bis Drucklegung hat mich keine Nachricht unter diesem Label erreicht. Dabei war meine Frage doch so einfach: An wen hatte der Pressechef aus Schweden meine Sache weitergeleitet? Wer war zuständig für mich? Warum beantwortete er diese Frage nicht einfach?

Am 1. März 2008 sah ich im »Stern« Nummer 10/2008 auf Seite 63 die Werbung für den neuen XC70, den Nachfolger meines Autos:

»Das Leben steckt voller Überraschungen. Denn mit dem richtigen Begleiter erfahren Sie auch im Alltag immer wieder neue Abenteuer.«

Doch ein iPod-Adapter?

Das Abenteuer ging weiter. Am 26. März 2008 fand ich in der Post den Zubehörkatalog »Frühjahr 2008«. Hochwertiges Papier, tolle Fotos, schwammige Texte. Bei einer Außentemperatur um den Gefrierpunkt las ich im Anschreiben: »Spüren Sie auch schon, wie es jeden Tag wärmer wird? Die Tage werden länger, die Sonnenstrahlen intensiver und die Natur blüht auf. Keine Frage: Der Frühling kommt.«

Solcherlei Tirili jenseits erotischer Anbahnungsversuche erregte mein Misstrauen: Was wollt ihr mir denn da schönreden? Das Anschreiben weiter: »Nach dem harten Winter sollten Sie prüfen lassen, wie Ihr Volvo die kalte Jahreszeit überstanden hat.« Und dann endlich kam man zum Punkt: »Während Ihres Besuches im Autohaus zeigen wir Ihnen gern unser breites Angebot an Originalzubehör.«

Erkenntnis 14: Im Sinne zielführender Rhetorik hat auch positive Sprache ihre Grenzen. Sprich mit den Leuten freundlich, aber bleib auf dem Boden. Und bedenke, welche Wirkung einseifende Rhetorik auf unzufriedene Kunden haben kann.

Ich schlug die Werbebroschüre auf. Und fand auf Seite vier etwas, was mich fast vom Stuhl schlug: »USB/iPod-Schnittstelle: Abspielen von Musik von tragbaren MP3-Playern oder USB-Flashdrive über die Audioanlage im Fahrzeug.«

Doch wozu auch Musik im Auto? Da das Getriebe aber so langsam etwas ruppig schaltete, konnte ich mich allerdings sowieso nicht mehr so richtig auf Musik konzentrieren. Am 29. März legte ich den Rückwärtsgang ein und es tat einen Schlag. Mal wieder einer der selten auftretenden Fehler – und so dauerte es eine Weile, bis sich die Theorie des kaputten Getriebes durchsetzen sollte.

Motoraufhängung defekt

Am 14. April 2008 trat ich eine Rundreise an: von Berlin über Schwäbisch Hall ins Allgäu, von dort nach Koblenz und zurück nach Berlin. Da kam es recht ungelegen, dass der Bordcomputer bei Bayreuth einen Fehler meldete: »Motorsystem Wartung erforderlich«. Laut Navi war eine Volvo-Werkstatt in der Nähe. Ich rief den Volvo-Kundenservice an, und ein Herr K. versprach mir, mich dort anzukündigen, damit es schnell gehe.

Seltsamerweise wussten die Mechaniker schon allein durch die Fehlermeldung, wo das Problem lag: Ein Plastikteil der Wirbelklappe musste durch Metall ersetzt werden – es erschien wie ein bekanntes Phänomen. Leider nur mussten sie das Teil erst bestellen. Ende einer Dienstfahrt also.

Mit einem Ersatzwagen, den die Werkstatt organisierte, ging es weiter nach Schwäbisch Hall. Schaltgetriebe, kein Autotelefon – also kein Arbeitsplatz. Was jetzt? Die restliche Reise konnte ich in diesem Wagen unmöglich machen, denn fahrend arbeiten war unmöglich. Und Bayreuth lag kein zweites Mal auf meinem Weg. Musste ich also nach der Reparatur zurück nach Bayreuth fahren, nur um die Autos zu tauschen? Kostete mich dieses Auto tatsächlich einen weiteren Tag und etliche Kilometer? Oder würde die »Volvo Assistance« mir meinen Wagen bringen, der aufgrund eines Materialfehlers noch in der Garantiezeit liegen geblieben war? Einfache Antwort: Nein.

Kundenbetreuung meldete sich nicht

Einen Tag lang bekam ich keine Informationen. Herr K. konnte nichts entscheiden, weil seine Chefin nicht erreichbar war. Und die »Volvo Assistance«, über die das Bayreuther Autohaus nach meinem Verständnis den Mietwagen organisiert hatte, kannte den Fall nicht – was die Autohaus-Dame wiederum sehr wunderte. Auch an Tag zwei nach der Panne war nicht klar, wie es weitergehen sollte. So sagte ich einen Termin ab, unternahm den sinnlosen Ausflug nach Bayreuth und holte meinen Wagen.

Tags drauf rief mich die Chefin der Kundenbetreuung an und klärte mich darüber auf, ich selbst hätte die »Volvo Assistance« rufen müssen – im vorliegenden Falle könne ihre Abteilung nur ausnahmsweise die Mietwagenkosten übernehmen. Selbstverständlich hatte ich die Werkstatt aus Zeitgründen selbst angesteuert, statt den Wagen abschleppen zu lassen – in meinen Augen normales Handeln und gesunder Menschenverstand. Weshalb sollte ich auf der Autobahn auf dem Standstreifen stehen bleiben und auf den Abschlepper warten, wenn Herr K. aus der Kundenbetreuung mich bei der Werkstatt ankündigte?

Erkenntnis 15: Routinen sollen das Leben erleichtern. Behindern deine Routinen das Leben der Menschen, solltest du sie überdenken.

Meine Probleme mit dem Auto, so sagte mir die Chefin des Kundenservices noch, müsste ich jedenfalls mit dem Händler ausfechten – mit ihm hätte ich schließlich den Vertrag. Also schickte ich am 17. April 2008 nicht nur eine, sondern zwei Bitten um Stellungnahme raus: eine an die Zentrale und eine an das Autohaus.

Ich fragte unter anderem: Welche Routinen stehen zur Verfügung, um Käufer von Montagsautos für den Zeitaufwand und den Ärger zu entschädigen? Wie kann es sein, dass ein Außenspiegelmotor drei Mal kaputtgeht? Warum war die Kardanwelle defekt? Wieso gab die Motoraufhängung ihren Geist auf? Wie erklärt sich die Sache mit der iPod-Schnittstelle? Bin ich mit den vielen Problemen ein Einzelfall? Warum ruft mich nach Werkstattbesuchen immer wieder jemand an, obwohl ich ständig bitte, man möge diese Anrufe unterlassen? Wie ersetzt man mir die sinnlose Fahrt nach Bayreuth?

Der Brief des Autohaus-Geschäftsführers vom 2. Mai 2008 war minimalistisch:

> *»Mit Bedauern habe ich Ihre Ausführungen über die bisherigen Beanstandungen an Ihrem Volvo zur Kenntnis genommen. Umso erfreulicher ist, dass nunmehr nach unseren Informationen alle bisherigen Beanstandungen behoben werden konnten, sodass aktuell kein Werkstattaufenthalt erforderlich ist. Sollte es dennoch zu einer Störung kommen, stehen wir Ihnen selbstverständlich zur Verfügung. Auf Ihren Wunsch hin habe ich veranlasst, dass Sie künftig nicht mehr durch unser Callcenter kontaktiert werden.«*

Der gute Mann hatte Humor. Offenbar wusste er nicht, dass ich just am Tag nach der Ankunft seines Briefes einen Werkstatttermin hatte: Wegen erneuter Bildschirmaussetzer montierte man ein neues Navi, man erneuerte die immer wieder streikende Zentralverriegelung, zudem montierte man unter den knackenden Fahrersitz ein neues Sitzgestell, und weil dem Meister bei einer Probefahrt der gleiche Schlag beim Schalten wie mir am 29. März widerfuhr, montierte er ein neues Getriebe. Nebenbei beulte man zwei Dellen aus.

> **Erkenntnis 16:** Lies Briefe sorgfältig und beantworte sie zufriedenstellend. Es ist ein Zeichen mangelnden Respekts und schlechter Erziehung, nicht auf Menschen einzugehen.

Auch der Pressechef der Volvo-Zentrale wimmelte mich ab:

»Bisher hatte ich persönlich mit Ihnen sowie Ihrem Vorgang keinen Kontakt, weshalb ich zunächst Rücksprache mit allen involvierten Parteien innerhalb unseres Hauses, dies schließt auch unser Mutterhaus in Schweden mit ein sowie auch unseren Partner, halten musste, um einen genauen Überblick zu bekommen.

Nach diesen Rücksprachen muss ich Ihnen heute mitteilen, dass unsererseits alles unternommen wurde, um Sie zufriedenzustellen und eine einvernehmliche Lösung zu finden. Diesbezüglich wurden großzügig, über die üblichen Rahmenbedingungen hinaus, Maßnahmen angeboten bzw. Möglichkeiten einer Lösungsfindung aufgezeigt.

Aufgrund des detailliert bewerteten Sachverhalts und der daraus resultierenden, bereits erfolgten Maßnahmen (siehe oben) sehen wir keinen Anlass, zu weiteren Fragen Ihrerseits Stellung zu nehmen bzw. Ihnen weiter reichende Angebote o. Ä. zu unterbreiten. Zumal die aktuell mir übermittelten Fragen sich nicht immer an Fakten orientieren, die auch noch zu belegen wären, sondern teilweise Gerüchte und / oder Unterstellungen beinhalten, deren Hintergründe und Informationsquellen nicht nachvollziehbar sind. Ich bitte Sie dafür um Verständnis.«

Und dann folgte noch dieser herzallerliebste Absatz:

»Wir können natürlich nicht verhindern, dass Sie Ihre ganz persönliche Sicht der Dinge, in welcher Form auch immer, in die Öffentlichkeit tragen. Sie können aber davon ausgehen, dass wir entsprechende Veröffentlichungen sehr genau verfolgen und unter Umständen darauf reagieren werden.«

Seltsam. Was hatte man denn getan, um aus mir einen zufriedenen Kunden zu machen? Die Aktion mit der Nachdiagnose des Wagens – sicher aufwendig, aber letztlich wenig hilfreich. Das Angebot der Rücknahme des Montagsautos gegen einen Neuwagen und vertragsgemäße Abwicklung der Finanzierung – wegen der hohen Laufleistung meines Wagens nicht realistisch. Das Angebot der Gebrauchtwagengarantie – kostenpflichtig. Die überaus sinnvolle und einfache Idee der Garantieverlängerung hingegen war ausgeschlagen worden ...

Also fragte ich den Pressechef am 12. Mai 2008 schriftlich, ob ich etwas übersehen hätte: Welches Entgegenkommen außer diesen Aktionen gab es seitens Volvo oder des Autohauses noch – neben der Bereitschaft zur Nachbesserung, zu der man ohnehin gesetzlich verpflichtet war? Rätselhaft war das »Global Customer Relation Department«, das angeblich mit mir in Kontakt getreten sein sollte. Wer waren diese Leute? Eine Antwort des deutschen Pressechefs blieb bis Drucklegung aus.

Erkenntnis 17: Gute PR nimmt Kritik erst einmal ernst und versucht, ihren Ursachen auf den Grund zu gehen. Gute PR arbeitet von Anfang an mit Kritikern zusammen, unternimmt keine Einschüchterungsversuche, ist partnerschaftlich und versucht, Lösungen zu finden. Gute PR erzeugt keine Missverständnisse und Unklarheiten, sondern räumt sie aus.

Am 5. Juni klingelte das Telefon – das Callcenter des Autohauses war dran. Ob ich mit der Ausbesserung der Dellen zufrieden wäre. Mooooment. Hatte mir der Geschäftsführer nicht am 2. Mai schriftlich versprochen, dass das Callcenter mich nicht mehr belästigen würde?

Wie auch immer: Der XC70 ist ein gutes Auto. Wenn er nicht in der Werkstatt steht. Kein einziges Lämpchen musste ich auf den ersten 115 000 Kilometern austauschen, an Verschleißteilen waren nur einmal die Bremsen vorn zu erneuern. Die Stoßdämpfer fühlen sich noch immer an wie in einem Neuwagen. Sicher: Der Wagen hatte seinen Preis, und Qualität war zu erwarten. Doch bei allem, was geschehen ist: Ich bin und bleibe Fan der Marke. So wie ein Fußballfan auch dann Fan seiner Mannschaft bleibt, wenn Manager und Trainer nicht in seinem Sinne handeln.

Im Jahr 2006 kürten das Wirtschaftsmagazin Capital und die Unternehmensberatung Tellsell Consulting die Volvo Car Germany GmbH zum kundenfreundlichsten Unternehmen in Deutschland – Platz eins unter 109.

Thilo Baum

Journalist, Seminarentwickler und Coach
thilo@thilo-baum.de
www.thilo-baum.de

Ingo Buckert

Megafestatie

Verkaufshorror in der Eventbranche

1997 gründeten mein Geschäftspartner »Rallepulle« – oder auch »Dr. Fun« – und ich eine Eventfirma, die sich von den anderen Agenturen am Markt stark absetzte. Um uns einen Wettbewerbsvorteil zu verschaffen, flogen wir jährlich zur »Supershow« über den großen Teich in die USA.

Die »Supershow« war damals die größte Sportfachmesse der Welt, vergleichbar mit der ISPO-Messe in München. Der Unterschied: Alle Neuerungen und neuen Produkte werden hier immer bereits am Anfang des Jahres im Januar vorgestellt. Wir suchten also nach allem, was neu war und noch keiner kannte. Nach Produkten, die mit unseren Entwicklungen und Vorstellungen kompatibel waren. So ergaben sich für uns stets neue Varianten von bereits bestehenden Spielen, wir konnten unsere Auftraggeber immer mit neuem Stoff versorgen. In der Branche der Eventveranstalter ist es sehr wichtig, sich ständig mit neuen Attraktionen neu zu erfinden.

Es gab also schöne, neue, aufblasbare Tore, Rafting-Kugeln, Soccer-Maschinen, T-Shirt-Schleudern, Walkarounds, sprechende Papageien auf Fahrrädern, durch die uns ferngesteuert versteckte Moderatoren lustig beschimpften, und Billy-Bobs-Teeth, die wir uns in den Mund steckten. Dabei machten wir uns fast in die Hosen vor Lachen. (Für alle, die nicht wissen, wie die Dinger aussehen: www.getbubbateeth.com.) In meiner Knabberleiste war der linke Schneidezahn mit einem goldenen Ring verziert. Oh, ja – Business kann Spaß machen! An den beiden ersten Messetagen sammelten wir wichtige und spannende Dinge, und dann fingen wir an, kreativ herumzuspinnen. Wir erfanden Water Soccer, Bungy Soccer,

Geschwindigkeitsschussmaschinen, Torwarttraining und Keeperspiel, eine menschengroße Slot-Maschine, damit das ewige Glücksraddrehen endlich ein Ende hatte, oder einfach neue Basecaps.

Am dritten und letzten Tag führten wir intensive Gespräche mit Händlern und Produzenten. Mit vielen neuen Ideen ging es dann wieder zurück ins beschauliche Hennef, dem Epizentrum wahnsinniger Sportspiele. Hier wurden die neuen Ideen dann weiterentwickelt und umgesetzt.

Damals lag mir eine ziemlich konkrete Anfrage einer Agentur der MMC-Studios in Köln vor, die auf einem ehemaligen Flughafengelände am Butzweiler Hof ein riesiges Projekt plante. Es hieß Megafestatie, kam aus den Niederlanden und hatte sich da als Familienspektakel etabliert. Nun also auch bei uns? Sofort begann ich zu recherchieren: Wer steckte hinter der Anfrage? Wie realistisch ist das Projekt? Sind die Geldgeber seriös? Lohnt es sich, Gehirnschmalz in diese Aufgabe zu stecken? Nachdem alles gecheckt war, kamen wir zu der Auffassung: »Riesenprojekt und eine große Chance für uns!« Es konnte losgehen.

Wir wurden zur Präsentation eingeladen. Natürlich wollten wir dort möglichst perfekt auftreten. Wir entwickelten also eine Präsentation, die sich gewaschen hatte. Das kalkulierte Budget sprengte alle Budgets unserer bisherigen Projekte und war höher als unser höchster bisheriger Jahresumsatz.

Unser Portfolio kannten unsere potenziellen Auftraggeber schon vor unserer Präsentation, und ich wusste: Wir waren stark. Wir hatten eine perfekte Präsentation, ein gutes Preis-Leistungs-Verhältnis, neue Spiele im Gepäck, die kein anderer Mitbewerber hatte, und vor allem: Wir sahen gut aus.

Am Anfang der Präsentation um 13.15 Uhr fragte ich, wie viel Zeit wir denn hätten und ob es bei den besprochenen 45 Minuten bliebe. Ja, wir hatten genau eine Dreiviertelstunde, um zu überzeugen. Nach der Vorstellung und der gegenseitigen Beschnupperung ergriff mein Kompagnon die Initiative. Es war 13.20 Uhr.

»Also, angefangen hat meine Erfolgsstory Mitte des Jahres 1993. Ich habe damals noch an der RWTH Aachen studiert und gemeinsam mit meinem Bruder, einem engagierten Kinderkardiologen, eine Firma gegründet. Um meine zum Teil schon ziemlich verrückten und außergewöhnlichen Ideen Wirklichkeit werden zu lassen, musste mein großer Bruder mit seinem überzeugenden Auftreten bei vielen Kritikern, darunter auch Banken und unsere Eltern, gut Wetter machen. Doch bereits während des Studiums profilierte ich mich mit meinen technisch überzeugenden Lösungen in der Fun- und Trendsportszene. An die Stelle meines Bruders trat am 1. Januar 1998 meine Frau, eine angehende Diplom-Kauffrau, und übernahm die betriebswirtschaftliche Führung der Firma. Aus der Einmannfirma mit Büro im Studentenzimmer wurde mit dem Einzug in die Geschäftsräume des Sport- und Freizeitparks in Hennef im Mai 1995 eine Keimzelle für Innovationen geschaffen. Wenn man bedenkt, dass alles im Kuhstall eines ehemaligen Bauernhofes begann. Schon Wahnsinn, nicht wahr?«

Ich dachte: Ist der jetzt wahnsinnig geworden? Was ist sein Plan? Er möchte den Auftrag nicht, er hat keine Lust auf das Projekt, er hat genug zu tun. Er weiß nicht, wie viel Zeit mein Team in die Vorbereitung der Präsentation gesteckt hat.

Weiter ging es in der Horrorshow: »Im gleichen Jahr begann auch die erfolgreiche Zusammenarbeit mit Europas kompetentester Sportgerätefertigung. Diese erfolgreiche Allianz besteht bis zum heutigen Tage und avancierte im Bereich Beachsport zur unumstrittenen Nummer eins der Szene. Apropos, unser Partner hat damals seine Produktionsstätten nicht nach Asien verlegt, so wie die anderen, das verschafft ihm natürlich heute einen immensen Vorteil. Eine Million Euro wird jedes Jahr allein in den Produktkatalog investiert. Hier, schauen Sie mal, auf den ersten 40 Seiten alles Produkte von uns!«

Dies war den ersten Tritt wert. Mein Cowboystiefel versuchte meinen Kompagnon unter dem Tisch zu erreichen, der sich heißgeredet hatte. Ich hatte das schon mal erlebt. Spätestens hier hätte ich ihn unterbrechen müssen mit den Worten: »Halt's Maul, interessiert niemanden!« Ich traf ihn. Er zuckte zwar kurz, aber dachte dann leider das Falsche: »Der tritt mich, weil ich noch etwas vergessen habe zu erwähnen. Ach ja, stimmt ja.« Und er hielt sich an das Prinzip »The Horror-Show must go on.«

»1997 gelang es dank namhafter Sponsoren anlässlich der Beachvolleyball-Weltmeisterschaft in Los Angeles in Kalifornien, ein ganzes Tennisstadion in eine Beachvolleyball-Arena umzubauen. In diesem Jahr habe ich dann auch meinen Partner kennengelernt, Herrn Buckert, und wir haben unsere gemeinsame Firma gegründet. Ich mache ja auch jedes Jahr das Beachline-Festival in Riccione, das größte Beachvolleyball-Turnier der Welt. Auf über 120 Feldern wird da gespielt.«

Mal abgesehen davon, dass mein Partner bei einer solchen Gelegenheit unsere komplette Musikanlage stehen ließ und sich italienische Tribünenarbeiter beim Abbau über den »Zugewinn« sehr gefreut haben, war dies jetzt einfach nicht das richtige Thema.

Stopp!

Ergo: erneuter Tritt. Am besten volley in den Schritt, damit er versteht, dass für ihn nun die Zeit des Schweigens gekommen ist. Ich unterbrach ihn und versuchte es mit den Worten: »Darf ich kurz unterbrechen? Was können wir denn für die geplante Megafestatie beitragen? Wie ist denn der Stand der Vorbereitung?«

Antwort: »Momentan sind wir dabei zu prüfen, mit welcher Agentur wir zusammenarbeiten werden! Überzeugen Sie!«

Ich weiter: »Okay. Wir haben eine Präsentation vorbereitet, hier gebe ich Ihnen unser Handout zur PowerPoint-Präsentation, die ich Ihnen nun kurz zeigen möchte, damit Sie einen guten Einblick bekommen.«

Zack, war der Kompagnon wieder on air: »Dank meiner langjährigen Karriere in der Funsportszene entwickelte sich meine Firma zu einer Art Übersetzungsbüro für technische Probleme der Sportler zu praktischen

Lösungen in neuen Produkten. Dabei war ich stets bemüht, mein Fachwissen mit anderen Experten auf Seminaren und Vorträgen auszutauschen, was zu meiner Dozententätigkeit im Lehrgebiet Sportanlagen und Gerätekunde an der Universität führte. Diese Wurzeln bilden auch den Ansatz für viele neue Visionen, die sich in den Konzepten für moderne und kundenorientierte Freizeitobjekte niederschlagen. Das konsequente Miteinander von Verbänden, Vereinen, Promotern, Sportlern und vielen anderen bildet die lebendige Aura meiner Firmenphilosophie. Meine engagierten Mitarbeiter entspringen alle einem sportlich orientierten Umfeld, das auch trotz der beruflichen Aufgaben weiterhin einen hohen Stellenwert behalten soll.«

Spätestens jetzt wollte ich den Baseballschläger aus dem Kofferraum holen, zumindest meine Boxhandschuhe überstülpen und aktiv werden.

Ein erneuter Blick auf die Uhr ließ mich handeln: 13.50 Uhr! »Ja, wir haben jetzt einiges über die Entwicklung gehört«, fiel ich ihm in die Parade, »lassen Sie uns nun über Ihre Anforderungen, Wünsche und preislichen Vorstellungen sprechen!«

»Wie realistisch ist denn die Umsetzung unserer gemeinsamen Megafestatie, vor allem auch mit Blick auf den von Ihnen geplanten Beachsportbereich?«, wandte ich mich an unsere Gesprächspartnerin, die von ihrem Chef zu diesem Treffen geschickt worden war.

»Ja, einen Beachvolleyballbereich planen wir auch, sowohl indoor und auch draußen. Und Fußball und Handball sollten die Kinder auch spielen können. Könnten Sie das Projekt überhaupt umsetzen?«, war die Reaktion auf meine Frage.

»Dass wir solche Dinge stemmen können, haben wir in der Vergangenheit schon bewiesen, wir würden uns freuen, mit Ihnen dieses innovative Projekt umsetzen zu können. Das haben Sie sicherlich im Vorfeld recherchiert, sonst säßen wir wohl nicht hier!«, sagte ich. »Okay, was brauchen Sie von uns? Am besten wohl das volle Programm? Es ist natürlich auch alles eine Frage des Budgets.« »Machen Sie sich um das Budget mal keine Sorgen, uns geht es um die kompetente Umsetzung durch Profis.« Ich dachte: »Okay, scheint vielleicht doch noch gut zu gehen?«

Doch da war er wieder, der Profi: »Also im Beachsport macht uns keiner etwas vor.« Das war natürlich nur die Ouvertüre. »Wir machen ja auch die Beachvolleyball-Masters-Serie, und die Rechte vom Beachhandball haben wir auch gekauft. Ja, wir machen ja auch jedes Jahr die deutschen Meisterschaften im Beachhandball. Dabei haben wir auch immer unsere Hydro-Bronc-Kugeln im Einsatz. Wir suchen dafür noch weitere Sponsoren, die sich auf unserem Bandensystem präsentieren. Vielleicht wäre das auch etwas für Sie? Radio Buxtehude ist auch immer dabei. Unser neuestes Projekt ist übrigens die ›HannoMagic‹-Halle. Kennen Sie die alte Pfanni-Halle in Hannover? Hier soll ich einen kompletten Funpark bauen. Mir schwebt ja Folgendes vor: ein gewaltiger Golf-Abschlagkäfig im überdimensionalen Bereich. Dann noch ein Bereich, in dem man die ›gesunde Zigarette‹ rauchen kann.«

Na ja, muss ich noch erwähnen, dass aus unserer Megafestatie leider doch nichts mehr geworden ist?

Wenn ich im Nachhinein auf diesen Präsentationstermin zurückblicke, war es allerdings meine ganz persönliche Megafestatie, bei der ich sehr viel gelernt habe. Die Quintessenz aus der Geschichte: Es lag natürlich in meiner eigenen Verantwortung. Wichtig ist, vorher ganz klare Gesprächsziele zu definieren, den Gesprächsverlauf so gut es geht zu planen und No-gos festzulegen. Die richtigen Menschen müssen präsentieren und der Inhalt ist entscheidend und sollte der Aufgabenstellung entsprechen.

Ingo Buckert

Trainer, Coach
www.ingo-buckert.de
www.nichtraucher-in-5-stunden.de

Andreas Buhr

»Wir verkaufen eine Weltanschauung.«

Die IOS: Aufstieg und Niedergang eines Weltkonzerns

Etwas war anders an diesem Vormittag im Mai 1970. Das Haus war so ungewohnt ruhig. Kein helles Frauenlachen mehr, keine klirrenden Champagnergläser, kein Kommen und Gehen von Gästen. Doch das war es nicht.

Bereits seit Tagen spürte Bernard Cornfeld, dass sich etwas Großes zusammenbraute. Etwas, was sich gegen ihn richtete. Das heute zum Ausbruch kommen könnte. Er spürte, was sich geändert hatte:

Sie wollten ihn nicht mehr.

Ihn, der all dies aus dem Nichts aufgebaut hatte. Ihn, den »Herrscher der Welt«. Jetzt trauten sie ihm nicht mehr zu, dass er noch einmal das Ruder würde herumwerfen können. DAS war anders.

Cornfeld ließ sich in seinen mächtigen Chefsessel im Büro seiner Villa Bella Vista fallen. Die Fenster des imposanten Baus öffneten sich zum Ufer des Genfer Sees, doch Cornfeld hatte für die Schönheit draußen keinen Blick mehr. Sein Kopf sank nach hinten auf die Lehne des Drehstuhls, er starrte an die Decke.

Er konnte es nicht begreifen. Wie konnten sie es wagen, ihm das hier nehmen zu wollen! Er hatte die schönsten Frauen, er schwebte per Helikopter und Mystère-Jet zu Besprechungen ein, er besaß einen Park der teuersten Autos und neuesten Privatflugzeuge, er verbrachte seinen Urlaub auf den spektakulärsten Jachten und in den exklusivsten Hideaways, viele Menschen hörten auf sein Kommando, er führte immer das größte Wort.

Doch das zählte hier nicht mehr. Denn gleich würde er sich erheben müssen. Würde über die Flure gehen und den Konferenzraum betreten, in dem der Verwaltungsrat der IOS tagte. Und dort würde es passieren: Er war raus. Entmachtet. Unerwünscht. Schluss, Fini, Ende, aus, Feierabend.

Der Stern des Bernard Cornfeld war gesunken. Und was sich in der Folge für viele Zehntausend Menschen als noch viel gravierender herausstellen sollte: Der Komet, sein Komet, die IOS war abgestürzt. Noch ein Jahr zuvor gehörten 60 Firmen zur IOS, hatte die Investors Overseas Services, kurz IOS, mehrere Milliarden Dollar Anlagevermögen, 1969 steckten rund 800 Millionen US-Dollar* von fast 200 000 Anlegern allein im FOF. 200 000 Menschen hatten teils naiv-uninformiert, teils gierig-berechnend den Versprechungen und Verlockungen der vielen Tausend Vertriebsmitarbeiter der IOS vertraut und ihr Geld in Fonds und Dachfonds gesteckt, deren Struktur sie nicht verstanden und deren Erfolg mehr als fragwürdig war. Fast alle würden in den nächsten Jahren ihr Geld verlieren. Viele würden alles verlieren, einige mit einem blauen Auge davonkommen.

* Angegebene nicht umgerechnete Geldbeträge aus der Zeit um 1970 müssen mit einem Faktor sechs multipliziert werden, um inflationsbereinigt ungefähr die heutigen Werte wiederzugeben. Der Dollarkurs zur Deutschen Mark stand zum damaligen Zeitpunkt bei rund 1 USD = 4 DM.

Eine Erfolgs- und eine Horrorgeschichte in dem Ausmaß war wirklich noch nicht abzusehen, als Bernard Cornfeld am 17. August 1927 in Istanbul als Sohn eines rumänischen Schauspielers und einer Russin das Licht der Welt erblickt. Ein so großes Schicksal scheint ihm gar nicht beschieden zu sein: 1931 emigriert die Familie in die Vereinigten Staaten, wo der kleine Bernard in den Problemvierteln New Yorks und Philadelphias aufwächst. Der Vater stirbt 1933, der Sohn lernt früh, sich mit allerlei kleinen Geschäften über Wasser zu halten. Dann kommt der Zweite Weltkrieg: Cornfeld dient in der US-Marine. Danach schlägt er sich als Sozialarbeiter durch, später läuft er als Investmentverkäufer für die Investmentgesellschaft IPC-Fonds von Walter Benedick von Tür zu Tür und verkauft Finanzprodukte im Außendienst, wobei die meisten Kunden nicht verstehen, um was es eigentlich geht. Aber sie vertrauen ihm, dem freundlichen jungen Mann

mit seiner oft schüchtern wirkenden Art. Er lernt dabei die Grundzüge des Finanzstrukturvertriebes kennen und er finanziert sich damit sein Studium. Ein Diplom in Psychologie erwirbt er dann später, außerdem einen MA-Abschluss an der New York School of Social Work an der Columbia University. Er versteht also was von der Psyche der Menschen, von ihren Wünschen, Sehnsüchten und Rationalisierungen.

Ein Amerikaner in Paris

1955 verlässt Cornfeld New York und gründet 1956 in Paris mit wenigen Hundert ersparten Dollar eine eigene Gesellschaft für offene Wertpapier-Investmentfonds. Nach Ende des Zweiten Weltkrieges sind noch rund 800 000 US-Soldaten in Europa stationiert – diese Zielgruppe will er sich beim Verkauf von Aktienfonds erschließen. Und zwar mithilfe der US-Amerikaner, die als Zivilisten in Europa leben und guten Zugang zu ihren Landsleuten haben. Anfangs verkauft er auch hier Anteile des IPC-Fonds, dann erhält er das exklusive Vertriebsrecht für den Dreyfuss-Fonds in Europa. Das ist schon ein Coup, erfreut sich dieser Fonds wegen seiner erklecklichen Wertsteigerungen doch hoher Popularität. Bereits in dieser Zeit gelingt es ihm – so die Quellen –, mit seinem Konstrukt amerikanische wie europäische Steuervorschriften zu umgehen. Doch 1958 gerät er ins Visier der französischen Behörden, die widerrechtliche Verkäufe amerikanischer Fondszertifikate an französische Staatsbürger vermuten. In der Konsequenz zieht Cornfeld Ende des Jahres mit seiner Company ins schweizerische Genf um. Hier wird ihm klar, dass es erheblich mehr Geld bringen würde, eine eigene Fondsverwaltungsgesellschaft zu betreiben, als nur Zertifikate von Dritten zu verkaufen. Mit der Investors Overseas Services (IOS) gründet er eine eigene Fondsgesellschaft, die 1960 als Aktiengesellschaft, IOS Ltd., eingetragen wird. Ihr Sitz: Panama. In dieser Zeit stoßen zwei weitere entscheidende Männer hinzu: zum einen der gelernte Rechtsanwalt Edward M. Cowett. Als Berater der Dreyfuss-Fonds kennt Cowett sich mit dem Geschäft gut genug aus, um das folgende Wachstum zu organisieren. Und zum anderen Allen R. Cantor, der in der Folge den Vertriebsapparat mit militärischer Strenge aufbauen und kontrollieren wird.

Der erste Dachfonds schreibt Geschichte

Im Januar 1961 ist es dann so weit: Mit dem IIT, dem International Investment Trust, wird der erste IOS-eigene Fonds aufgelegt, und zwar in Luxemburg. Freilich fällt er gleich bis Oktober 1962 von fünf auf rund dreieinhalb Dollar. Dieser Wertverlust wird, folgt man den Quellen, in den späteren Verkaufsprospekten aber so kaschiert, dass der Tiefstand des IIT vom Oktober als Anfangswert angesetzt wird. Trotzdem – oder gerade deswegen – wird der Fonds sehr populär und wird Ende 1969 mit über 700 Millionen Dollar** Vermögen, von denen mehr als die Hälfte deutschen Anlegern gehört, der größte Fonds der IOS sein.

** Über Finanzvolumina gibt es in den Quellen keine verlässlichen, sondern viele widersprüchliche Angaben, was eben in dem überaus undurchsichtigen IOS-Geschäftsgebaren begründet liegt.

Im Herbst 1962 haben Cornfeld und Cowett aber eine noch bessere Idee, ja, eine, die Geschichte schreiben wird: Mit dem Fund of Funds (FOF) gründen sie den weltersten Dachfonds. Propagiert wird der FOF als »Witwen- und Waisenpapier«, der zwar keine Riesengewinne, aber Sicherheit vermittle. Und doch wird in den nächsten Jahren, folgt man der Literatur, ein erheblicher Anteil der Anlagegelder entgegen den Bestimmungen hochriskant bei Termingeschäften, in Immobilien und in der Rohstofferschließung eingesetzt. Im undurchsichtigen Geflecht der Fonds verschwindet denn auch ein erheblicher Teil des Anlagevermögens, das 1970 nach heutiger Rechnung fünf Milliarden Dollar umfasst.

Indem sie diverse Gebühren erhebt, kann die IOS bis zu 20 Prozent der Kundeneinlagen behalten. Nicht zuletzt auch wegen eines neuen Kunstgriffs, mit dem Cornfeld und Cowett die Einnahmen der IOS weiter steigern: Sie investieren die FOF-Mittel nicht mehr in fremde Fonds, sondern in sogenannte private Besitzerfonds, die nur einen Gesellschafter haben: die IOS.

Der Erfolgsdreiklang: Fonds – Immobilien – Versicherungen

Mit der Investors Bank gründet die IOS 1963 die erste eigene Bank, wiederum in Luxemburg. Ein Jahr später übernimmt die IOS die Overseas Development Bank (ODP) in Genf und steigt zudem ins Immobilien- und

Versicherungsgeschäft ein. Die IOS-Immobiliengesellschaft Investors Development Corporation Ltd. (Indevco) widmet sich Großprojekten wie dem Bau von Hotel- und Appartementkomplexen in Spanien und übernimmt später auch die Verwaltung des Immobilienfonds des FOF. Billig gebaut wird bei der Indevco nicht: Luxus heißt die Devise, um Prominente und den damaligen Jetset sowie die gehobene Mittelklasse anzusprechen. 30 Millionen Dollar werden allein in die Appartementanlage »Playamar« an der Costa del Sol investiert – alle Wohnungen werden verkauft. Mit »The Hemispheres« entsteht in Florida ein weiteres Projekt, in das 40 Millionen Dollar investiert werden.

Der FOF umfasst natürlich auch einen Rohstofffonds. Dieser wird von John M. King geleitet, der die FOF-Gelder in die Unternehmungen seiner eigenen Firma King Resources investiert. Das Haus verliert eben nichts.

Die Expansion geht auch in anderen Bereichen weiter: Die IOS-eigene Investors Bank und der Versicherungsbereich beteiligen sich an Emissionsgeschäften und sind im Versicherungsgeschäft erfolgreich. Dafür steht beispielsweise der »Dover-Plan« in England, eine Kombination aus Versicherungs- und Investmentanlage. Der Kunde schließt eine zehnjährige Lebensversicherung ab, von deren Prämie knapp zehn Prozent in eine Risikolebensversicherung fließen, der Rest in Wertpapierfonds. Rund 100 000 Kunden (1969) machen den Dover-Plan zum Erfolgsplan.

1968, nahezu auf dem Gipfel des Erfolgs, bringt die IOS einen Teil der Aktien ihrer Tochter IOS Management Ltd., die den IIT und den FOF verwaltet, an die Börse. Ein Jahr später ist die IOS eine der größten Fondsverwaltungsgesellschaften der Welt mit geschätzt mehr als einer Million Anleger und – nach damaliger Wertstellung* – rund 2,5 Milliarden US-Dollar** Anlagevermögen.

Up or out – das Geschäft ändert sich

Mit dem Wachstum der Company ändern sich auch die Zielgruppen und die Geschäftsmethoden. Anfangs geht es Cornfeld noch um das Geschäft mit US-Militärangehörigen, dazu kommen zunehmend im Ausland lebende Amerikaner ... die oft keinen großen Wert darauf legen, ihre Einnahmen zu versteuern. Der Transfer von Geld ins Ausland vorbei an Steuergesetzen und Devisenbestimmungen gehört rasch mit zum Geschäftsmodell. Man geht wohl nicht zu weit mit der Behauptung, dass der illegale Geldtransfer sogar ganz erheblich zum IOS-Wachstum bis in die zweite Hälfte der Sechzigerjahre beiträgt: »Nach Schätzungen waren von den bis 1967 bei der IOS angelegten etwa 700 Millionen US-Dollar bis zu 400 Millionen auf illegalem Weg vor allem aus Südamerika und dem Nahen Osten auf die IOS-Konten gewandert«, fasst Wikipedia die undurchsichtige Faktenlage zusammen.

Doch damit sind weitere Behördenkonflikte vorprogrammiert – diese Geschäftsmethoden bleiben nicht lange im Verborgenen: Einige südamerikanische Länder schließen die IOS-Niederlassungen vor Ort und die US-amerikanische Börsenaufsicht SEC (United States Securities and Exchange Commission) interessiert sich zunehmend für die undurchsichtigen Geschäfte der Finanzprofis. Sie fordert die Offenlegung aller Unterlagen über die US-Kunden, eine Maßnahme, der sich die IOS nur gerichtlich mit einem Vergleich erwehren kann. Dieser allerdings zieht das Verbot jeglicher Tätigkeit von IOS in den USA nach sich. Gleichzeitig gibt es auch Ärger in der Schweiz, wo sich die IOS wegen mehrerer Verstöße gegen Landesrecht verteidigen muss. In der Konsequenz verpflichtet sich die IOS zum überwiegenden Rückzug aus Genf. Und zieht einen Steinwurf weiter ins französische Ferney-Voltaire, nur drei Kilometer vom Genfer Flughafen gelegen.

Entwicklungshilfe: IOS-Development und IOS Foundation

Um das ramponierte Image aufzupolieren, verpflichtet die IOS Mitte der Sechzigerjahre mit der eigens dafür gegründeten IOS-Development zunehmend bekannte Persönlichkeiten: So gelingt es Cornfeld beispielsweise, James Roosevelt, den ältesten Sohn von Franklin D. Roosevelt, Sir Eric

Wyndham, den ehemaligen GATT-Generaldirektor, und Dr. Erich Mende, den ehemaligen Vizekanzler und FDP-Vorsitzenden, zu gewinnen. Auch das warme Licht prominenter Kunden wie Peter Frankenfeld, Richard Burton und Liz Taylor fällt auf die IOS. Zu sagen haben die Prominenten allerdings wenig in der straffen Führungskultur der IOS: Von der Zentrale aus herrscht das C-Dreigestirn Cornfeld, Cowett und Cantor mit harter Hand.

Früh aber wird – nach guter amerikanischer Tradition – eine Wohltätigkeitsstiftung gegründet, die IOS Foundation. In Deutschland wird sie unter dem Namen IOS Stiftung Deutschland e.V. geführt. Den IOS-Vertretern wird oft die soziale Anerkennung in Deutschland versagt – hier findet sich eine Möglichkeit, ihre Bedeutung und ihren Beitrag für die Gesellschaft unter Beweis zu stellen. So geht es in den USA wie in allen anderen Niederlassungsländern auch nicht nur um Spenden, obwohl diese erheblich sind, sondern stets auch um echtes soziales Engagement.

Cornfelds Profil schwankt immer zwischen Saulus und Paulus. Seine Taten sind so gewaltig wie seine Worte, sein Übermut so legendär wie seine Wutausbrüche, seine überspielte Schüchternheit so ausgeprägt wie sein Talent zur Selbstdarstellung und zur PR. Entsprechend kommentiert die »TIME« im Januar 1970 süffisant einen Besuch von »Bernie«, wie alle Welt Cornfeld nennt, bei Papst Paul VI., denn auch dieser dient letztlich dem Geschäft: »Last month Bernie himself was received by Pope Paul VI in a private audience, and won the Pontiff's consent to issue a book relating I.O.S. activities to the papal encyclical urging that workers have a larger share in the fruits of industry. The project can scarcely fail to enhance I.O.S.'s appeal in Catholic countries.«

»Wir verkaufen eine Weltanschauung, keine Produkte«

Dabei hat Cornfeld durchaus auch selbst einen Glauben: Er hat eine Vision, etwas Großes treibt ihn an. Über die Zeit stellt er 25 000 Repräsentanten ein, die Fonds überwiegend an Kleinanleger verkaufen. Er will nicht (nur) die Reichen reicher machen, er will jedermann »am Wirtschaftswachstum der freien Welt beteiligen«. Cornfeld nennt das den »Peoples Capitalism« (Volkskapitalismus) – und er hat ein Bild dafür: Jeder IOS-Kunde soll die

Chance auf eine eigene Jacht haben. »Peoples Capitalism« verkaufen die IOS-Vertreter also: keine Produkte, nein, sie verkaufen eine Weltanschauung. Sie verkaufen Teilhabe am Boom der Nachkriegswirtschaften. Sie verkaufen Freiheit. Finanzielle Freiheit und die Freiheit der Wirtschaft.

Und sie glauben auch selbst daran. Der »Peoples Capitalism« wirkt auch bei den IOS-Mitarbeitern, bei den eigenen Repräsentanten. Die IOS verzeichnet nur einen geringen Akademikeranteil, aber sie bietet schnelle Karrieren und Aussicht auf das große Geld für alle. Die Agenturen strahlen Geld und Seriosität aus, Geschenke und Boni belohnen den Eifer derjenigen, die noch schneller nach oben kommen wollen. Die IOS ist ein Sammelbecken für ehrgeizige, erfolgs- und geldorientierte junge Männer mit Testosteron und Adrenalin in der Blutbahn. Unerschütterlich ist der Glaube an den unaufhaltsamen Aufstieg.

Bereits Anfang 1960 entwickeln Cornfeld und Cowett einen Stock-Option-Plan, mit dem sie die wachsende Vertreterzahl an die Gesellschaft binden. Dabei erwerben die Vertreter nach einem recht komplizierten Modell Gesellschaftsanteile, die sie bei einem späteren Börsengang der IOS zu Geld machen können. Ein Modell, das viele reich machen und viele ruinieren wird.

»Ja! Ich! Weiß! Das! Doch! Und ich will noch etwas tun!«, hämmerte es in Cornfelds Hirn. Er schloss die Augen. Er hörte die Worte der Aufsichtsratsmitglieder nicht mehr. Wollte sie auch nicht hören. Er hörte wieder das Scharren der Hufe seiner Pferde im Stall seines französischen Schlosses aus dem 13. Jahrhundert. Er hörte gedämpfte Schritte auf den dicken Teppichen seiner Suite im Carlyle Hotel mitten in Manhattan. Er hörte die Musik und das Lachen der Gäste auf der letzten IOS-Weihnachtsparty, die in einem Champagnerbad aus mehr als 3000 Flaschen Moët et Chandon Brut endete. Doch die Party ist vorbei. Für immer.

Die Party ist zu Ende … aber die Musik spielt noch

Cornfeld zieht sich bereits Mitte 1968 aus der faktischen Führung der Firma zurück, sie wird nun überwiegend von Edward Cowett geführt. Er investiert erhebliche FOF-Mittel in King Resources, in eine unprofitable kanadische Fondsgesellschaft und in einen Mischkonzern, der nicht zur Unternehmensstrategie passt. Außerdem werden viele Millionen Dollar Eigenkapital nach dem Börsengang der IOS eingesetzt, um die eigene Aktie zu stützen. Ein vernünftiges Kostenmanagement gibt es nicht, spätestens 1969 liegen die Kosten über den Einnahmen. Zudem werden große Kredite an leitende Mitarbeiter vergeben, die nur durch IOS-Aktien besichert sind. Ein Wunder ist es also nicht, als die Liquiditätskrise offensichtlich wird. Und sie lässt sich gegen Ende des Jahres 1969 auch nicht mehr vertuschen. In der Folge gerät die IOS-Aktie stark unter Druck, was wiederum viele Anleger und Mitarbeiter zum Verkauf zwingt. Ihre Kredite platzen. Die Katastrophe bahnt sich an, C^3 verliert Macht und Ansehen: Cornfeld wird Anfang Mai 1970 in einer Verwaltungsratssitzung entmachtet und in der Hauptversammlung im Monat darauf nicht mehr in den Verwaltungsrat gewählt. Cowett muss die Firma verlassen, Cantor wird ersetzt. Vertreter und Mitarbeiter verlassen den sinkenden Kahn in Scharen, auch Deutschland-Manager Dr. Erich Mende geht.

… spielt bis zum Sinken der Titanic

Noch scheint Rettung möglich: Sir Eric Wyndham White und die neue IOS-Führung bemühen sich um kapitalkräftige Investoren. Was sie stattdessen erzielen, ist ein kapitaler Fehler: Die Bank Rothschild in Paris bietet als Investor einen Dollar pro Aktie, doch sie setzen auf das lukrativer erscheinende Angebot des langjährigen Geschäftspartners John M. King, der vier Dollar pro Aktie bietet – leider aber seine Zusagen nicht einhalten kann. So wird die IOS im Herbst 1970 an den Mischkonzern International Control Corporation (ICC) des überaus illustren Geschäftsmannes Robert L. Vesco – der später den zweifelhaften Ehrentitel »King of White Collar Crime« tragen wird – gehen. Über die Scheinfirma Linkink kauft Vesco auch noch das Aktienpaket Bernard Cornfelds, für 0,80 Dollar pro Stück.

Spätestens an dieser Stelle entwickelt sich die Story zum reinen Wirtschaftskrimi. Vesco weiß genau, dass es der IOS durch den Vergleich mit der SEC immer noch verwehrt ist, in den USA tätig zu werden – was die Zusammenarbeit mit seiner eigenen ICC einschließt. Er holt immer mehr eigene Leute in die IOS und setzt sie in Führungspositionen ein. Es entsteht der Plan, die IOS-Fondseinlagen über diverse Briefkastenfirmen und

Banken auf den Bahamas an eine Offshore-Firma namens ABC zu leiten. Oder so ähnlich, denn wirklich rekonstruieren lassen sich die Details in den folgenden Wirren nicht mehr. Das Ziel, so viel scheint gesichert, ist der Abfluss der vorhandenen Fondsgelder außerhalb der Reichweite der Anleger. Doch die erheblichen Geldbewegungen bleiben nicht unbemerkt: 53 Seiten umfasst die Anklageschrift aus dem Jahr 1972, in der die SEC Vesco und einer Reihe von Helfern vorwirft, die IOS um 224 Millionen Dollar** erleichtert zu haben. 1973 meldet die IOS Insolvenz an. Die Liquidation des Fund of Funds wird 2006 abgeschlossen, rund 160 Millionen Dollar** Liquidationsgelder werden noch ausbezahlt, auch IIT- und IPI-Anleger erhalten noch Geld – und angeblich warten auf Treuhandkonten bis heute noch Mittel aus der IOS-Liquidation auf Inhaber von Ansprüchen.

Robert L. Vesco gehört nicht dazu. Er entzieht sich dem SEC-Verfahren durch Flucht und verbringt die nächsten rund 15 Jahre damit, Länder zu besuchen, die kein Auslieferungsabkommen mit den USA haben. Zunächst allerdings lässt er, folgt man ebenso grauen wie interessanten Quellen, noch Richard Nixon über einen Nixon-Neffen eine erhebliche finanzielle Zuwendung zukommen in der (vergeblichen) Hoffnung, das SEC-Verfahren so noch abwenden zu können. Er setzt sich dann nach Costa Rica ab, wo ihn dem Vernehmen nach eine Spende von über zwei Millionen Dollar an den Präsidenten durch eine folgende sogenannte »Lex Vesco« vor Auslieferung schützen wird. In den Neunzigerjahren taucht Vesco auf Kuba auf, wo er seine Bekanntschaft mit dem Nixon-Neffen erneuert und allerhand Geschäfte betreibt. Die bringen ihm schließlich 1996 eine 13-jährige Haftstrafe in Kuba ein.

Auch John M. King ist kein großes Glück mehr beschieden: Er wird krank und lebt als relativ unbekannter Geschäftsmann in den USA. Die Spur von Allen R. Cantor, dem »obersten Vertriebsoffizier der IOS«, ist verwischt. 1988 soll er noch gut situiert in der Schweiz gelebt haben. Neuere Informationen über ihn sind nicht zu finden. Edward M. Cowett, der aristokratisch aussehende Rechtsanwalt, der das optische und strategische Gegengewicht zu Cornfeld darstellt, stirbt schon kurz nach der IOS: 1974. Bernard Cornfeld schließlich gelingt nie eine Rückkehr ins Finanzgeschäft. Er ist wohl nie so reich gewesen wie die Gerüchte, die sich um ihn ranken. Noch 1969 wird Strafanzeige gegen ihn erhoben, er verbringt elf Monate in Untersuchungshaft, bevor er gegen Kaution freikommt. 1979 wird ihm der

Prozess gemacht, der indes mit einem Freispruch endet. Verarmt stirbt Cornfeld 1995 in London.

Ein Zwischenfazit: What goes up must come down

Es gibt Gründe für den gigantischen Aufstieg der IOS. In der Sprache der VertriebsIntelligenz® heißt das: Da hat jemand zum richtigen Zeitpunkt die richtige Idee mit den richtigen Leuten am richtigen Ort richtig und konsequent umgesetzt.

Cornfelds Vertriebsmannschaft bot allen, die reich werden wollten, eine Alternative zum Bankschalter. Und das wollten alle. Sie verkauften keine Produkte. Sie verkauften Visionen, Ziele, Ideen, ja, einen Glauben! Den des Volkskapitalismus. Junge, dynamische Menschen, aggressive, hungrige Talente, strömten zu einem jungen, offensiven Unternehmen, das schnelle Karrieren versprach. Und das wirklich innovativ war; so war beispielsweise die Idee des weltersten Dachfonds in der Tat bestechend. Es gab nicht nur die Aussicht auf schnellen Reichtum für Vertreter wie Anleger, klangvolle Namen im Topmanagement und die großartige Attitüde sorgten zudem für den notwendigen Anstrich der Seriosität und der Solidität.

Und es gibt Gründe für den ebenso unaufhaltsamen Abstieg. Aus Sicht der ©lean leadership liegen diese vor allem in der unsauberen Führung. Bilden die IOS-Vertreter zunächst noch eine echte Mannschaft, herrscht in späteren Jahren nur noch ein Hauen und Stechen um Pfründe und Provisionen. Die militärische Strenge von Vertriebsstratege Cantor schlägt um in eine Atmosphäre des Kampfes – und auch das Bild, das die Vertreter nach außen abgeben, leidet darunter. Verkäufer werden nicht zum Unternehmer ausgebildet, sondern auf Cashcow getrimmt. Viele verdienen schnelles Geld, können mit dem Erfolg aber nicht menschlich umgehen. Das Finanzgebaren der IOS ist von Anfang an nicht ehrlich nach außen und nicht authentisch nach innen. Die Fonds zeigen keine überdurchschnittliche Performance, aber durch (versteckte) Gebühren verdient die IOS sehr gut daran. IOS-Manager geben das Geld mit vollen Händen aus, investieren in eigene Firmen, überlassen die Vertriebsmannschaft weitestgehend sich selbst. Die Unabhängigkeit von den Banken wird der IOS in der Krise zum Verhängnis: Sie findet keine Unterstützung. Vielen Bankern mag der IOS-

Crash angesichts der abenteuerlichen Unternehmungen und Investments, die Cornfeld (in den späteren Jahren) unternimmt, gar Genugtuung gewesen sein. Ikarus kam der Sonne zu nahe. Und stürzte ab.

Die Mutter der deutschen Strukturvertriebe

Die IOS hat in vielerlei Hinsicht Geschichte geschrieben. Durch ihre schiere Größe. Durch die virale Ausbreitung mit insgesamt rund 25 000 Vertretern. Durch die (damals) unfassbare Prunksucht Bernard Cornfelds und sein dandyhaftes, bizarres und überaus exaltiertes Auftreten. Durch den Glauben, den sie ihren Kunden vermitteln konnte: an die Teilhabe am Wirtschaftserfolg der Nachkriegszeit und der folgenden Boomjahre. »Ein ganzer Kontinent«, so die »TIME«, »hat sich der Idee des Aktieninvestments verschrieben.« Durch das Selbstverständnis, das sich infolgedessen bei ihren Vertretern entwickelt. Durch weltweite Innovationen wie den ersten Dachfonds. Durch eine derart komplexe Struktur und ein derart undurchschaubares Finanzkonstrukt, dass selbst jüngst noch nicht alle Insolvenzen vollständig abgeschlossen, noch nicht alle restlichen Liquidationsgelder vollständig abgeholt sind.

Und vor allem dadurch, dass sie – beispielsweise in Deutschland – zur Mutter der Finanz-Strukturvertriebe wurde, da einige der IOS-Granden, die das Unternehmen verlassen hatten, ihre Erfahrung, reichlich (Ex-)Mitarbeiter und sicher auch den einen oder anderen Kunden mitnahmen, um eigene Organisationen zu gründen.

IOS-Generalmanager Otto Wittschier, von 1966 bis 1970 erst neben-, dann hauptberuflich bei der IOS tätig, gründet noch 1970 den rasant wachsenden Allfinanz-Strukturvertrieb OVB (Organisation für Vermögensberatung und Kapitalanlage GmbH & Co KG).

»Eine der größten Verkaufskanonen der IOS«, Dr. Werner Kunkler, wird 1970 vom Agri-Fund aus der IOS »geangelt«, so »Die Zeit«. 1973 wird er erster Direktor der HMI-Organisation.

IOS-Deutschland-Manager Dr. Erich Mende verlässt die IOS im Sommer 1970 und gründet mit Dr. Reinfried Pohl und der Versicherungsgesellschaft Deutscher Herold noch im selben Jahr den Finanzstrukturvertrieb Bonnfinanz.

Dr. Reinfried Pohl wechselt 1967 vom Gerling-Konzern zur IOS. Ende 1969 steigt er dort aus, um im Folgejahr eben Gründungsmitglied der Bonnfinanz zu werden. 1974 trennt sich die Gesellschaft von Pohl, und 1976 gründet der oft so apostrophierte »Vater der Allfinanz-Beratung« mit der Allgemeinen Vermögensberatung AG, später umbenannt in Deutsche Vermögensberatungs AG (DVAG), den größten deutschen Finanzvertrieb mit rund 32 000 Vertrieblern.

Udo Keller verlässt die IOS zunächst in Richtung Hamburg-Mannheimer. 1986 gründet er die tecis Holding AG mit einer Reihe von Tochterunternehmen als unabhängiges Finanzdienstleistungsunternehmen. Er führt die tecis zunächst als Vorstandsvorsitzender, dann als Vorstand des Aufsichtsrates bis zum Jahre 1998, gründet 1995 den Verband Unabhängiger Finanzdienstleistungs-Unternehmen in Europa e.V. (VOTUM Hamburg) und 2000 die »Udo Keller Stiftung FORUM HUMANUM«, die sich »der Förderung interdisziplinärer und interreligiöser Projekte in Forschung, Lehre und Praxis verschrieben hat«, wie es in der Selbstauskunft auf der Website heißt.

Die Geschichte eines Weltkonzerns und einer Weltidee

Die IOS hat Geschichte geschrieben.

Es hätte eine große, eine saubere, eine einzigartige Geschichte werden können.

So wurde es die Geschichte vom Aufstieg und Niedergang einer Weltidee.

Und eines Weltkonzerns.

Den Konzern gibt es nicht mehr.

Die Idee hat überlebt.

Diese Geschichte beruht auf wahren Begebenheiten; Dramatisierungen sind frei erfunden. Die in dieser Geschichte verwendeten und zitierten Informationen basieren auf Literatur- und Internetrecherche, im Wesentlichen aus folgenden Werken:

Birkholf, Manfred / Saller, Wolf: IOS. Senkrechtstart und Absturz einer Erfolgsidee. Econ, 1970.
»Das Ende einer Affaire?«, Autorenkürzel: bff; in: Die Zeit, 20.02.1970.
»Das Schiff verlassen«, Autorenkürzel: tw; in: Die Zeit, 05.06.1970.
»Farewell to Cornfeld«, o. A., in: TIME, 18.05.1970.
Herzog, Arthur: Vesco: From Wall Street to Castro's Cuba. The Rise, Fall, and Exile of the King of White Collar Crime; Universe, 1987.
Mahon, Gigi: The Company that Bought the Boardwalk. Random House, 1980.
Pohl, Reinfried / Müller-Vogg, Hugo: »Ich habe Finanzgeschichte geschrieben«, Hoffmann & Campe, 2005.
Posny, Harald: Stühlerücken im Strukturvertrieb; in: Die Welt, 26.07.1995.
Raw, Charles / Page, Bruce / Hodgson, Godfrey: Do you sincerely want to be rich?, Broadway Books, 2005.
»The Midas of Mutual Funds«, o. A., in: TIME, 12.01.1970.
»Vor den Kadi«, Autorenkürzel: kde; in: Die Zeit, 08.12.1970.
Wikipedia-Einträge zu »Investor Overseas Services«, »Bernard Cornfeld«, »Robert Vesco«, »Erich Mende«, »Bonnfinanz«.

Alle Informationen wurden so weit als möglich nachrecherchiert; doch erhebt diese Geschichte als Kunstform nicht den Anspruch der vollständigen historischen Richtigkeit, insbesondere nicht, was eventuelle Straftatbestände und Rechtsverfahren betrifft.

Andreas Buhr

Experte für VertriebsIntelligenz® und ©lean leadership
a.buhr@go-akademie.com
www.go-akademie.com

Thomas Burzler und Ulrich Pfaffenberger

Das kann **nicht** sein! Ein Tatsachen-Dramolett in vier Akten

1. Akt

Das Telefon läutet. Didelda, dideldü, dideldum.

Burzler: »Burzler, guten Morgen!«

Anruferin aus dem Callcenter: »Guten Tag, hier ist die Com-Com. Wir haben da ein tolles Angebot für Sie, Herr Burzler. Sie könnten Ihren bisherigen Internetanschluss mit DSL 2000 auf DSL 6000 hochrüsten lassen. Na, wie klingt das?«

Burzler: »Interessant.«

Anruferin aus dem Callcenter: »Dies ist für Sie problemlos und ohne technische Änderungen möglich. Außerdem wollen wir unseren langjährigen Stammkunden etwas bieten und deshalb ist diese Änderung für Sie sogar kostenfrei.«

Burzler, der alte Innovationsfreund *(begeistert):* »Ja, klasse! Das nehme ich.«

Anruferin aus dem Callcenter: »Herr Burzler, dürfte ich noch Ihr Geburtsdatum wissen, um Ihre Identität zu verifizieren?«

Burzler: »Selbstverständlich. Das ist der XX.XX.19XX *(aus Datenschutzgründen gelöscht)* ...«

Anruferin aus dem Callcenter: »Danke schön. Das dauert jetzt ein paar Tage, dann bekommen Sie ein Schreiben mit der Änderung und können dann sofort mit der dreifachen Geschwindigkeit lossurfen. Einen schönen Tag noch!«

Burzler: »Ja, vielen Dank auch. Wiederhören!« *Macht einen freudigen Luftsprung und geht jubelnd ab.*

2. Akt (etwa 20 Tage später)

Das Telefon läutet. Didelda, dideldü, dideldum.

Burzler: »Burzler, guten Morgen!«

Zweite Anruferin aus dem Callcenter: »Guten Tag, hier ist die Com-Com. Wir haben da ein tolles Angebot für Sie, Herr Burzler. Sie könnten Ihren bisherigen Internetanschluss mit DSL 2000 auf DSL 6000 hochrüsten lassen. Außerdem wollen wir unseren langjährigen Stammkunden etwas bieten und deshalb ist diese Änderung für Sie sogar kostenfrei. Na, wie klingt das?«

Burzler *(staunend):* »Ja, wissen Sie, eigentlich klingt das gut. Aber da hat doch vor drei Wochen schon eine Kollegin von Ihnen angerufen und mir das Gleiche angeboten. Und ich habe das auch schon bestellt.«

Zweite Anruferin aus dem Callcenter: »Das kann nicht sein.«

Burzler: »Glauben Sie's mir: Das ist so.«

Zweite Anruferin aus dem Callcenter: »Nein, das ist ganz unmöglich. Da habe ich nichts vermerkt.«

Burzler: »Trotzdem ist es so.«

Zweite Anruferin aus dem Callcenter: »Das kann wirklich nicht sein.«

Der Dialog wogt minutenlang hin und her.

Zweite Anruferin aus dem Callcenter: »Also, ich glaube Ihnen das jetzt. Entschuldigen Sie bitte das Versehen. Herr Burzler, dürfte ich noch Ihr Geburtsdatum wissen, um Ihre Identität zu verifizieren?«

Burzler: »Selbstverständlich. Das ist der XX.XX.19XX *(aus Datenschutzgründen gelöscht)* ...«

Zweite Anruferin aus dem Callcenter: »Also, Herr Burzler, Sie werden jetzt das DSL 6000 so schnell wie möglich bekommen. Vielen Dank für Ihr Vertrauen in die Com-Com. Und einen schönen Tag noch!«

Burzler: »Ja, vielen Dank auch. Wiederhören!« *Schüttelt nachdenklich das Haupt und geht sinnierend ab.*

3. Akt (etwa 20 Tage später)

Die Türglocke läutet. Dingdong, dingdong.
Burzler öffnet. Der Postbote überreicht ihm ein Schreiben der Com-Com. Burzlers Gesicht zeigt erwartungsvolle Freude. Hastig öffnet er den Umschlag.

Burzler *(singend):* »DSL 6000, DSL 6000, DSL 6000.«

Er überfliegt den Brief. Stutzt. Greift nach dem Sessel, sinkt darin nieder.

Beginnt laut vorzulesen.

Burzler: »Sehr geehrter Herr Burzler, vielen Dank für Ihre Bestellung. Wir freuen uns über das Vertrauen, das Sie uns entgegenbringen. Aus technischen Gründen ist in Ihrem Anschlussbereich derzeit DSL 6000 nicht verfügbar. Wir bitten um Ihr Verständnis, dass wir das von Ihnen bereits bestellte DSL-Komplettpaket und eventuell gebuchte Services nicht zur Verfügung stellen können. Wenn Sie Com-Com-Online ohne einen DSL-Anschluss nutzen möchten, bieten wir andere sehr interessante Tarife an. Bitte rufen Sie unsere Hotline an unter 123 123 123 123. Wenn Sie bereits Hardware von uns erhalten haben, bitten wir Sie, diese zusammen mit diesem Schreiben und dem Kassenbon beim Fachhändler wieder abzugeben. Wir möchten uns für die entstandenen Umstände entschuldigen. Mit freundlichen Grüßen Ihr Kundenservice.«

Burzler wird blass, klammert sich an die Armlehnen.

Burzler *(mit zitternder Stimme zu sich selbst):* »Hoffentlich klemmen die mir jetzt nicht DSL ganz ab und ich muss wieder über ein Modem analog ins Netz gehen!«

Er greift zum Telefon, tippt mit zitternden Fingern die Nummer der Hotline.

Burzler *(nervös):* »Burzler, guten Tag. Ich habe heute von Ihnen ein Schreiben bekommen, dass in meiner Gegend kein DSL 6000 verfügbar ist. Das hatte ich vor drei Wochen bei Ihrer Kollegin bestellt und die hatte mir alles zugesagt.«

Agent im Callcenter: »Das kann nicht sein.«

Burzler *(beschwörend):* »Doch, doch. Genau so war's.«

Er nennt Kundennummer, Datum und zitiert aus dem Schreiben.

Agent im Callcenter: »Also, wenn das so ist, dann ist eine andere Abteilung zuständig. Ich kann sie aber leider nicht verbinden. Rufen Sie doch einfach die Hotline 123 123 123 123 an. Da wird Ihnen weitergeholfen.«

Burzler *(fassungslos):* »Aber da habe ich doch angerufen. Da bin ich doch bei Ihnen gelandet.«

Agent im Callcenter: »Ach so. Da müssen Sie bei der Ziffernabfrage eine andere Wahl treffen. Nicht 4 für DSL, sondern 5 für Netzverfügbarkeit.«

Burzler: »Danke.« *(Legt auf.)*

Zuversichtlich wählt Burzler die Nummer.

Zweiter Agent im Callcenter: »Guten Tag, was kann ich für Sie tun?«

Burzler *(nervös):* »Burzler, guten Tag. Ich habe heute von Ihnen ein Schreiben bekommen, dass in meiner Gegend kein DSL 6000 verfügbar ist. Das hatte ich vor drei Wochen bei Ihrer Kollegin bestellt und die hatte mir alles zugesagt.«

Zweiter Agent im Callcenter: »Dafür brauche ich mal Ihre Kundennummer.«

Burzler sucht sie auf dem Brief der Com-Com. Vergeblich.

Burzler: »Die habe ich jetzt gerade nicht zur Hand.«

Zweiter Agent im Callcenter: »Dann darf ich Ihnen leider auch keine Auskunft geben.«

Burzler: »Auch nicht, wenn ich meine komplette Adresse auswendig weiß und mein Geburtsdatum dazu und meine Schuhgröße?«

Zweiter Agent im Callcenter *(souverän):* »Auch dann nicht.«

Burzler: »Auch nicht, wenn ich ein Schreiben von Ihnen habe, das sich darauf bezieht und eine Hotlinenummer angibt?«

Zweiter Agent im Callcenter *(sehr souverän):* »Auch dann nicht.«

Burzler: »Dann such ich sie halt. Bis später.«

Zweiter Agent im Callcenter *(superfreundlich):* »Vielen Dank, dass Sie ...«

Burzlers Druck auf die »Ende«-Taste unterbricht seine Worte.

4. Akt (etwa 17 Minuten später)

Sehr zuversichtlich wählt Burzler die Nummer der Hotline.

Dritter Agent im Callcenter: »Guten Tag, was kann ich für Sie tun?«

Burzler *(noch immer zuversichtlich):* »Burzler, guten Tag. Ich habe heute von Ihnen ein Schreiben bekommen, dass in meiner Gegend kein DSL 6000 verfügbar ist. Das hatte ich vor drei Wochen bei Ihrer Kollegin bestellt und die hatte mir alles zugesagt.«

Dritter Agent im Callcenter: »Dafür brauche ich mal Ihre Kundennummer.«

Burzler: »Das ist die XXX *(aus Datenschutzgründen gelöscht)* ...«

Dritter Agent im Callcenter: »Das kann nicht sein.«

Burzler: »Doch, das ist so.«

Dritter Agent im Callcenter: »Nach meinen Unterlagen kann das aber nicht sein.«

Burzler: »Aber wenn ich es Ihnen doch sage.«

Der Dialog wogt minutenlang hin und her.

Dritter Agent im Callcenter: »Also, nach meinen Daten hier ist DSL 6000 für Ihr Wohngebiet nicht verfügbar.«

Burzler: »Ganz sicher?«

Dritter Agent im Callcenter: »Absolut sicher.«

Burzler: »Da kann man nichts machen?«

Dritter Agent im Callcenter: »Gar nichts.«

Burzler: »Na, dann kann man wirklich nichts machen. Tschüss!«

Burzler legt auf. Tritt an den Bühnenrand und wendet sich ans Publikum.

Burzler: »Stellen Sie sich einmal vor, wie viele Milliarden dieses Unternehmen in die Luft blasen wird, wenn alle Com-Com-Onlinekunden angerufen und gefragt werden, ob sie eine höhere Leistung haben möchten, die es gar nicht gibt. Ich wurde von zwei verschiedenen Callcentern angerufen, ohne dass diese voneinander wussten. Und ohne dass sie sich über die Verfügbarkeit schlaugemacht hätten. Unvorstellbar. Was können wir daraus lernen?«

Eine Tafel schwebt vom Bühnenboden. In Flammenschrift steht darauf geschrieben:

Wie bereiten Sie Ihre Datenbestände vor, wenn Sie diese an ein Callcenter zur Akquise weitergeben?

Wie teilen Sie diese Datenbestände gegebenenfalls unter verschiedenen Callcentern auf?

Welche Qualitätstools oder Sicherungsmaßnahmen gibt es in den einzelnen Callcentern, damit ein Kunde nicht zweimal angerufen wird und um eine Auftragsannahme schnellstmöglich und sicher weiterzuleiten?

Sagen Ihre Mitarbeiter bei einer Reklamationsannahme auch immer: »Das kann nicht sein«?

Burzler: »Spaß beiseite: Testen Sie Ihre Reklamationsabteilung immer wieder selbst, denn das ist Chefsache.«

Abgang. Vorhang.

Thomas Burzler

Referent, Trainer, Coach
th.burzler@sales-motion.de
www.sales-motion.de

Ulrich Pfaffenberger

Journalist

Erich-Norbert Detroy

Vom Aufstieg und Untergang eines genialen Managers oder »Glück hat eben nur der Tüchtige«

Niemand hätte gedacht, dass es mal so enden würde, dabei hatte alles so gut angefangen ...

Markus Siebenschön war schon immer Klassenprimus. Kaum eine Arbeit, die er versiebte. Schön regelmäßig war sein Schulbesuch, artig sein Benehmen. Eigentlich hätte niemand Anstoß an ihm nehmen müssen.

Zwar waren seine Klassenkameraden keine Kameraden im wirklichen Sinne, Kameradschaft war ihm fremd. Es störte ihn nicht im Geringsten, immer allein zu lernen und allein vor der Klasse die perfekt auswendig gelernte »Bürgschaft« von Schiller vortragen zu müssen. Er empfand es als Ehre und genoss die Anerkennung der Lehrer, spürte nicht, dass sich seine Schulkollegen etwas an die Wand gespielt, eben zurückgesetzt fühlten. Oder vielleicht mochte er gar dieses Spiel. Vielleicht.

»Abschreiben, sechs!« war ihm Grund genug, sich nicht dabei erwischen zu lassen, abschreiben zu lassen. Sorgfältig hielt er während der Klassenarbeit seine Hand vor den eigenen Text. So konnte eben nur er glänzen.

Glück hat eben nur der Tüchtige.

Auf dem Pausenhof war er auch immer allein. Allein? Nein, er hielt seinen »Small Talk« mit den Aufsicht führenden Lehrern über den »dialektischen Sozialismus« oder über die »Heterogenität im kausalen Beziehungsumfeld«. Beziehungen schaden schließlich nur dem, der sie nicht hat.

So glitt er zum Früh-Abitur (von Abrackern konnte keine Rede sein), absolvierte dann sein BWL-Studium an der Uni in Rekordzeit, bestach in jedem Assessment-Center, wurde als Chefassistent eines Fabrikanten der Star-Ausputzer (woanders Controller genannt), nebenbei machte er seinen Doktor und avancierte bald zum Verkaufsleiter eines Mittelständlers.

Glück hat eben nur der Tüchtige.

Seine Männer sprachen zwar vom großen Theoretiker, der noch keinen Praktiker gesehen hat, geschweige denn einen Kunden.

Doch Glück hat nur der Tüchtige.

Aufgrund eines Großauftrages war er fein heraus. Und wieder der »Obrigkeit« Liebling.

Beim Weihnachtsessen hielt er eine glänzende Rede, die sich im Wesentlichen auf seine eigenen Leistungen und die des Chefs bezog. Der Dank an die Mitarbeiter war knapp und deutlich: »Ja, und dann sag ich noch ein Dankeschön an euch da draußen, 's hätt zwar ein bisschen mehr sein können, aber zur Weihnachtsfeier soll man ja nicht meckern. Noch eine Frage, es gibt Gänsebraten für alle, mag das jemand nicht?«

Schade für ihn, dass ihn seine »Männer« (und Frauen) nie ganz in ihre Mitte aufnahmen, er war ja auch ständig nur in der Nähe des Chefs zu sehen. Und eine gewisse Distanz zu den Untergebenen tut einem Vorgesetzten immer gut.

Doch Verkäufer sind schlau. Ein von ihnen auf der Messe geschickt eingefädelter Kontakt brachte ihm eine neue Herausforderung ... bei einer größeren Firma.

Glück hat eben nur der Tüchtige.

Kaum gekündigt, schon neu gestartet. Einkommen jetzt verdoppelt, Verkaufsmannschaft dreimal so groß, Umsatz verzehnfacht. Grund, so richtig stolz zu sein.

Seine Antrittsrede war fein überlegt:

»Guten Tag, mein Name ist Dr. Markus Siebenschön, ich bin studierter Betriebswirtschaftler, Kölner Schule, und seit heute Ihr neuer Boss. Damit Sie mich richtig einordnen können, kurz ein paar Stichworte zu meinem Werdegang.

- Abitur mit einer glatten Eins Komma null ... unterwegs zweimal eine Klasse übersprungen,
- Studium zum Diplom-Kaufmann in Rekordzeit, ja, gezaudert habe ich noch nie,
- dann Chefcontroller bei einem renommierten Mittelständler, dessen Vertriebskosten ich um sage und schreibe 30 Prozent senken konnte,
- nebenbei den Doktor gemacht,
- dann Verkaufsleiter in derselben Firma, wo ich es mal allen Verkäufern gezeigt habe; in ganzen zwei Monaten holte ich einen Großauftrag rein, in dessen Volumen wir die Leistung von fünf Verkäufern reinstecken konnten.

Sie sehen, jetzt kommen neue Zeiten auf Sie zu, geben Sie richtig Gas, dann werden Sie hoch in meiner Gunst stehen. Auf gute Zusammenarbeit!«

Siebenschön verabschiedete sich schnell mit den Worten, er habe noch »Wichtiges zu tun!«, verstanden wurde aber »Wichtigeres!«. Klar, dass sich die Mannschaft jetzt erst mal über den neuen Chef unterhalten musste. Kein Wort, das gut rübergekommen wäre. Man war sich einig: Der bleibt nicht lange unser Boss.

Kaum zu Hause ... Siebenschön lachend zu seiner Frau: »Denen habe ich mal gleich gesagt, wo es langgeht, haben die sich geduckt! Die werden sich noch wundern.«

Die Mitarbeiter zu ihren Herzallerliebsten: »Geh, der Neue, so ein Riesena..., der hat sich aufgespielt, als ob er der kleine Herrgott wäre, alles besser wüsste, aber der kriegt es mit uns zu tun! Dem wird sein Job mit uns keinen Spaß machen.«

Und unser Markus Siebenschön war sich seiner Sache ganz sicher. Schließlich war er ja ein Vorbild in Sachen Leistung, Leistung, die nur mit härtester Selbstdisziplin realisierbar war. Was man von sich verlangen konnte,

konnte man erst recht von seinen Leuten erwarten. Zu sich selbst hart, zu anderen brutal.

Glück hat eben nur der Tüchtige.

Sofort wurden auch die Gürtel enger geschnallt. Berichte mussten von jedem Besuch erstellt werden, den früheren Schlendrian seines Vorgängers – eines allseits beliebten Mannes – musste er einfach abstellen. Statt der üblichen sechs Besuche pro Tag waren jetzt neun zu absolvieren, Bewirtungsspesen waren nicht mehr absetzbar. »Euer Gehalt ist hoch genug, um mal einen Kunden einzuladen. Schließlich sollt Ihr verkaufen und nicht dinieren!«, lautete die Begründung.

Ja, und 40 000-€-Geschosse mussten auch nicht mehr sein, bei der Neuanschaffung von Pkws konnte sich jeder für Privatfahrzeuge entscheiden oder ein wirtschaftliches 25 000-€-Mobil akzeptieren. Zu viel Komfort während der Fahrt mache nur bequem. Klar, dass Klimaanlagen nicht mehr drin waren und schon gar nicht Navi-Geräte. Ein Verkäufer ist hart im Nehmen und kennt schließlich sein Gebiet. Er dachte sogar laut darüber nach, Fahrtenschreiber einbauen zu lassen, denn was für Fernfahrer gut ist, ist für gute Verkäufer ... ein Gedanke nur, den er aber dann aufgrund der hohen Kosten und der Manipulierbarkeit der Geräte wieder fallen ließ.

Glück hat nur der Tüchtige.

Nun sind Verkäufer, gute noch dazu, alles, nur keine Duckmäuser. Die Telefonate untereinander hörten gar nicht mehr auf. Der anfängliche Aufruhr wandelte sich schnell in Verweigerung. Es blieb bei unregelmäßigen Berichten, es blieb bei sechs Besuchen pro Tag, Bewirtungsspesen wurden – auch bei mehrfacher Ablehnung – trotzdem eingereicht, auch wiederholt. Und die vorhandenen Geschäftsfahrzeuge wurden eben älter.

Anfangs stimmte der Umsatz noch. Kunden sind eben doch manchmal treu, vielleicht haben sie auch aus Mitleid gekauft. Aber über die Monate gingen die Geschäftsergebnisse langsam zurück. Dies blieb nicht ohne Konsequenzen. Der Druck kam von oben, er wuchs noch, als ein anderer Kapitalgeber einstieg, dessen Forderung glasklar war: Kosten runter, EBIT rauf.

Große Sparmaßnahmen wurden durch Dr. Markus Siebenschön eingeleitet: Marketingetat runter, Verkaufsförderungsetat ganz gestrichen, Gebietsvergrößerung, Verabschiedung der Widerständler, Kleinkunden nur noch per Internet und Telefon bedienen.

Die Aussage vor der Mannschaft: »Wer nicht mitzieht, fliegt!«, war durch einen bereitgestellten Fonds für Personalfragen abgesichert. Siebenschön konnte wieder ausputzen. Lachend meinte er bei einem (als anbiedernd empfundenen) gemeinsamen Bierchen: »Ja, bei uns wird jeder so lange gedrückt, bis er passt oder passt!«

Das Kostensenken gelang auch, seine Freude galt den Kennzahlen!

Glück hat eben nur der Tüchtige.

Die Mannschaft wurde stark verjüngt (»Junge Pferde laufen schneller!«) und billiger. »Einzelschicksale interessieren mich nicht, Gruppenschicksale sind mir egal!«, formulierte Siebenschön sein Credo. Die Jungen hatten zu spuren, sie kannten es nicht anders. Das EBIT stimmte ... vielleicht nur kurzfristig, aber es stimmte.

Glück hat nur der Tüchtige.

Die Finanzholding stieg aus, genauer gesagt, sie verkaufte an eine andere, größere weiter. Und Siebenschön machte als Ausputzer schon wieder Karriere. Jetzt als Vertriebsdirektor, Herrscher über sieben Verkaufsleiter und 77 Verkäufer. Und da er wusste, wie man über Kennzahlen steuert, gab es allmorgendlich in der Früh das »Daily Reporting«. Erfolge wurden verkündet, Misserfolge vertuscht, fast wöchentlich neue »Targets« ausgegeben.

Ganz nebenbei verbesserte Siebenschön sein Golf-Handicap auf 3. »Auf dem Golfplatz werden ja die größten Geschäfte angeleiert«, verkündete er strahlend. Selbstverständlich betreute er diese Geschäfte immer selbst. Meist langwierige Anbahnungen, denn Großes braucht seine Zeit.

Glück hat eben nur der Tüchtige.

Dumm nur, dass im Unternehmen der Kalauer »Das Handicap ist die Zahl der Wochenarbeitsstunden des Golfers!« die Runde machte. Auch Siebenschöns Boss machte sich Gedanken, denn immer, wenn er ihn brauchte, war dieser beim »Akquirieren«. Er schwankte zwischen Irritation und Konsterniertheit. Denn die Begeisterung fürs Golfen zog breitere Kreise: Die Verkaufsleiter wurden zum Probegolfen eingeladen und fanden Spaß daran. Die Stimmung fortan beschrieb einer der Außendienstler recht treffend: »Während die spielen, sollen wir arbeiten!«

Und aus war es mit der Lebenseinstellung »Mache deinen Job (das Verkaufen!) zum Hobby und du musst nie mehr arbeiten!« (ursprünglich Konfuzius).

Glück hat eben nur der Tüchtige ...

Wo war die Tüchtigkeit? Denn die avisierten Großerfolge ließen auf sich warten. Siebenschön und seine engsten Mitarbeiter gerieten zunehmend ins Sperrfeuer der Kritik.

Rückwärtsgang einlegen? Alles einsehen? Das war nicht Siebenschöns Stil. Er machte Karriere. Karriere? Niemand weiß, wo er geblieben ist.

Resümee

Glück hat eben nur der Tüchtige.

Und tüchtig im Beruf ist der, der andere tüchtig werden lässt, damit diese Tüchtigkeit auf ihn »zurückfällt«. Vielleicht liest Dr. Markus Siebenschön mal Schillers *Wallenstein:*

Und eine Lust ist's, wie er alles weckt
Und stärkt und neu belebt um sich herum,
Wie jede Kraft sich ausspricht, jede Gabe
Gleich deutlicher sich wird in seiner Nähe!
Jedwedem zieht er seine Kraft hervor,
Die eigentümliche, und zieht sie groß,
Lässt jeden ganz das bleiben, was er ist,
Er wacht nur drüber, dass er's immer sei.
Am rechten Ort; so weiß er aller Menschen
Vermögen zu dem seinigen zu machen.

Dann weiß er auch, dass zum Erfolg immer alle beitragen. Und dass Chefs nur wirklich stark werden, indem sie andere stark machen.

Erich-Norbert Detroy

Consultant und Trainer
detroy@detroy-consultants.de
www. detroy-consultants.de

Isabell Drescher

Einbürgerungshorror

Ali, bis dato Afghane, will Deutscher werden. Also geht er eines Tages mit seiner Frau Maja zum Amt für Einbürgerungs- und Staatsangehörigkeitsangelegenheiten, um sich dort einen Antrag auf Einbürgerung zu holen.

Ali *(sehr freundlich):* »Guten Tag, wir würden gerne meine Einbürgerung beantragen.«

Frau B. *(patzig):* »Na, haben Sie denn schon den Antrag auf Einbürgerung ausgefüllt?«

Ali: »Nein. Den wollten wir hier abholen und fragen, was wir sonst noch alles mitbringen müssen.«

Frau B. holt einen Vordruck des Antrags auf Einbürgerung, schiebt ihn Ali zu, dreht sich um und setzt sich wieder an ihren Platz. Nachdem Maja und Ali den Antrag durchgesehen haben, rufen sie Frau B. noch einmal zu sich.

»Bitte«, sagt die, und man merkt ihr an, dass sie innerlich die Augen verdreht.

»Hier steht, dass Auskünfte über die Großeltern der Ehefrau gemacht werden müssen. Geht es da um die Eltern meines Vaters oder meiner Mutter?«, fragt Maja höflich.

»Das ist egal«, erwidert Frau B.

Als Maja und Ali nach zwei Wochen alle für die Einbürgerung nötigen Papiere zusammenhaben, gehen sie wieder zu Frau B.

Ali *(sehr freundlich):* »Guten Tag, wir haben hier alle geforderten Unterlagen für meine Einbürgerung.«

Frau B. *(genervt):* »Gut. Geben Sie her.«

Maja: »Wie geht es denn jetzt weiter? Rufen Sie uns an oder sollen wir uns melden?«

Frau B.: »Sie hören von uns, sobald es Neuigkeiten gibt.«

Zwei Monate später ruft Ali beim Amt für Einbürgerungs- und Staatsangehörigkeitsangelegenheiten an, um zu erfahren, wie es um seine Einbürgerung steht.

Frau B.: »Der Antrag ist falsch ausgefüllt worden.«

Ali *(überrascht):* »Ach ja?«

Frau B.: »Ja, Sie haben Angaben über die Eltern der Mutter Ihrer Frau gemacht. Die Angaben müssen über die Eltern des Vaters gemacht werden.«

Ali: »Sie hatten uns doch gesagt, dass es egal sei, ob die Angaben über die Großeltern mütterlicherseits oder väterlicherseits gemacht würden.«

Frau B.: »Wollen Sie mir unterstellen, ich hätte Ihnen eine falsche Auskunft gegeben?«

Ali *(beschwichtigend):* »Nein. Natürlich nicht. Ich werde mich darum kümmern, dass Sie die fehlenden Angaben bekommen.«

Frau B.: »Schicken Sie mir die Unterlagen dann bitte zu.«

Zwei Wochen später haben Ali und Maja die Unterlagen über Majas Großeltern väterlicherseits beisammen. Ali ruft beim Einbürgerungsamt an:

Ali: »Guten Tag, mein Name ist Ali M. Ich möchte mich einbürgern lassen und dazu fehlten noch Angaben über die Großeltern meiner Frau. Man sagte mir, ich solle die Unterlagen schicken. Nun wollte ich wissen, ob ich kurz vorbeikommen kann.«

Eine Sachbearbeiterin *(freundlich):* »Ja, natürlich. Kommen Sie vorbei. Bis 16 Uhr ist jemand da.«

Eine Stunde später auf dem Einbürgerungsamt.

Frau B. *(sauer):* »Was machen Sie denn hier? Ich kann mich nicht erinnern, dass Sie einen Termin haben. Außerdem hatte ich doch gesagt, Sie sollen die Unterlagen per Post schicken.«

Ali *(trotzdem freundlich):* »Ich wollte, dass Sie die Unterlagen so schnell wie möglich bekommen. Außerdem hatte ich vorher angerufen und gefragt, ob ich vorbeikommen kann.«

Frau B. *(patzig):* »Na, mit mir haben Sie nicht telefoniert ...«

Ali: »Haben Sie jetzt alles, was Sie für den Antrag brauchen?«

Frau B.: »Ja. Ich melde mich bei Ihnen, sobald es Neuigkeiten gibt.«

Ali: »Danke schön. Würden Sie sich bitte auch bei uns melden, wenn noch etwas fehlt?«

Frau B.: »Ja, natürlich.«

Zwei Monate später ruft Maja an, um sich nach dem Stand der Einbürgerung ihres Mannes zu erkundigen.

Maja: »Guten Tag, mein Name ist Maja M. Ich wollte wissen, ob es schon Neuigkeiten zur Einbürgerung meines Mannes gibt.«

Frau B.: »Tja, leider nicht. Ich konnte den Antrag nicht einreichen, da ich auf eine Bescheinigung von Ihnen warte, die mir bestätigt, dass Sie immer noch in der Ausbildung sind. Schließlich sind mittlerweile einige Monate vergangen.«

Maja: »Das haben Sie mir aber nicht gesagt.«

Frau B.: »Na, das ist ja wohl selbstverständlich, dass Sie uns über den Stand Ihrer Ausbildung auf dem Laufenden halten.«

Maja: »Gut, ich schicke Ihnen die Bestätigung per Fax zu.«

Zwei Stunden später.

Maja: »Guten Tag, Maja M. hier. Ich wollte wissen, ob das Fax bei Ihnen angekommen ist.«

Frau B.: »Frau M., denken Sie vielleicht, ich renne Ihretwegen alle fünf Minuten zum Faxgerät?«

Und noch einmal zwei Monate später ruft Maja wieder beim Einbürgerungsamt an:

Maja: »Guten Tag, Maja M. hier. Haben Sie schon Neuigkeiten wegen der Einbürgerung meines Mannes?«

Frau B. *(genervt):* »Ich sagte Ihnen doch, dass ich Sie anrufe. Nein, es gibt noch keine Neuigkeiten.«

Maja: »In Ordnung. Ich wollte Ihnen mitteilen, dass mein Mann und ich in zwei Wochen umziehen werden. Also bitte schicken Sie den Einbürgerungsbescheid nicht an die alte Adresse.«

Frau B.: »Gut, schicken Sie mir bitte ein Fax mit der neuen Adresse.«

Weitere sechs Monate später ruft Maja erneut beim Einbürgerungsamt an:

Maja: »Guten Tag, Maja M. mein Name. Vor einigen Monaten haben wir die Einbürgerung meines Mannes Ali M. beantragt. Ich wollte wissen, wie der Stand der Dinge ist.«

Frau B. *(überrascht):* »Den positiven Bescheid habe ich Ihnen vor gut einem Monat zugeschickt.«

Maja *(ebenfalls überrascht):* »Ach wirklich? Wir haben keine Post von Ihnen bekommen.«

Frau B.: »Das kann nicht sein.«

Maja: »An welche Adresse haben Sie denn den Bescheid geschickt?«

Frau B.: »Na, an die Adresse, die ich von Ihnen habe. Torstraße 80.«

Maja: »Das ist unsere alte Adresse. Ich hatte Ihnen doch extra gesagt, dass Sie den Bescheid bitte nicht an die alte Adresse schicken sollen.«

Frau B.: »Tja, das ist jetzt Pech.«

Maja: »Können Sie uns den Bescheid bitte noch einmal an die neue Adresse schicken?«

Frau B.: »Das geht leider nicht. Wenn Sie umziehen, müssen einige Angaben noch einmal überprüft werden. Ich brauche dazu bitte Ihren neuen Mietvertrag und noch einmal eine Gehaltsbescheinigung Ihres Mannes. Außerdem brauche ich von Ihnen noch einmal Angaben über den Stand Ihrer Ausbildung ...«

Zur Warnung

Ein Mensch, zu kriegen einen Stempel,
begibt sich zum Beamten-Tempel,
und stellt sich, vorerst noch mit kalter
Geduld zum Volke an den Schalter.
Jedoch, wir wissen: Hoff- und Harren,
das machte manchen schon zum Narren.
Sankt Bürokratius der Heilige,
verachtet nichts so sehr wie Eilige.
Der Mensch, bald närrisch-ungeduldig,
vergisst die Ehrfurcht, die er schuldig,
und, wähnend, dass er sich verteidigt,
hat er Beamten schon beleidigt.
Er kriegt den Stempel erstens nicht,
muss, zweitens, auf das Amtsgericht,
muss trotz Entschuldigens und Bittens
noch zehn Mark Strafe zahlen, drittens,
muss viertens, diesmal ohne Zorn,
sich noch mal anstelln, ganz von vorn,
darf, fünftens, keine Spur von Hohn,
raushörn aus des Beamten Ton,
und darf sich auch nicht wundern, sechstens,
wenn er kriegt Scherereien, nächstens.
Geduld hat also keinen Sinn,
wenn sie uns abreißt, mittendrin.

EUGEN ROTH

Isabell Drescher

Nichtrauchertrainerin
Vorstand Deutsche Gesellschaft für Nikotinprävention
isabell.drescher@luftfabrik.com
www.nichtraucher-in-5-stunden.de
www.nikotinpraevention.de

E
A
Ä
Ö
Ü

Stefan Frädrich

Die Schreckliche Versicherungsdoppelkarte

Freude! Ich hab's getan: Ich habe mir ein neues Auto gekauft. Einen wunderschönen Alfa Brera. Wenn ich dem mir gegenübersitzenden Verkäufer binnen zwei Tagen auch noch meine Versicherungsdoppelkarte beschaffe, kann er das Auto sogar so anmelden, dass ich es bei einer Zwischenlandung im Termindschungel in drei Tagen abholen kann. Falls nicht, sieht es wochenlang düster aus. Kein Problem, denke ich. Einfach bei meiner Versicherung anrufen – am besten jetzt gleich!

Ich wähle die Nummer. Leider belegt.

Ich wähle die Nummer. Leider belegt.

Ich wähle die Nummer. Leider belegt.

Der Verkäufer schaut mich fragend an.

Ich wähle die Nummer.

Es wird abgenommen!

Ansage (in schönem Schwäbisch): »Leider sind alle unsere Servicemitarbeiter momentan im Gespräch. Wir werden Sie umgehend mit dem nächsten freien Mitarbeiter verbinden.«

Ich erkläre dem Verkäufer die Situation.

Nach etwa drei Minuten habe ich einen echten Menschen an der Strippe. Live! Ich sage ihm, dass ich gern eine Doppelkarte hätte. Möglichst schnell natürlich.

»Ja, Herr Frädrich, ich schicke Ihnen die Karte gern zu. Allerdings geht das erst morgen. Die Post ist bei uns vor einer halben Stunde raus.«

»Das ist leider schlecht. Wenn die Karte erst morgen rausgeht, kommt sie für die Zulassung nicht mehr rechtzeitig an. Eine andere Möglichkeit, die Karte zu schicken, gibt es nicht?«

»Nein, eine andere Möglichkeit gibt es nicht.«

Etwas verwundert schlägt der Verkäufer vor, ihm die Karte doch per E-Mail zu schicken. Das machten andere Versicherungen auch so. Die Versicherungsmitarbeiterin klärt mich aber auf: »Das geht leider nicht. Die Karte kann nur Ihnen persönlich zugemailt werden.« Aha: Also gibt es doch eine andere Möglichkeit! Ich schlucke meinen Ärger hinunter.

»Super!«, sage ich also leicht genervt. »Dann gebe ich Ihnen jetzt meine persönliche E-Mail-Adresse und ich leite Ihre Mail dann an das Autohaus weiter, ja?«

»Das geht leider auch nicht. Sie müssen sich dafür erst bei uns im System anmelden.«

»Und wie geht das?«

Es folgt eine längere Erklärung, die ich brav mitschreibe: Homepage aufrufen, Button XY drücken, Namen eingeben, Versicherungsnummer, ein paar persönliche Daten, E-Mail-Adresse, Passwort, Sicherheitsfrage. Dann bekäme ich per Mail einen Zugangscode, den ich beim nächsten Einloggen angeben müsse, um in meinem versicherungsinternen Postkorb meine Doppelkarte vorzufinden, die ich dann wiederum an meine E-Mail-Adresse senden könne, um sie dem Autohaus weiterzuleiten. Okay.

Ich bedanke mich und lege auf. Dann hängen sich der Autoverkäufer und ich vor den Bildschirm.

Willkommen bei meiner Versicherung! So weit, so gut. Aber wo ist jetzt dieser Button XY? Nirgends zu finden. Wir gehen jedes geschriebene Wort durch. Dann endlich der Treffer! Ach, wie nett: ein grafisches Symbol, während alle anderen Buttons lediglich Buchstaben enthalten ... Schlau sind die bei meiner Versicherung!

Mein Telefon klingelt.

»Entschuldigen Sie, Herr Frädrich, aber für Ihre Anmeldung brauche ich noch Ihre E-Mail-Adresse. Die gebe ich nämlich von hier aus ins System ein. Das hatte ich eben vergessen.«

»Aber gerne: Meine E-Mail-Adresse lautet stefanfraedrich@aol.com. Also einfach mein Name, in einem durchgeschrieben. Kein Punkt, kein Unterstrich. Stefan mit F. Und auch ganz wichtig: Frädrich mit AE.«

Wir verabschieden uns, einander für die Sorgfalt dankend. Dann weiter im Programm. Ich gebe meinen Namen ein. Klappt. Prima. Nun soll ich einen Benutzernamen wählen. Nerv! Welchen? Idee: einfach meinen eigenen Namen! Ich tippe also »Stefan Frädrich«.

Fehlermeldung: Es erscheint eine ganze Reihe von Zeichen, die ich für den Benutzernamen nicht eingeben sollte. Darunter ein »ä«. Okay, dann eben »Stefan Fraedrich«.

Fehlermeldung: Es erscheint eine ganze Reihe von Zeichen, die ich für den Benutzernamen nicht eingeben sollte. Darunter auch das Leerzeichen. Okay, dann eben »StefanFraedrich«. Jetzt klappt es. Prima. Ein Passwort solle ich mir nun als Nächstes aussuchen und selbiges zweimal eintippen. Und ganz wichtig: Ich solle mir Groß- und Kleinschreibung einprägen. Nerv!! Nach etwas Gegrübel tippe ich beschwingt »Abra Kadabra«.

Fehlermeldung: Es erscheint eine ganze Reihe von Zeichen, die ich für das Passwort nicht eingeben sollte. Darunter wieder das Leerzeichen. Nerv!!! Okay, dann eben »Abrakadabra«.

Fehlermeldung: Es erscheint nicht nur eine ganze Reihe von Zeichen, die ich für den Benutzernamen nicht eingeben sollte, sondern darüber hinaus sollte mein Passwort auch eine Zahl enthalten. Also noch mal: Welches Passwort nehmen? Der Verkäufer schlägt mein Autokennzeichen vor. Ein schlauer Mann! »K-SF-1972«, tippe ich.

Fehlermeldung: die Bindestriche. Gut, dann »KSF1972«. Es klappt! Oh Wunder! Nun soll ich eine Sicherheitsfrage und eine Antwort eingeben. Ich entscheide mich, nach meinem neuen Auto zu fragen. »Auto?«, tippe ich also.

Fehlermeldung: Die Frage ist zu kurz. Außerdem kein Fragezeichen. Dann halt »Automobil«. Es klappt. Nun die Antwort: »Alfa«.

Fehlermeldung: Antwort zu kurz. Ich ändere zu »Alfa Brera«.

Fehlermeldung: kein Leerzeichen. Gut, »AlfaBrera«. Ja! Es funktioniert! Und dann öffnet sich die nächste Seite mit den persönlichen Angaben. Seufzend tippen wir weiter.

Die übrigen Eingaben gestalten sich erstaunlich komplikationslos. Und bald erscheint sogar die lang ersehnte Nachricht: »Ihr Zugangscode wurde an Ihre E-Mail-Adresse stefan.fraedrich@aol.com verschickt.« Habe ich richtig gelesen? »stefanpunktfraedrich« anstatt »stefanfraedrich?« Hatte ich nicht ausdrücklich gesagt, »kein Punkt«? Aaaaaaaaahhhh!

Der Verkäufer schlägt vor, sich wieder ins System einzuloggen und die E-Mail-Adresse selbst zu korrigieren. Gute Idee! Leider nur so lange, bis wir bemerken, dass mein Zugang gesperrt ist. Schließlich brauchen wir genau hierfür den Zugangscode.

Nächster Versuch: Komplett neuen Zugang anlegen. Über Versicherungshomepage, Grafikbutton und so weiter. Doch auch hier scheitern wir: »Ihr Name ist bereits vergeben.« Also ganz von vorne. Wo ist noch gleich die Telefonnummer der Versicherung?

Ich wähle die Nummer. Leider belegt.

Ich wähle die Nummer. Leider belegt.

Ich wähle die Nummer. Leider belegt.

Ich wähle die Nummer noch etwa 20-mal. Leider belegt.

Der Verkäufer schaut mich immer wieder fragend an, während er geduldig versucht, sich ein ums andere Mal in das System einzuloggen. Schließlich wird abgenommen!

Ansage (immer noch in schönem Schwäbisch): »Leider sind alle unsere Servicemitarbeiter momentan im Gespräch. Wir werden Sie umgehend mit dem nächsten freien Mitarbeiter verbinden.«

Nach etwa fünf Minuten habe ich wieder einen echten Menschen an der Strippe. Leider einen anderen als beim letzten Mal. Also schildere ich wieder meine Situation.

»Oh, Herr Frädrich, das tut mir aber leid! Natürlich werde ich Ihre E-Mail-Adresse sofort verändern.«

Ich buchstabiere: »S – T – E – F ...« Schließlich auch noch mal gaaaaaanz deutlich: »Siegfried – Theodor – Emil – Friedrich ...«

Meine Gesprächspartnerin wiederholt richtig. Es scheint also zu stimmen. Ich bin ein Kommunikationsheld!

Voller Misstrauen bitte ich die Dame dennoch, während des nächsten Einlogg-Vorgangs gleich am Telefon zu bleiben, damit dieses Mal auch alles klappt. Sie lacht: »Oh, das habe ich ja noch nie gemacht! Gut, probieren wir's.«

Wieder geht es von vorne los: Homepage, Button, Name, Passwort, Sicherheitsfrage ... Dieses Mal übrigens tippt der Verkäufer. Und er umgeht routiniert sämtliche Klippen: »StefanFraedrich«, »Automobil«, ja, er gibt sogar für die Sicherheitsfrage und das Passwort die praktische Antwort »Brera1« ein! Ein Fuchs!

Ich unterhalte mich unterdessen mit der Versicherungsmitarbeiterin, der das komplizierte Prozedere offensichtlich sehr peinlich ist. »Wissen Sie, Herr Frädrich, wie oft ich täglich Probleme mit dem System habe?«, schüttet sie mir ihr Herz aus. »Und den meisten Kunden ist das auch viel zu kompliziert. Aber was sollen wir machen? Sicherheitsvorschriften.« Ich verstehe.

Außerdem bittet mich die Dame, mir wirklich sämtliche Passwörter und Schreibweisen zu merken, damit ich auch beim nächsten Mal wieder ins System komme. Als ich erwidere, dass ich das keinesfalls vorhabe, sondern alles nach dem Erhalt meiner Doppelkarte getrost vergessen werde, lacht sie. Ich versuche nun ernsthaft zu erklären, dass sie im Idealfall schließlich ein paar Jahre nichts von mir zu hören bekäme, eben bis zum nächsten Auto, und wer wisse schon, was dann aktueller Stand im System sein werde? Sie lacht immer noch.

Nach einigen Minuten ist das Werk vollbracht: Meine Daten sind wieder drin. Und jetzt erscheint sogar die richtige Meldung: »Ihr Zugangscode wurde an Ihre E-Mail-Adresse stefanfraedrich@aol.com verschickt.« Ich öffne voller Vorfreude mein Postfach – und nichts ist drin.

»Ach, wissen Sie, Herr Frädrich, das kann schon ein paar Minuten dauern, bis die Mail bei Ihnen ankommt.«
»Wie viele Minuten?«, möchte ich wissen.
»Na ja, so zwischen zwei und dreißig. Ich weiß auch nicht, wie das System das macht.«

Mit Engelszungen überrede ich die Dame, am Telefon zu bleiben, bis die Mail bei mir angekommen ist. Genau, bis die Mail angekommen ist. Denn mir ist es wichtig, dass es dieses Mal wirklich klappt. Schließlich möchte ich diese Woche noch mein Auto. Ja, diese Woche noch. Und nicht erst irgendwann. Ja, das ist ein knappes Timing. Jaja, ich kann mir schon vorstellen, dass sie am Telefon manchmal mit sehr schwierigen Leuten zu tun hat und dass sie eigentlich wieder neue Telefonate annehmen sollte, weshalb die Zeit etwas drängt. Und es tut mir auch wirklich leid, dass ich sie jetzt meinerseits dazu drängen muss, dranzubleiben. Aber zum Glück versteht sie ja, wie wichtig mir das ist. Außerdem ist es ja auch mal spannend, so einen Vorgang von Anfang bis Ende zu begleiten. Ja, sehr spannend. Jaja.

Da! Die Mail ist in meinem Postfach! Es hat funktioniert! Drei Menschen jubeln vor Freude. Einige Autohausbesucher schauen uns fragend an. Und dann geht es weiter: Link in der Zugangscode-Mail öffnen. Aha. Okay. Es erscheint eine Seite, auf der nach meinem Namen und Passwort gefragt wird. Gut, »StefanFraedrich. Brera1«.

Fehlermeldung: Passwort falsch. Der Verkäufer runzelt die Stirn. Die Versicherungsangestellte hält vor Schreck den Atem an. Schließlich der zweite Versuch: »StefanFraedrich. Brera1«.

Fehlermeldung: Passwort falsch. Der Verkäufer versichert mir, das Passwort soeben in genau dieser Schreibweise zweimal eingegeben zu haben. Die Versicherungsangestellte erklärt mir, dass wir kurz vorm Ziel stünden: Direkt hinter dieser Seite warte auf mich mein persönlicher Postkorb mit meiner persönlichen Doppelkarte. Wir sollten jetzt bitte darauf achten, das Passwort richtig einzugeben.

Ach ja, außerdem steht da noch ein netter Hinweis: »Sie haben noch 1 Versuch. Sollte die Eingabe wieder falsch sein, wird Ihr Zugang gesperrt.« So langsam fällt es mir schwer, mich zu beherrschen. Ein interessanter Gefühlsmix drängt an die Oberfläche, von wo ich ihn nur mühsam zurück nach unten drücke. Ich tippe – jeden Buchstaben vom Verkäufer doppelt gecheckt – Name und Passwort erneut ein. Schließlich drücke ich die Enter-Taste.

Fehlermeldung: Passwort falsch. Der Raum füllt sich zunächst mit diversen Verzweiflungslauten, dann folgt betretenes Schweigen. Auch am anderen Ende der Leitung. Schließlich gehe ich in die Offensive: »Sagen Sie, können Sie mir die Doppelkarte nicht einfach so zumailen? Sie haben doch all meine Daten, wir wissen beide, wer ich bin und dass ich es selbst bin; und alles, was ich brauche, ist doch nur diese Versicherungskarte!«

»Oh, Herr Frädrich, das tut mir wirklich so leid! Das kann ich wirklich nicht – die Sicherheitsvorschriften, Sie wissen ja.«

Betretenes Schweigen. Weiterhin. Dann der Knaller: »Aber, Herr Frädrich, eines könnte ich tun: Haben Sie vielleicht eine Faxnummer? Dann könnte ich Ihnen die Karte zufaxen! Das geht auch sofort und Sie hätten die Karte innerhalb einer Minute in der Hand.«

Dem Verkäufer und mir steht der Mund offen. Wieder dieser Gefühlsmix. Nein, noch nicht, Stefan!

»Ach, faxen geht?«, stammle ich.

»Ja, nur bei den E-Mails müssen sich die Kunden erst anmelden.«

Mühsam beherrscht diktiere ich die Faxnummer. Mühsam beherrscht bedanke und verabschiede ich mich. Mühsam beherrscht lege ich sanft den Hörer auf. Dann brechen zwei erwachsene Männer hemmungslos in hysterisches Gelächter aus.

Epilog

Ich sitze glücklich in meinem neuen Auto und sinniere kopfschüttelnd über die Versicherungsdoppelkarte: Was ist nur schiefgelaufen?

Sicher: Ich hätte mir gleich zu Beginn des Gesprächs nicht den Faden aus der Hand nehmen lassen sollen. Ich hätte formulieren sollen »Welche anderen Möglichkeiten gibt es?« statt »Eine andere Möglichkeit gibt es nicht?«. Ich hätte darauf bestehen müssen, dass es andere Möglichkeiten geben muss. Ja, genau: geben muss! Stattdessen haben wir uns für nervenaufreibende eineinhalb Stunden in eine Sackgasse manövriert.

Aber: Muss ich denn wirklich immer an alles selbst denken? Kann ich nicht erwarten, dass man mir die Alternativen Mail, Fax, Papierpost einfach so nennt, ohne mich erst mal in die falsche Richtung zu schicken? Zumal es sich für die Dame um ihr Daily Business gehandelt haben dürfte. Oder weiß sie nicht, dass man sich erst mal ums Verstehen bemüht, bevor man Antworten präsentiert? Oder dass Kunden meist einfache, unbürokratische Lösungen wollen?

Daran, dass hinter der falschen Gesprächsrichtung ein System stecken könnte (bequemes Sammeln von Kundendaten, zum Beispiel für lästige Mailings), denke ich lieber nicht. Ich könnte sonst in Versuchung geraten, augenblicklich die Versicherung zu wechseln. Aber wer weiß, was eine neue mit sich brächte?

Einen Beschwerdebrief ans Management verfassen? Über ein hoch kompliziertes Online-Prozedere? Über die unübersichtliche und antiintuitive Homepage? Über bescheuerte Passwortschwierigkeiten und lästige Sicherheitsfragen? Nun ist es ja nicht so, dass ich noch nie etwas mit PCs zu tun hatte – und trotzdem brachte mich (und den Autoverkäufer!) die Sys-

tembürokratie an den Rand der Verzweiflung. Wie muss es dabei erst Menschen gehen, denen derlei Technikkram weitgehend fremd ist? Dann ahne ich die guten Antworten »Sicherheit«, »Statuten«, »Datenschutz«, »EDV-Abteilung« und kapituliere innerlich. Mensch, Leute: Ich wollte doch nur schnell an meine Versicherungsdoppelkarte!

Soll ich mich dann über die telefonische Erreichbarkeit beschweren? Über ständige Besetztzeichen und Warteschleifen? Glücklicherweise waren die Damen am Telefon ja freundlich und im Prinzip kooperativ. Nicht auszudenken, wenn ich an den verbreiteten Typus »übellaunige Telefonschnepfe« geraten wäre. Oder schlimmer noch: an den Typus »EDV- oder Technikfachmann«, den sein grausames Beraterschicksal täglich mit lauter idiotischen Technieknieten zusammenbringt. Nein, nein, nett waren sie schon, die Damen. Fachidioten waren sie auch nicht. Und am Ende hat eine ja sogar mein Problem gelöst! Also worüber beschweren?

Mein Blick schweift über das wohlgeformte Cockpit. Dann lasse ich den Motor an und mein Fuß drückt das Gaspedal durch. Super Auto! Und ich beschließe, mich nicht mehr über meine Versicherung zu ärgern. Wer weiß: Vielleicht läuft es beim nächsten Mal ja besser?

Dr. med. Stefan Frädrich

Training & Coaching
stefanfraedrich@aol.com
www.stefan-fraedrich.de

Cristián Gálvez

Eddie the, äh, Eagle oder Wie bringe ich die beste Stimmung zum Kippen?

Entertainment und Politik fallen in der jüngsten Geschichte immer häufiger zusammen. Das hängt mit der zunehmenden Bedeutung von Inszenierung zusammen, wie es die US-Wahlkämpfe seit den Achtzigerjahren demonstrieren, als ein Schauspieler der mächtigste Mann der Welt wurde. Und in Zeiten, wo Deutschland von einem »Medienkanzler« regiert wurde, wunderte es nicht, wenn die Opposition einen Moderator und Infotainer anheuerte, um den Kanzlerkandidaten Edmund Stoiber zu begleiten, der im Wahlkampf 2002 das Gegengewicht zu Gerhard Schröder bildete. Um es gleich vorweg zu sagen: Ich habe meinen Job unheimlich gut gemacht. Mit der Betonung auf »unheimlich«.

Januar 2002. Der bayerische Ministerpräsident Edmund Stoiber setzt sich bei Kaffee und Spiegelei, dem berühmten »Wolfrathshausener Frühstück« mit Angela Merkel, gegen Angela Merkel als Kanzlerkandidat von CDU/CSU für die Bundestagswahl durch. Damit befindet er sich am Zenit seiner politischen Laufbahn, auf dem Sprung zum höchsten Amt im Staate. Wäre da nicht die Sache mit der Medienkompetenz. Und die zählt eben im Medienzeitalter. So sicher wie das »Äh« in der MAZ. Wie sich auf schaurige Weise herausstellen sollte. Wir erinnern uns noch gern an die vielen unglücklichen Äußerungen, die Stoiber während des Wahlkampfs in den Medien verbreitete – angefangen bei der berüchtigten »Transrapid-Rede« zum Neujahrsempfang der CSU im Januar 2002, in der er in 1,14 Minuten genau einen grammatikalisch einwandfreien Satz hervorbringt. Im krassen Gegensatz dazu stehen übrigens Stoibers Bierzeltauftritte, wenn er sich von Kameras unbeobachtet fühlt. Aber eigentlich könnte man Stoibers kleines Problem auf zwei Buchstaben reduzieren: »Äh«.

DUDEN

hier ist der zukünftige Bundeskanz[l]

Hier ist Edm[und]

Freitag, der 20. September 2002. Noch zwei Tage bis zur Entscheidung. Wahlkampf-Abschlussveranstaltung der CDU/CSU in der Max-Schmeling-Halle Berlin. Die Bundesrepublik hat arbeitsmarkt- und wirtschaftspolitische Herausforderungen zu stemmen, die der Freistaat in der Vergangenheit mit Bravour gemeistert hat. Aber in Deutschland regiert bisher ein König, der es verstanden hat, einen Großteil des Volkes allein durch die Kraft der Medien für sich zu gewinnen. Die Meinungsumfragen zeigen klar, dass Stoiber mit seiner Partei als der bessere Problemlöser betrachtet wird. Doch die Menschen würden trotzdem lieber den Mann im schicken Brioni-Anzug als Bundeskanzler an die Spitze des Landes wählen.

Die Geister, die ich rief

Da steht er nun – das berüchtigte »blonde Fallbeil«, das seine Lehrstunden zum politischen Alltag bei Franz-Josef Strauß absolviert hat. Der Mann der Inhalte, der mit seiner Wirtschaftskompetenz Bayern zum »Silicon Valley Europas« gemacht hat. Der Freund der Aktenberge. Der Landesvater, der jedes Bierzelt im Sturm erobert. Als Moderator begleite ich die Veranstaltung. Bei der Buchung und dem Vorgespräch mit Laurenz Meyer, dem »Master of Ceremony«, habe ich mich übrigens ein wenig gewundert, dass sich die Union auf mich verständigt hatte. Immerhin spiegele ich mit meinem ungewöhnlichen Familiennamen und dem chilenischen Hintergrund nicht unbedingt die Parteienwelt eines bayerischen Ministerpräsidenten wider.

Das Anforderungsprofil der Parteistrategen war eindeutig: Der Moderator sollte Stimmungen steuern, Interviews führen und den Rahmen für Stoibers perfekten Auftritt schaffen. Während ich mich noch beim Betreten der Max-Schmeling-Halle frage, warum sich Stoiber nicht für Caroline nd Stoiber!«

Reiber oder Karl Moik entschieden hat, werde ich bereits eines Besseren belehrt. Hier spürt man den Geist des amerikanischen Wahlkampfs: perfekte Licht- und Tonregie, Kameraführung, Maske, Musik, alles wirkt stimmig und professionell. Eine farbenfrohe Veranstaltung, die man der schwarzen Partei so gar nicht zugetraut hätte. Also die idealen Voraussetzungen, so kurz vor der Wahlschlacht die letzten Stimmen einzufangen. Denn laut den letzten Umfragen geht es wirklich um die allerletzten Schäfchen, die man ins Trockene holen muss, um den Wahlsieg zu erringen.

Und so wird an diesem Abend nichts dem Zufall überlassen. Probe, Abstimmungen, Lichtdesign und natürlich die Ankündigung des »Noch-Ministerpräsidenten«: mein Part. Langsam füllt sich die Halle mit erwartungsfrohen Gesichtern. Ein dramaturgisch ausgefeilter Nachmittag, mit allem, was das Herz des Parteimitglieds höherschlagen lässt. Musik und Künstler, zwischendurch Talk – ein kurzweiliges Programm mit nur einer Intention: einen sanften Teppich auszurollen für die finale Rede des Spitzenkandidaten vor der Wahl.

Das Licht verdunkelt sich. 8000 Menschen lauschen gebannt meinen durch die obersten Parteistrategen abgesegneten Worten. Ich zeige, was ich kann. Mit gewaltigem Pathos in der Stimme greife ich zum Mikrofon – und die Ingenieure am Ton zeigen, wozu moderne Technik sonst noch in der Lage ist. Ich klinge wie Gott. Zumindest denke ich das in der Sekunde. Im Saal könnte man jetzt eine Stecknadel fallen hören, als ich verkünde: »Am Sonntag wählt Deutschland eine neue Politik. Am Sonntag wählt Deutschland einen neuen Kanzler. Und hier ist der zukünftige Bundeskanzler der Bundesrepublik Deutschland: Hier ist Edmund Stoiber!«

8000 Menschen erheben sich spontan von den Stühlen und feiern ihren Kandidaten zu heroischer Musik wie einen Popstar, der sich den Weg durch die Menge bahnt. Ich erlebe zum ersten Mal das Phänomen Masse in so intensiver Weise, dass es in mir gleichermaßen Angst und Faszination auslöst. Noch Tage nach dieser kollektiven Hysterie schwingt die Emotion nach und so lausche ich auch an diesem Abend gebannt den Worten des vermeintlichen Polit-Messias.

Und ich staune. Denn während wir Stoiber aus den Medien fast immer als stammelnden Weißbiertechnokraten kannten, erlebt das anwesende Publikum einen souveränen, wortgewandten und eloquenten Redner. Timing, Modulation, Artikulation, Stimm- und Sprechtempo, Mimik, Gestik, Körperhaltung zeigen einen souveränen Politiker, der es mit Inhalt und Sprachwitz versteht, sein Publikum für seine Ideen zu begeistern.

Und dann erzählt er eine Geschichte. Das ist das Beste, was er machen kann. Erfolgreiche Redner greifen zum Inszenierungstool des »Story-Telling«. Und das ist gut so. Geschichten sind ehrlich, bringen eine persönliche, positive Facette des Redners zum Vorschein, schaffen Emotionen, und Emotionen schaffen Veränderung. Denn Zahlen, Daten, Fakten gehen nicht unter die Haut – aber Geschichten, die das Leben schreibt. Allerdings: »Eine Geschichte ist dann eine gute Geschichte, wenn sie erzählenswert ist«, lautet das einfache Erfolgsprinzip vieler Entertainment-Profis. Storys, die die gleiche Botschaft haben, wie sie der Erzähler verbreiten will, erscheinen in einem bildhaften, erlebbaren Rahmen, sodass die Zuhörer ihr Kopfkino einschalten.

Das Problemchen: Story-Telling trifft das Unterbewusste des Hörers – oder enthüllt das Unbewusste des Erzählenden. Im zweiten Fall – zum Beispiel bei einer übermütigen Anekdote auf der Weihnachtsfeier, die man später bitter bereut – wird die gut gemeinte Geschichte zur eigenen Horrorstory.

Edmund Stoiber erzählt eine gute Geschichte. Eigentlich. Eine Geschichte, die er in der Woche zuvor bereits in einer TV-Talkrunde zum Besten gegeben hat. Eine Geschichte, die ich nicht komplett wiedergeben kann, da trotz mehrfacher Kontaktaufnahmen mit unterschiedlichen Stellen die Videoaufzeichnung dieses Tages in Parteiarchiven fest verschlossen ist und das Büro Stoiber die Rede nicht mehr vorliegen hat. Doch gute Geschichten werden erzählt, damit man sich an sie erinnert. Und genau das werde ich jetzt tun, wenn auch nur sinngemäß und nicht im Wortlaut:

Stellen Sie sich vor, meine Damen und Herren, Sie müssen ins Krankenhaus und dringend operiert werden. Eine Operation ist immer eine Sache des Vertrauens. Sie haben die Auswahl zwischen zwei Oberärzten. Der eine wirkt, sagen wir mal, etwas fahrig, verhaspelt sich ein wenig beim, äh, Sprechen, und schaut Sie nie direkt an – gilt aber als unbestrittene Kapazität auf seinem Gebiet. Der andere dagegen hat ein ungemein schneidiges

Auftreten, wirkt wach, agiert geschickt, ist eloquent, charmant und wahrscheinlich auch für die Frauenwelt der angebetete Halbgott in Weiß ... und nach ein wenig Recherche stellt sich für Sie heraus, dass er bei seinen bisherigen Operationen teilweise keine glückliche Hand bewiesen hat. Meine Damen und Herren, wen würden Sie für Ihre Operation wählen?!

Galant hat er das erzählt, flüssig gesprochen und nur mit einem kleinen selbstironischen »Äh« garniert. So etwa muss es gewesen sein, denn ich war zunächst beeindruckt von Edmund Stoiber. So kannte ich ihn nicht. So hatte ich ihn noch nie im Fernsehen gesehen. Und die Botschaft war klar, emotional und voller Empathie an den Wähler gerichtet. Sie unterstreicht seine Kompetenz und lässt gleichzeitig seinen größten Rivalen wie einen lächerlichen Showmaster aussehen. Jeder sieht sich in der Rolle des Patienten. Und schnell entscheidet sich der bewusste Zuhörer für den Operateur, der sich bereits bewiesen hat. Das Bild ist klar und bewegt die Zuschauer. Schade nur, dass diese Szene in den großen Sendeanstalten dem Schneidetisch zum Opfer fiel.

Nightmare on Edmund Street

Doch während die Parteifreunde im Saal vor Verzückung zu noch größeren Stoiber-Fans mutieren, nimmt das erste von zwei Dramen seinen Lauf. Diese zunächst in einer Talkshow zum Besten gegebene Geschichte übt einen weitaus größeren Einfluss auf die Leistung des zukünftigen Verlierers aus. Denn Stoiber sorgt dafür, dass mit dieser erneut vorgetragenen Geschichte das eigene Unterbewusstsein ihn ins offene Messer laufen lässt. Stoiber opfert sich selbst. Denn er bestätigt nur das Bild, das die Öffentlichkeit längst von ihm hat: Ich bin kein Medienkanzler. Das ist Schröder. Und wer in der Öffentlichkeit so über sich redet, der macht nicht nur seine Überzeugungen deutlich, der verstärkt sie sogar noch. »Beachtung schafft Verstärkung«, lautet einer der Kernsätze aus der Lernpsychologie. In diesem Zusammenhang spricht man auch von »Glaubenssätzen«. Mit allem, was man sagt, drückt man seine inneren Überzeugungen aus. Es sei denn, man steuert bewusst dagegen.

Aber Vorsicht: Die Geschichten, die wir erzählen, sind nicht nur Ausdruck unseres Denkens, sondern steuern auch unser Verhalten. So wie sie das Unterbewusste der Zuhörer erreichen, reichen sie auch in unser eigenes Unbewusstes. Wer Geschichten von sich erzählt, die eine offensichtliche Schwäche aufgreifen, läuft Gefahr, aus diesem Teufelskreis nicht mehr herauszukommen. Beachtung schafft Verstärkung. Auch negativ.

Stoiber hat über die Zeit mit den Medien negative Erfahrungen gemacht und diese haben sich fest verankert. Statt sich hieraus zu lösen, hat er diese bremsenden Überzeugungen noch verstärkt. Durch seine Geschichte. Merke: Erzähle Geschichten, doch achte auf die ungeheure Kraft dieser Erzählung, auf deren Einfluss auf das eigene Unbewusste. Sonst macht es nicht nur hui, sondern auch buh!

Und wen sehe ich da unmittelbar vor der Bundestagswahl direkt vor meinen Augen? Niemand anderen als Dr. Jekyll und Mr. Hyde. Der innere Edmund mit seinem Glaubenssatz »Ich bin ein schlechter (Medien-)Mensch« macht Stoiber darauf aufmerksam, dass er es in einem Bereich überhaupt gar nicht drauf hat, nämlich auf Schröders Terrain. Das Bewusstsein Stoibers frisst sich perfide in das Unbewusste eines scheiternden Politikers. Denn Achtung! Wer von sich selbst glaubt, dass er mit den Medien nicht kann, der wird es durch sein Verhalten klar unter Beweis stellen.

Dieser eindrucksvolle Beweis kommt nur wenige Minuten, nachdem Stoiber diese vernichtende Geschichte erzählt hat. Er redet sich in Fahrt. Perfektes Timing, guter Witz, ein Feuerwerk aus Inhalten ohne dramatische Pannen. Hier spricht jemand, der sein Publikum fest im Griff hat. Und dann ... der komplette Einbruch. Schuld daran ist Stoibers persönliche »Lampe des Grauens«.

Mittlerweile ist es schon recht bekannt, dass in Medieninszenierungen nichts dem Zufall überlassen wird. So ist es gang und gäbe, dass Politiker von ihren Referenten ein Signal bekommen, sobald sich die Kamera auf sie richtet, damit sie schnell strahlend lächeln und charmant agieren können, anstatt in der Nase zu bohren oder die BILD-Zeitung zu studieren.

Dieses Signal ist zum Beispiel ein Beeper in der Tasche oder ein rotes Licht bei gesteuerten öffentlichen Auftritten wie Reden.

Im Banne der roten Lampe

Auf Stoibers Rednerpult steht eine solche kleine rote Lampe. Denn die ARD ist mitten in der Wahlkampfberichterstattung und lässt sich bei der Abschlusskundgebung natürlich eine »Live-Schalte« nicht nehmen, die zwischen den Auftritten der Kanzlerkandidaten hin- und herswitcht wie bei der Konferenzschaltung der Ersten Bundesliga am Samstagnachmittag. So geht es medial von Wahlkampfarena zu Wahlkampfarena, um einen direkten Vergleich der Auftritte »Stoiber gegen Schröder« zu präsentieren. Mitten im Schwung seiner Rede leuchtet plötzlich das kleine rote Lämpchen auf – beep! – und das Ende der Ära Stoiber nimmt seinen Lauf. Das rote Signal bedeutet, dass er nun nicht mehr 8000 Vertraute in einer Halle vor sich hat, sondern Millionen da draußen vor den Bildschirmen. Dass er nicht mehr in einem überdimensionierten Bierzelt steht, sondern nackt im Spotlight der Massenmedien. Hatte er bis zu diesem Zeitpunkt alles souverän im Griff, wird im nächsten Moment klar, dass er kein Souverän für die Bundesrepublik Deutschland ist. Es beginnt mit einem Zucken und Stocken und schließlich mit ...

»Äääh«.

Und als hätten unbekannte Geister die Macht übernommen, ändert sich plötzlich auch der Tonfall seiner bis dahin dynamischen Rede. Stoiber stolpert und fällt auf einmal auf seinen eigenen Medienkanzler-Singsang zurück. Keine Frage, hier sind unbekannte Mächte des Bösen am Werk. Wenige Minuten zuvor hat er noch seine Überzeugung kundgetan: »Ja, ich bin der Mann für die Inhalte, nicht für die Medien«, da fordert ihn sein Unbewusstes auf, diese Überzeugung auch im Verhalten zu demonstrieren. Stoiber bricht ein, ein »Äh« folgt dem nächsten. Ein Millionenpublikum, das sich drei Tage später zu entscheiden hat, bekommt jetzt einen letzten Eindruck. Und der liefert den nackten Horror. Aus und vorbei.

Zuschauer bewerten nur, was sie sehen. »Du bist, was du zeigst«, lautet der Kernsatz der Selbstinszenierung. Eine Performance, die durch das Unbewusste Stoibers zutiefst beeinflusst wurde. Bei der Bundestagswahl

2002 erreichten SPD und CDU beide 38,5 Prozent, die SPD lag jedoch mit insgesamt 6.027 Stimmen (= 0,01 Prozent) vor der Union. Die SPD konnte aufgrund von Überhangmandaten die stärkste Bundestagsfraktion stellen.

Wir erinnern uns: Als Zuschauer bei Edmund Stoibers medialen Auftritten hatte man das Gefühl, dass dieser Mann es im Grunde seines Herzens gut meinte, es aber nicht zum Ausdruck bringen konnte. Die Frage, die sich Stoiber nach der Wahl stellen musste, liegt auf der Hand: Wie wäre die Wahl ausgegangen, wenn er sich der Öffentlichkeit durch die Medien ein klein wenig souveräner verkauft hätte – und was hätte er dafür anders machen müssen? Es hätte nur eine Handvoll Menschen im Besitz eines deutschen Passes umgestimmt werden müssen, damit sich Herr Stoiber in die Riege der deutschen Bundeskanzler hätte einreihen können. Aus Sicht des Herrn Stoiber betrachtet eine echte Horrorstory. Der Fall Stoiber zeigt etwas, was uns alle betrifft. Denn nicht nur Stoiber, sondern auch wir sind bei unserem beruflichen Weiterkommen darauf angewiesen, dass uns Menschen ihre Stimme geben. Der Fall Stoiber zeigt eklatant, dass unsere Performance stark von unseren inneren Überzeugungen abhängt. Wir sind, was wir zeigen, und was wir zeigen, steuert unser Unbewusstes. Es sei denn, wir nehmen es bewusst in die Hand, was wir zeigen und erzählen.

Daher mein Tipp zum Schluss: Erzählen Sie nur Dinge, die Ihr Unterbewusstes stärken und Sie auf den Bühnen der Welt besser dastehen lassen. In diesem Sinne: Eine gute Geschichte ist erzählenswert, weil sie nicht nur Ihre Zuschauer überzeugt, sondern Sie auch von innen heraus zum Strahlen bringt. Nur nicht, wenn's geht, wie eine rote Glühbirne.

Cristián Gálvez

Infotainer, Speaker, Coach
cg@galvez.de
www.galvez.de

Oliver Geisselhart

Gedächtnis des Grauens

Es war 2006 im Winter, so Ende Januar, das BWV (Berufsbildungswerk der deutschen Versicherungswirtschaft) in Münster hatte mich für ein Gedächtnistraining für Agenturinhaber gebucht. Das Training sollte absolut auf die Zielgruppe maßgeschneidert werden. So rief ich also einen Teilnehmer nach dem anderen an. Mein Fragenkatalog war in der Regel zügig abgearbeitet. Wäre da nicht »The Memory«, wie ich ihn fortan liebevoll nannte, das Gedächtnis des Grauens, gewesen. Er war ein netter und überaus erfolgreicher Endvierziger. Das Telefonat begann freundlich, ja fast fröhlich. Und ich verstand, dass dieser Mann schon lange im Verkauf tätig war. Seine Stimme klang vertraut und er sprach in einer zumindest für mich überaus sympathischen Art und Weise. Ein Versicherungsvertreter, von dem ich alles kaufen würde. Er hätte stets nur mein Wohlergehen im Sinn.

Als wir aber nach der Einstimmungs-Anwärm-Gewöhnungs-Phase auf die Inhalte und damit seine persönlichen Bedürfnisse beziehungsweise Gedächtnisschwächen zu sprechen kamen, lernte ich das wirkliche Ich dieses Menschen kennen. Weg war die Fröhlichkeit. Vorbei war es mit dem Selbstvertrauen. Stattdessen flehte es aus seinem Innern: »Sie sind meine letzte Hoffnung. Es ist grauenhaft. Andere haben vielleicht ein schlechtes Gedächtnis – ich habe gar keins –, glaube ich. Bitte helfen Sie mir.« Und so ließ ich mir eine wirklich grauenhafte, ja beinahe traumatische Geschichte erzählen. Wahrscheinlich hätten moderne Therapeuten davon abgeraten. Denn wenn ein Mensch eine schon erlebte Begebenheit zum Besten gibt, durchläuft er diese ja noch einmal komplett. Auch die gesamten Emotionen kommen dabei wieder hoch. Dadurch wird das Erlebte noch stärker im Gedächtnis verankert. Gefühle und Bilder bleiben um ein Vielfaches besser haften als nackte Daten und Fakten. Nun, ich war sehr siegessicher.

Denn beim geistig gesunden Menschen, und für einen solchen hielt ich ihn, funktioniert mit der Geisselhart-Technik jedes Gedächtnis ausgezeichnet.

Es war vor gut drei Wochen, als das Grauen seinen Höhepunkt erreichte. »The Memory« hatte, wie er sagte, schon immer mal was vergessen. Vor allem Namen oder auch mal ein paar Erledigungen. Auf öffentliche Veranstaltungen traute er sich schon lange nicht mehr allein. War seine Frau dabei, so konnte sie ihm helfen. Sie flüsterte ihm dann schnell die Namen der Kunden zu, auf die sie trafen. Allein war er hingegen aufgeschmissen. Er fühlte sich unsicher. Das mit den Namen sei das Schlimmste. Schlüssel verlegt, Termin vergessen, eine Besorgung doppelt gemacht: Das war noch einigermaßen normal, meinte er. Aber vor etwa drei Wochen war der Super-GAU erfolgt. Er sollte beim Treffen des örtlichen Einzelhändlerverbandes eine Rede halten. Zu seinem Spezialthema: private Altersvorsorge – eine tolle Chance. Es roch nach zahlreichen Abschlüssen. Denn wenn der Vortrag ankommen würde, würde Interesse geweckt. Interesse und Bedarf, und den könnte er ja gleich befriedigen. Er war also top vorbereitet. Hatte seine Karteikärtchen mit den für ihn wichtigen Stichpunkten versehen. Er war sich sicher, es könne nichts schiefgehen.

Er stand also morgens gut gelaunt auf. Pfiff im Bad ein Liedchen. Lächelte in den Spiegel und begrüßte sich mit einem freundlichen »Klaus, du hier und nicht in Hollywood? Welch eine Freude«. Das Frühstück schmeckte noch eine Idee besser als sonst, und als er seine Frau so anschaute, verliebte er sich aufs Neue. Beschwingt verließ er sogar zehn Minuten vor seiner gewohnten Zeit das Haus. Und das sollte sich schon bald rächen. Es fing in der Garage an. Zuerst suchte er noch ganz entspannt. Doch schon bald sollte die Entspannung einer mäßigen Anspannung weichen. Er fand seinen Autoschlüssel nicht. Als er ins Haus zurückkehrte, fand er ihn auf dem Küchentisch. Die zehn Minuten waren wieder reingeholt. Er kam zur gleichen Zeit ins Büro wie immer. Die gute Laune stellte sich auch bald wieder ein. Seine Sekretärin meldete keine besonderen Vorkommnisse und so erledigte er erst mal die wichtigsten Telefonate. Bis er eine Telefonnummer aus seinem Handy benötigte. Wo hatte er es noch gleich hingelegt, als er ins Büro gekommen war? Er konnte sich nicht erinnern. »Alzheimer im Frühstadium«, hörte er sich selbst sagen. Die Suche blieb erfolglos und auch seine ansonsten so kompetente Assistentin konnte ihm nicht weiterhelfen.

Zu Hause angekommen, begann er mit einer verzweifelten Suche. »Frühstadium?«, murmelte Klaus fragend vor sich hin. Seine Frau konnte das Mobilteil auch nicht finden. Irgendwie war alles wie früher. Von wegen verliebt sein. Er setzte sich an den Esstisch und atmete tief durch. Irgendwo hatte er was von Gedächtnis, Stress und Entspannung gelesen. Ja genau, er musste sich nur entspannen. Er legte sich auf die Couch. »Zieh die Schuhe aus«, hörte er es heiser aus dem Bad schreien. Verliebt? Na ja, egal, entspannen wollte er sich. Also abschalten, ruhig und gleichmäßig atmen. Und? Na? Nichts! Es kam nichts, es tat sich nichts, er wusste einfach nichts. »Na, dann eben nicht«, dachte er und fuhr wieder ins Büro. Er legte den Rückwärtsgang ein und da sah er es auf einmal. Sein Handy lag seelenruhig auf dem Beifahrersitz. Und es fiel ihm wie Schuppen von den Augen: Er erinnerte sich. Als er morgens losgefahren war, hatte sich das Handy noch in der Hosentasche befunden. Weil es aber drückte, hatte er es herausgenommen und auf den Beifahrersitz gelegt. Statt sich über das heimgekehrte Handy zu freuen, beschimpfte er sich selbst. »Du Hornochse, du Vollidiot. So doof kannst auch nur du sein. Meine Güte. Herr, wirf Hirn vom Himmel.« Solche Selbstvorwürfe machen aber in der Regel nichts besser. Im Gegenteil. Und so kam er kurz vor Mittag wieder im Büro an. Dort wartete bereits eine verärgerte Kundin, und zwar seit ganzen 35 Minuten. Seine Sekretärin hatte versucht ihn zu erreichen, aber immer nur die Mailbox dran. Der heiße Tee, die süßen Kekse und die aktuellen Ausgaben von AssCompact und Versicherungsmagazinen hatten die Kundin auch nicht wirklich bei Laune gehalten. Eigentlich wollte sie, wie heißt sie jetzt noch gleich?, eine private Krankenzusatzversicherung. Jetzt nahm sie sich nur noch kurz ein paar Prospekte mit und ließ sich ein Angebot errechnen. Dafür brachte ihm seine Assistentin die Akte. So konnte er die verärgerte Dame nun endlich mit ihrem Namen ansprechen: Frau Vorderbrügge. Normalerweise hätte er an dieser Stelle verkauft, erzählte er mir. Nun war die Frau mit dem Angebot und den Prospekten weg. Den Namen wusste »The Memory« auch schon wieder nicht mehr. Ach so, auf der Akte stand er ja: Frau Vorderbrügge. Na gut, er könnte sie ja noch mal anrufen in den nächsten Tagen. Wenn er es nicht vergessen würde.

Jetzt musste er erst einmal einige E-Mails beantworten. Mittagessen fiel daher also aus. Der Figur kann's nicht schaden, dachte er. Dem Hirn allerdings sehr. Denn wenn dieses nicht regelmäßig mit Treibstoff versorgt wird, arbeitet es sogleich schlechter. Unser Denkorgan benötigt im Schnitt etwa 20 Prozent der gesamten Energie. Und viel, viel Flüssigkeit. Zehn Prozent aller Alzheimerdiagnosen sind allein auf mangelnde Flüssigkeitszufuhr zurückzuführen. Ach so. Getrunken hatte er übrigens nach dem Frühstück nichts mehr. Und da hatte es lediglich eine Tasse Filterkaffee gegeben. Apropos Kaffee, den könnte er auch mal wieder trinken. Also füllte er eine große Tasse, nein, einen Pott mit dem schwarzen Muntermacher.

Die Mails waren abgearbeitet und er konnte sich noch einem Auswärtstermin widmen. Einer seiner Kunden, ein Autoverrückter, hatte sich einen Exoten gekauft. Den will so wirklich keine Versicherung versorgen müssen. Obgleich die Beiträge exorbitant hoch sind, aber das Schadensrisiko ist es eben auch. Und wenn bei einem Maserati ein Schaden vorliegt, wird's halt gleich so richtig teuer. Aber nur ein zufriedener oder vielmehr begeisterter Kunde ist ein guter Kunde. Und da musste seine Gesellschaft ran und dem Kunden ein entsprechendes Angebot unterbreiten. Mit dem Kunden war er per Du, auch mit der Frau. Die Kinder hatte er schon kennengelernt, nur die Namen wollten ihm nicht einfallen. Nicht schon wieder, schoss es ihm durch den Kopf. Und die Frau? Wie heißt noch mal die Frau? Was, wenn sie gleich da ist? Also erst mal rechts rangefahren und die Akte studiert. Horror: kein Frauenname. Von den Kindern ganz zu schweigen. Die Zeit rannte davon, er musste weiter, sonst würde er zu spät kommen. Wäre auch doof. Also während der Weiterfahrt noch schnell im Büro angerufen. Frauen haben ein besser und effektiver arbeitendes Gehirn als Männer, im Durchschnitt. Fehlanzeige. Seine Assistentin kannte den Kunden nun so gar nicht. Na ja, wird schon. Und warum? Muss ja. Aha. Er dachte noch kurz an den bevorstehenden Abend und seinen Vortrag für den Einzelhändlerverband. Da würden Geschäfte angeleiert. Er war wieder besser drauf. Beim Kunden, nennen wir ihn Horst, angekommen, fand er diesen vor seinem Haus, nein, vor seiner Villa. Horst brachte gerade den frisch gelieferten Boliden in der Garage auf Hochglanz. Keiner kann das so gut wie er selbst, tönte Horst voller Überzeugung. Und in der Tat: Der Maserati glänzte. Schließlich war er neu. »Nee, Horst, recht haste. Wollen alle nix mehr tun für ihr Geld. Kurz drüberhuschen und das soll's dann gewesen sein. Ich weiß, was du meinst.« »The Memory« wusste auch, was Horst hören wollte. Und während sich Klaus von Horst über die Besonderheiten des funkelnden Juwels aufklären ließ, bog Horsts Sohn auf dem Fahrrad um die Ecke. »Hallo Klaus«, schallte es vom Rad. »Hallo ..., ja, hallo duuu, du Rennfahrer, du«, rief »The Memory« zurück. Sichtlich erleichtert, die Peinlichkeit noch abgewendet zu haben. Doch grausame Szenen spielten sich auf einmal in Kläuschens Innerem ab. Deutlich sah er in seinem Kopfkino, wie er mit Horst ins Haus ging. Horsts Frau begrüßte Klaus freundlich mit seinem Namen und hängte sogleich die Frage nach dem Befinden von »Memorys« Gattin an, deren Namen sie problemlos parat hatte. Tief in seinem Innern glaubte Klaus daran, dass Horsts Frau – wie heißt die denn jetzt noch gleich, verdammt noch, jetzt reicht's mir aber – ihn bewusst testen, wenn nicht gar herausfordern wolle. »Komm, lass uns reingehen. Dann können wir den Papierkram erledigen« – die Geister, die ich rief! Es war so weit. Klaus strengte sich an und überlegte. Er überlegte, so gut er konnte. Verzweiflung machte sich breit. »Ja klar, lass uns reingehen«, presste er aus sich heraus. Sehr bemüht, locker zu klingen. »Ist denn deine Holde auch da?« Welch geniale Idee. Nun musste Horst nur antworten: Jaja, Petra kocht gerade Kaffee. Oder: Nein, Petra ist in der Stadt unterwegs. Oder Ähnliches. Die Chance, dass der Name fallen würde, war wirklich riesig. Manchmal funktioniert mein Hirn ja doch. Und zwar wie. »Ja, aber Klaus, was denkst du denn? Klar. Und sie hat schon frischen Kaffee bereitgestellt. Sie freut sich schon, dich wieder mal zu sehen.« Horror. Der Schweiß lief Klaus den Rücken runter.

Verdammt, verdammt, verdammt. Was mach ich bloß? Wo kann ich hin? Durchhalten, wird schon. Nix wird schon. Ich hab jetzt echt die Schnauze und nicht bloß die Nase voll. Immer freundlich sein, immer alle kennen, immer alles wissen. Mensch noch mal, das geht doch gar nicht ...

... fluchte er innerlich vor sich hin. In diesem Moment der Verzweiflung spürte Klaus eine innige Umarmung und konnte gerade noch rechtzeitig »Mensch, ist das schön, dich wiederzusehen« sagen. »Und wie das nach frischem Kaffee duftet, herrlich.« Uff, gerade noch gerettet. Aber mitmachen wollte »The Memory« das nicht mehr. Zu hoch war der Preis. Zu mies fühlte er sich, und die ständige Ungewissheit, die immer öfter in regelrechte Angstzustände mündete, war nicht mehr zu ertragen. Er rappelte sich ein letztes Mal auf und bemerkte: »Hei, neue Vorhänge. Die sind ja was ganz was Feines. Respekt. Toller Geschmack.« »Dass dir das auffällt!

Horst hat es erst nach einer Woche bemerkt. Na ja, ihn interessieren eh nur seine Autos. Hier, Horst, kannste dir'ne Scheibe von abschneiden. Der Klaus ist aufmerksam und hat ein tolles Gedächtnis.« Ja nee, is klar!

Wenn der Tag so weitergeht, dann kann der Vortrag ja noch heiter werden, dachte Klaus auf dem Weg zurück ins Office. Den Vertrag hatte er im Sack. Stimmt schon. Nur freuen konnte er sich darüber nicht. Zu schaurig und grausam war der Tag bislang verlaufen.

Deshalb schloss er auch im Büro gleich seine Tür und ging noch mal genau seinen Vortrag durch. Diese Gelegenheit wollte er unbedingt nutzen. Darüber könnte er an Geschäftsleute herankommen, die ihre Türen ansonsten gern verschlossen hielten. Er hatte noch zwei Stunden Zeit. Also checkte Klaus noch ein letztes Mal die kurze PowerPoint-Präsentation, auf die er so stolz war. Er wusste genau, welches Chart als Nächstes kommen würde. Damit, dachte er, könne er enorm punkten. Er stellte sich vor, wie er mit dem Rücken zur Leinwand steht und den Inhalt des eingeblendeten Charts zum Besten gibt, ohne sich ein einziges Mal umzudrehen. Das wollte er mit allen Charts so machen. Sehr souverän. Gut, zugegeben, er hatte ja noch seine Karteikärtchen. Trotzdem noch ein bisschen souverän. Günther Jauch hat auch welche. Was allerdings nichts heißen muss. Denn es ist ja nicht zwangsläufig alles gut und vorteilhaft, was Günther Jauch oder andere erfolgreiche Personen machen. »Memory« dachte jedenfalls, er käme so, wie er sich das ausgedacht hatte, souverän rüber. Abwarten. Noch ist nicht aller Tage Abend. Aber gleich. Jäh wird er durch das schrille Bimmeln seines Telefons aus seinen Fantasien gerissen. Klaus findet sich in seinem Büro auf und ab schreitend wieder, während er in Gedanken vor den rund 80 teilnehmenden Einzelhändlern eloquent, sympathisch und fachlich fundiert referiert.

Seine Sekretärin wollte ihm eine freundliche Dame des BWV durchstellen. Es ging um das aktuelle Seminarangebot. Klaus nahm das Gespräch an. »Kann ja nicht so lang gehen und etwas Luft habe ich auch noch.« Die Rettung nahte also. Nur wusste unser lieber Klaus das zu diesem Zeitpunkt noch nicht. Das sollte sich schnell ändern. »Herr Rennert (so heißt Klaus mit Nachnamen), Sie sind doch im täglichen Agenturgeschäft mit den unterschiedlichsten Aufgaben konfrontiert. Und Sie müssen doch ständig aktuelle Marktdaten, fachliche Informationen und vor allem die Namen ihrer Kunden abrufbereit gespeichert haben. Die tägliche Informationsflut sowie die Erwartungshaltung der Kunden steigen doch auch bei Ihnen laufend an, oder?« »The Memory« glaubte sich in einem Traum. War dies Vorbestimmung? Verfügte die freundliche BWV-Dame etwa über übersinnliche Fähigkeiten? War am Ende noch sie »The next Uri Geller«? Sie hatte den Nagel auf den Kopf getroffen. Zugegeben, heute war es extremer als sonst. Aber, na ja, in etwas abgemilderter Form kannte er dies ja alles schon ziemlich lange. Nur was sollte er denn dagegen tun?

»Sie haben vollkommen recht, Frau Schulz, die Anforderungen sind hoch. Aber sonst könnte ja auch jeder meinen Job machen. Da muss man halt auf Draht sein. Geistig hellwach, ist klar. Warum fragen Sie?«, hörte er seine Stimme sagen. Warum traute er sich nicht, das volle Elend zuzugeben? Schwächen zeigen schickt sich nicht, das kann er sich nicht leisten. Dann lieber mit erhobenem Haupt zugrunde gehen. »Das BWV bietet da ein Tagesseminar an, das sich genau mit diesen Themen befasst. Der Trainer verspricht, dass sich jeder Teilnehmer, vorausgesetzt, er ist geistig gesund, nach diesem einen Tag merken kann, was immer er möchte. Zusätzlich läuft solch ein Training locker, lustig und sehr interaktiv ab. Was halten Sie davon?« Hm, geistig gesund, ich?, meldeten sich bei Klaus Zweifel an. Nein, er hatte die Worte nicht ausgesprochen, nur gedacht. Gesagt hatte er: »Hört sich gut an. Aber ich glaube, so was brauch ich nicht. Ich komme ganz gut klar. Hat doch bisher alles noch geklappt.«

Lügner. Warum meldest du dich nicht einfach an? Nein, oh Gott, nachher muss ich noch Tests machen oder alle machen bei einer Übung mit und ich bin der Schlechteste. Nein danke, ich bin auch ohne schon bedient, schoss es ihm durch den Kopf, während seine Gesprächspartnerin schon weitersprach: »Sie haben schon seit Längerem keine Fortbildung mehr beim BWV besucht. Da wäre das doch eine tolle Grundlage, um wieder einzusteigen. Die Inhalte der danach besuchten Trainings bleiben dann effektiv haften. Ach, übrigens, erwähnte ich schon, dass Oliver Geisselhart Ihr Trainer ist? Wir sind ganz stolz, ihn für uns gewonnen zu haben. Er zählt zu den Besten seines Fachs, und zwar europaweit. Er ist ein Garant für effektive Kopf-Trainings. Danach sind Sie tatsächlich Gedächtnisbenutzer, Herr Rennert. Zusätzlich gibt Geisselhart eine Erfolgsgarantie. Sollte seine Technik bei Ihnen nicht den gewünschten Erfolg bringen, brauchen

Sie auch nichts zu bezahlen. Sie sind also auf der sicheren Seite. Investieren Sie doch einmal einen Tag in Ihr wichtigstes Organ. Sie wissen doch: Erfolg beginnt im Kopf.«

»Na gut, mit einer Erfolgsgarantie hört sich das Ganze interessant an. Werden denn da auch Tests gemacht?«

»Nein. Oliver Geisselhart konzentriert sich auf den Erfolg, auf das, was Sie können wollen. Nicht auf das, was Sie nicht können. Die Zeit wird hier sehr effizient genutzt. Das Seminar findet am 22. Februar statt. Darf ich Sie mit auf die Teilnehmerliste setzen, damit Sie mit einem frischen Gedächtnis ins Jahr starten können?«

»Wann ist das? 22. Februar? Mal sehen. Da hab ich noch nichts im Kalender. Also gut, ja, dann bin ich dabei.«

Nach dem Telefonat mit der freundlichen Dame vom BWV war die Zeit allerdings nun doch etwas knapper. Klaus packte schnell seine Karteikarten und seinen Laptop ein, zupfte seine Krawatte zurecht und startete durch. Im Veranstaltungshotel angekommen, ließ er seinen Wagen direkt vor dem Foyer des Hauses stehen. Er eilte im Laufschritt nach drinnen, erkundigte sich nach dem Vortragsraum und erreichte diesen eine Viertelstunde vor seiner Rede. Alles gut. Nach einer kurzen Begrüßung von Herrn ..., hm, Herrn ... na, dem vom Verband der Einzelhändler eben – »Fängt ja schon gut an«, hämmerte es in seinem Kopf – baute »The Memory« seinen Laptop auf, richtete den Beamer ein und stellte sich noch etwas Wasser bereit. Die Einzelhändler ließen auf sich warten. Es war noch nicht einer in Sicht. Herr Tabbert, der vom Verband, meinte, das sei normal, »die machen erst mal noch ihre Läden dicht«. »Ach ja, die sind ja bis 18.30 Uhr im Geschäft. Bis dann alles versorgt ist, jaja, da wird's wohl sieben. Aber ich habe keine Termine mehr heut, da fangen wir halt mit dem akademischen Viertel an.« »Schön, dass Sie das so entspannt sehen«, meinte Tabbert erleichtert. Mir bleibt ja nix anderes übrig, grummelte Klaus innerlich.

»Hallo, Herr Rennert, freut mich, Sie zu sehen. Bin schon sehr gespannt.« Hastig, etwas zu hastig vielleicht drehte sich Klaus um und ein alter Bekannter stand vor ihm. »Ja hallo, äh ... grüß dich. Was macht der Schuhverkauf?« »Kann nicht klagen. Wenn jetzt im Schlussverkauf nix geht, wann dann?« Der Name fiel Klaus schon wieder nicht ein. Komisch, dabei wusste er genau, welches sein Geschäft ist. Na, zumindest konnte er damit das Gröbste kaschieren. Der Saal füllte sich zunehmend und die Nervosität stieg. Er kannte ja so viele der Leute persönlich. Einige waren seit Jahren gute Kunden. Andere waren alte Kumpels oder Sportkollegen. Aber jetzt, wo sie alle so geballt und nicht im Sportdress auftraten, wollte er am liebsten flüchten. Toilette, Toilette, jagte es ihm durch sein überlastetes Hirn. Also los. Endlich lief mal was, wie es sollte. Zumindest bis die Tür aufging. Verdammt, den kenne ich. Wie heißt der doch noch? Irgendetwas mit ... Mist, verzweifelte Klaus fast. »Hallo Herr Rennert, na, Aufregungspipi wegbringen? Ich bin schon richtig neugierig. Heutzutage weiß unsereins doch gar nicht mehr, was er machen soll. Aber Sie helfen uns da ja gleich weiter. Find ich klasse.« »Jaja, ich auch«, mehr konnte er im Moment nicht herausbringen, zu perplex war er noch. »Aufregungspipi«, sollte das etwa stimmen? Egal.

Nun aber musste er langsam zurück in den Saal. Dort angekommen, sah er erleichtert, dass die meisten schon auf ihren Plätzen saßen. So muss ich wenigstens keinen mehr persönlich begrüßen, dachte er. Dann wurde er noch schnell vom Techniker verkabelt und los konnte sie gehen, die wilde Fahrt. Herr Tabbert kündigte ihn an und unter großem Beifall betrat Klaus Rennert die Bühne. Seine Karteikarten in der Hand. Diese gaben ihm Sicherheit, dachte er. Er hätte so etwas zum Festhalten, gut. Er fing also an. Allerdings weniger eloquent, als er dachte. Der Tag steckte ihm einfach in den Knochen. Die dritte PowerPoint-Folie kam und er interpretierte sein Stichwort auf dem Kärtchen. Doch irgendetwas schien nicht zu stimmen. Was soll das denn, zuhören sollt ihr, ungeheuerlich, dachte er empört, während er doch eigentlich vortrug. »He Klaus, ich glaube, die Folie passt nicht«, flüsterte ihm der Schuhhändler seines Vertrauens zu. Klaus blickte zur Leinwand. Das kann nicht sein, es sollte eine ganz andere Folie an der Reihe sein, pochte es in seinem Schädel. Ganz anders ist auch nicht korrekt, er hatte einfach aus Versehen zweimal auf die Funkmaus gedrückt und so war er schon bei Folie vier. Also einmal zurück bitte. Das funktionierte gut und es konnte weitergehen. Nur, dass »Memory« jetzt ungläubig auf seine Karte starrte. Genau jetzt wollte ihm zum nächsten Stichwort nichts einfallen. Egal, er musste was sagen. Nur was? Dreh dich um, du Depp, befahl ihm seine Kommandozentrale und er gehorchte. Mit dem Rücken zum Publikum las er nun vor, was da auf der Leinwand stand. Schlimmer geht's nimmer. Als er sich wieder seinem Auditorium zuwandte, klickte er die nächste Folie an und lugte auf seine Karteikarte.

Horror hoch zehn, welche ist denn jetzt dran? Du Rindvieh hast nicht weitersortiert, sondern einfach nur von der Folie abgelesen. Wo sind wir denn jetzt? Wo kann ich hin? Ich will hier weg.

Sein Hirn gab auf. Aber er konnte nicht weg. Da saßen rund 80 potenzielle Kunden und warteten. Und einige sahen so aus, als sei es ihnen selbst schon peinlich, was sich vorne gerade abspielte. Scheiße, Scheiße und noch mal Scheiße, fuhr es ihm durchs Oberstübchen. Er wunderte sich selbst über diese Wortwahl, aber er hatte wohl die Kontrolle verloren. Nach einer nicht enden wollenden Minute begann Klaus sich erneut umzudrehen und las auch diese Folie souverän und weltmännisch vor. Sein Publikum wurde zunehmend unruhiger. Irgendwie schien er das wohl zu übertragen. Er war dann auch schon nach 30 Minuten statt nach der geplanten Stunde fertig. Und zwar fix und fertig. Der Verbandsvorstand bedankte sich noch für den »überaus informativen und wertvollen« Vortrag. Da standen die Ersten auch schon auf und gingen ins Foyer. Dort gab es das nun wirklich Wichtige: belegte Brötchen. Klaus nahm sich auch eins und stand dann allein an einem Stehtisch. Er hatte sich auf viele Interessenten eingestellt. Aber irgendwie mussten wohl alle noch überlegen. »Der Vortrag muss sich halt noch setzen«, Herr Tabbert stand plötzlich neben ihm. »Frau Grube-Stolz ist interessiert. Gehen Sie doch mal zu ihr rüber.« Nee, is klar. Wer ist jetzt noch mal Frau Grube-Stolz?, schoss es ihm durch den Schädel. Den Namen kannte er. Da drüben sollte sie sein. Da sind aber vier Damen auf einmal. »Ja, ja, klar. Würd ich ja gern, aber ich muss dringend nach Hause. Ich rufe Frau Grube-Stolz dann an. Tschüß, Herr äh Tabbert.« Zum Glück hatte Herr Tabbert jetzt ein Namensschild angesteckt.

Verständnisvoll blickte ihn die junge Dame an der Rezeption an. Er suchte seit mehreren Minuten sein Parkticket, erfolglos. Stumm, mit einem engelsgleichen Lächeln im Gesicht, schob ihm die Retterin ein freigeschaltetes Ausfahrtticket über den Tresen. Er packte also seine Siebensachen zusammen und stieg in den Fahrstuhl. Welche Etage? In welcher Etage habe ich geparkt? Langsam hatte er genug von heute. Er wollte nur noch ab ins Bett. In Ruhe liegen und einschlafen. Morgen früh würde er aufwachen und alles wäre vorbei. Er entschied sich für die sichere Variante. In »U1« stieg er aus. Er lief jetzt systematisch sämtlich Parkreihen ab. Denn an die Nummer konnte er sich nicht erinnern. Der peinliche Gang fiel ihm schwer. Irgendwie war schon das Drücken des Knopfes im Fahrstuhl anstrengend. Was sollte er dem Engel an der Rezeption denn erzählen?

Sein Auto müsse gestohlen sein? Es wurde wahrscheinlich abgeschleppt, aus dem Parkhaus? Es ist einfach verschwunden? Hörte sich alles doof an. Am doofsten aber war: »Ich finde meinen Wagen nicht mehr.« Einer Halluzination gleich flimmerte ein Bild vor ihm auf, als er gerade aus dem Lift trat und durch die offene Hoteltür nach draußen blickte. Das Bild eines Audis, der genauso aussieht wie sein eigener. »Jetzt fang ich auch noch an zu fantasieren«, sprach er mit sich selbst. Doch dann kapierte er und erinnerte sich: Er hatte direkt am Eingang geparkt. Ja, er war gar nicht in die Tiefgarage gefahren. Er freute sich. Kurz darauf war er allerdings wieder bedrückt. Ihm wurde bewusst, über was er sich da mittlerweile schon freute, am Ende noch über seine eigene Schusseligkeit.

»Seien Sie ehrlich, Herr Geisselhart, glauben Sie wirklich, dass Sie mir helfen können? Ich meine, ich hab schon viele Seminare besucht. Die meisten versprechen einem das Blaue vom Himmel, und wenn nachher davon nur zehn Prozent umsetzbar sind, ist man schon froh.«

»Es ist schon eine Angst einflößende Story, in der Tat. Wahrscheinlich halt auch eine Verkettung unglücklicher Umstände. Sie sagten ja selbst, dass ein solcher Tag vorher noch nie vorkam. Ja, ich bin sehr sicher, dass Sie das in den Griff bekommen. Und zwar an einem Tag. Vorausgesetzt, Sie wenden die Geisselhart-Technik danach auch tatsächlich an. Funktionieren wird sie, garantiert.«

Es war mir etwas peinlich, als mein Handy in der Ruhezone des ICE auf einmal mit normalem Klingelton schellte. Ich dachte, ich hätte auf leise gestellt. Also ging ich zügig in den Vorraum. »Es funktioniert prima. Noch nicht ganz so gut wie mit Ihrer Hilfe im Seminar, aber ich komme gut damit zurecht. Hier spricht übrigens Klaus Rennert, Herr Geisselhart. Ich war doch vor knapp zwei Wochen beim Seminar in Münster.«

»Hallo Herr Rennert, freut mich von Ihnen zu hören. Der erste Fortschritt ist ja, dass Sie Ihr Versprechen hielten und mich angerufen haben. Das hätten Sie ja auch vergessen können. Gratuliere.«

Oliver Geisselhart

Gedächtnistrainer
info@kopferfolg.de
www.kopferfolg.de

Boris Grundl

Vorsicht!
Ihre Mitarbeiter erfüllen Ihre geheimsten Wünsche

Wie aus mangelnder Selbsterkenntnis Wertstagnation anstatt Wertschöpfung wird

In den nächsten 20 Jahren werden Tausende von mittelständischen Familienunternehmen entweder an die nächste Generation weitergegeben oder an verdiente Mitarbeiter oder Investoren verkauft. Ist Ihnen schon aufgefallen, wie oft diese Übergaben oder Weiterverkäufe im Chaos endeten und die Führungskräfte nicht wissen, warum eigentlich? Die folgenden zwei wahren Geschichten zeigen, wo eine mögliche Ursache dafür zu finden ist.

Vor einiger Zeit, es war ein Donnerstagnachmittag, rief ein Auftraggeber und ehemaliger Trainee bei mir an. Nennen wir ihn Matthias Mensching. Er ist Geschäftsführer eines kleinen Imperiums in der Chemieindustrie, bestehend aus neun Werken mit insgesamt 6000 Mitarbeitern.

»Mensching hier, guten Tag, Herr Grundl!«
»Hallo, Herr Mensching, wie geht es Ihnen?«
»Mir geht es sehr gut, Herr Grundl, deshalb rufe ich auch an: Es ist Donnerstagnachmittag, ich sitze in meinem Büro und habe nichts mehr zu tun!«
Pause.
»Und nun wollen Sie mich fragen, ob das mit rechten Dingen zugeht?«
Pause.
»Ja, eigentlich schon ...«
»Gehen Sie Golf spielen, Herr Mensching! Es ist alles in Ordnung!«
»Auf Wiederhören, Herr Grundl, Ihnen auch noch einen schönen Tag.«

Ich musste lächeln. Tja, dachte ich, so kann's gehen. Und aus meinem Lächeln wurde ein Lachen. Ich freute mich riesig für Herrn Mensching. Er hatte alles umgesetzt, was ich ihm vorgeschlagen hatte, und er hatte Erfolg damit. Das schlug sich in einem Mehr an Zeit und besseren Ergebnissen nieder. Als wir uns zum ersten Mal bei einer Podiumsdiskussion begegnet waren, hatte ich gleich ein gutes Gefühl. Aber dass eine so fruchtbare Zusammenarbeit daraus werden würde, wer konnte das ahnen?

Nach dem Auftritt sprachen mich mehrere Unternehmer an, unter anderem besagter Herr Mensching, der mir erklärte, dass ihm meine Ausführungen sehr gut gefallen haben. »Das freut mich, Herr Mensching. Und was genau hat Ihnen gut gefallen, wenn ich fragen darf?« Ich wollte mit dieser Nachfrage erforschen, was er von mir wollte. Nur mal Hallo sagen oder hatte er ein ernsthaftes Anliegen? Mensching hatte ein Anliegen. Er erzählte mir, dass er selbst eigentlich eher ein Zahlen-Fakten-Typ alter Schule sei, dass ihm aber an meinen Statements gerade die Balance zwischen Humanem und Fakten gefallen habe, wie er sich ausdrückte. Interessant, dachte ich. Er weiß genau, was er kann und wo er sich eine Unterstützung erhofft. Dies zu erkennen gelingt nicht jedem.

Aber bevor ich weiter davon berichte, wie Herr Mensching nicht nur seinem Unternehmen, sondern auch sich selbst half und schließlich bessere Ergebnisse erzielte und dennoch mehr Zeit hatte, möchte ich Ihnen erst noch eine Geschichte von einem anderen Unternehmer erzählen. Nennen wir ihn Heinrich Hundertmark. Es geht mir hier nicht darum, zwei Klischeebilder zu zeichnen, und es geht mir auch nicht um Gut versus Böse, Richtig versus Falsch. Vielmehr will ich an Heinrich Hundertmark zeigen, wie leicht eine Führungskraft auch hemmend wirken kann. Vor allem wenn einem seine eigenen Motive nicht klar sind. Und an Matthias Mensching, wie man das erfolgreich ändern kann.

Hundertmark war Inhaber und Geschäftsführer eines 130 Mitarbeiter starken Unternehmens, das sich seit 30 Jahren in der Elektronikindustrie behauptete und sich auf Zubehör für Elektrogeräte spezialisiert hatte. Er persönlich hatte sich darauf konzentriert, Macht anzuhäufen. In seiner Firma war er der absolute Herrscher. Und jetzt geht die Horrorgeschichte los. Ihm ging es nicht darum, ob seine Geschäfte profitabel waren, ihm ging es darum, im Mittelpunkt zu stehen, immer mehr Macht zu erlangen. Stellen Sie sich einen charismatischen Typen vor, einen Macher und

Selfmademan. Niemanden, der ein dickes Auto fährt, eher jemanden, der bodenständig ist und konservativ. Und stellen Sie sich jemanden vor, der dominant ist, stur, und der arbeitet wie ein Tier. Aber vor allem jemanden, der meint, dass die anderen immer alles falsch machen, während nur er allein weiß, wie es richtig geht.

Seine Aufgaben als Führungskraft? Die hatte er nie definiert. Er kannte nur egoistische Motive: Er war jemand, der sich ständig feiern ließ, um das Gefühl zu haben, am Leben zu sein. Er kreierte dauernd Situationen, die ihm Aufmerksamkeit bescherten. Was dazu führte, dass seine Mitarbeiter vor lauter Huldigung ihres gottgleichen Chefs kaum zu ihrer eigentlichen Arbeit kamen. Seine Firma schien nach außen erfolgreich. Da sie aber lediglich dazu da war, die Bedürfnisse eines Einzelnen zu befriedigen, lief sie de facto nur auf Sparflamme. Ohne den Chef ging nichts! Kein Wunder! Der Alltag war geprägt von Unbeständigkeit, Unsicherheit und inkonsequenten Entscheidungen. Von Chaos und Hektik. Ständig wurde etwas umstrukturiert und improvisiert. Die Mitarbeiter glichen einem aufgescheuchten Hühnerhaufen. Und sie waren frustriert. Verständlicherweise! Denn immer wenn gerade etwas anstand, beispielsweise ein Meeting der zweiten Managerebene, in dem die Personalstrukturen besprochen werden sollten, konnten sie sicher sein, dass im nächsten Moment jemand mit einer Nachricht vom Chef um die Ecke biegen und die ganze Planung über den Haufen werfen würde. Dann schreckten alle auf und liefen wieder wie die Hühner durcheinander – und hinter dem Chef her.

Dass Hundertmark seine Mitarbeiter durch seinen Aufmerksamkeitswahn steuerte, war auch an der Unternehmenskommunikation zu merken. Sätze wie »Darum kümmern wir uns später«, »Das ist jetzt wichtiger«, »Das war doch nicht vorherzusehen« oder auch vorwurfsvoller »Kann denn keiner dafür sorgen, dass das nicht aus dem Ruder läuft?« waren an der Tagesordnung. Die Art und Weise, wie er seine Leute steuerte, war subtil – und ihm selbst sicher auch nur zum Teil bewusst. Unbewusst zeigte er immer und

überall, dass er Aufmerksamkeit brauchte und dass er die Macht allein in seinen Händen wollte. Und seine Leute liefen hinter ihm her und versuchten, seine Bedürfnisse zu befriedigen. Sie packten ihm zum Beispiel seinen Postkorb randvoll, wenn er aus dem Urlaub kam, damit er sah, dass er geliebt wurde und dass es ohne ihn nicht lief. Und seine Sekretärin teilte ihm mit: »Gut, dass Sie wieder da sind, Herr Hundertmark. Sie haben 900 E-Mails in Ihrem Postfach. Und so vieles davon konnte ich einfach nicht entscheiden ohne Sie!« Wann immer er also signalisierte: »Ich will, dass ihr mir zeigt, wie toll ich bin!«, zeigten seine Mitarbeiter es ihm. Wen wundert es. Es kommt aber noch schlimmer. Da seine Mitarbeiter ihn als Vorbild nahmen, ahmten sie ihn nach und vervielfachten das Chaos. Sie können sich sicher vorstellen, wohin das führte. Jeder überschlug sich mit Maßnahmen, sich selbst in den Mittelpunkt zu stellen. Willkommen in der Hölle auf Erden.

Das war doch nicht vorherzusehen Kann denn keiner dafür sorgen, dass das nicht aus dem Ruder läuft Das ist jetzt wichtiger

Wie es dazu kann, dass er mich engagierte? Eine gute Frage! Die Mitarbeiter der ersten Managementebene überzeugten ihn, einen Impuls-Vortrag zu buchen. Nur so, als Abwechslung und Inspiration, sagten sie ihm. Er stimmte zu. Natürlich erhofften sie sich, dass Hundertmark mehr darin sehen würde. So war es auch. Doch er wollte niemanden, der ihm sagte, was er verbessern könnte, sondern er wollte auch von mir hören, wie toll er doch sei. Eine heikle Ausgangsposition.

Meine Aufgabe bestand dann darin, ihm klarzumachen, dass er eigentlich Folgendes hätte denken müssen, als er aus dem Urlaub kam: 900 E-Mails? Was für eine Scheiße! Es läuft nicht ohne mich! Und dann hätte er sich fragen müssen, warum: Warum habe ich eigentlich keine Mannschaft, die mir den Rücken frei hält? Und dann musste ich ihm klarmachen, dass er Mitarbeiter hatte, die sehr wohl allein Entscheidungen treffen und sich um seine sämtlichen Postfächer kümmern konnten. Dass er sie nur lassen musste. Wie ich bei so einem Despoten vorging? Sicher nicht, indem ich zu ihm in Konkurrenz ging. Und auch nicht, indem ich ihn bewertete. Als Coach trage ich meinen Kopf immer ein Stück tiefer als der Auftraggeber. Wenn dir jemand vertrauen soll, dann musst du ernsthaft demütig sein. Dazu kommen überzeugende Kompetenz, absolute Diskretion und Loyalität. Und er konnte mir ja auch vertrauen.

Nachdem er das gemerkt hatte, lud ich ihn ein, sich die Welt gemeinsam mit mir mal aus einer anderen Perspektive anzuschauen. Ich malte ihm ein Bild der Zukunft, das schöner war als seine Gegenwart. Damit weckte ich bei ihm den Wunsch nach Veränderungen. Hätte ich meinen Kopf über seinem getragen, hätte er mich als Konkurrenz wahrgenommen. Dann wäre es ihm nur darum gegangen, meine Vorschläge zu torpedieren. Ich musste sein Vertrauen und sein Herz gewinnen, damit er sich auf die neuen Ideen einließ. Und ich musste ihn davon überzeugen, dass ihn das Ganze am meisten anging. Natürlich glaubte er zunächst nicht, dass er sich würde verändern müssen. Die neuen Sichtweisen waren selbstverständlich nur für seine Mitarbeiter gedacht. »Nein, nein«, sagte ich ihm daraufhin, »Sie alle brauchen dringend eine frische ›Denke‹! Aber zuerst müssen Sie als Chef etwas dafür tun. Ich habe in Ihnen den Wunsch nach einer besseren Zukunft geweckt. Und Sie haben gefragt, wie das funktioniert. Also arbeiten wir jetzt zuerst mit Ihnen. Und danach zusammen mit Ihren Mitarbeitern. Denn Sie alle hier müssen sich mit dem Unternehmen identifizieren und begreifen, dass es um Ihre Prozesse geht. Wer zieht schon gern ein Kind von anderen auf?«

Dann analysierten wir sein Verhalten: Ich sagte ihm, es sei kein Problem, dass er Anerkennung, Macht und Einfluss haben wolle. Das will jeder. Aber er dürfe sie eben nicht für sich wollen, sondern nur, um anderen damit zu dienen. Denn nur dann sei sein Einfluss auch von Dauer! Macht als Selbstzweck sei ein Problem, damit gehe fast immer ein Machtmissbrauch einher. Das sei eine traurige und zum Scheitern verurteilte Angelegenheit, auch wenn es viele Menschen gebe, die so drauf seien. »Sie sagen, Sie würden gebraucht«, fuhr ich fort. »Aber dahinter verstecken Sie eigentlich nur Ihre Machtgier, weil Sie wissen, dass es sich dabei um ein gesellschaftliches Tabu handelt. Es ist nicht politisch korrekt, machtgeil zu sein. Und das hat seinen Grund! Statt also immer wieder Situationen zu kreieren, in denen Sie Ihre Macht spüren können, sollte Ihnen Macht nur als Mittel zum Zweck dienen. Um wiederum andere zu eigener Macht und Verantwortung zu führen. Schenken Sie Ihren Mitarbeitern so viel Verantwortung, dass Sie sich selbst überflüssig machen können!«

»Überflüssig?« Hundertmark sah mich an, als hätte ich ihm gerade vorgeschlagen, nackt in ein Terrarium mit Giftschlangen zu steigen. »Wieso denn überflüssig?« »Weil es bei der Mitarbeiterführung darum geht, andere weiterzubringen und ihnen immer mehr und mehr Verantwortung zu geben, bis Sie als Chef selbst überflüssig werden und sich wichtigen neuen Aufgaben zuwenden können. Sich überflüssig zu machen heißt, dafür zu sorgen, dass es auch ohne Sie läuft. Und darauf zu vertrauen, dass man für die Mitarbeiter trotzdem wichtig ist und dass sie Respekt vor einem haben, auch ohne heuchlerische Ehrerweisungen und ein volles Postfach.«

Aber wie funktionierte das, sich überflüssig zu machen? Ich erklärte Hundertmark, eine wirkungsvolle Führungskraft erkenne man daran, dass sie nicht das Kapital oder sich selbst, sondern die Menschen in ihrer Firma in den Mittelpunkt stelle. »Jau«, sagte der daraufhin, »das haben die Kannibalen auch schon immer gesagt ... War ein Witz! Ich habe es kapiert!« »Wirklich?«, fragte ich zurück. »Ja, ja, Geld und Erfolg sind wichtig, aber das ist nicht alles«, hörte ich ihn sagen. »Ich darf die Menschen nicht vergessen. Erst wenn mir meine Mitarbeiter wirklich wichtig sind, werden wir auch nachhaltig erfolgreich sein. Finanziell gesehen, aber wir werden auch alle gemeinsam und jeder für sich mit unseren Aufgaben wachsen.« »Schöner hätte ich es nicht sagen können. Wollen Sie bei mir einsteigen?«, erkundigte ich mich grinsend. »Vorerst nicht«, winkte er ab. »Erklären Sie mir lieber, wie ich mich als Chef wirklich überflüssig machen kann.« Und ich erzählte ihm von Herrn Mensching, der nach meinem Coaching plötzlich schon donnerstags die Zeit fand, auf den Golfplatz zu gehen.

Ihnen habe ich ja auch versprochen, zu erzählen, wie es mit Herrn Mensching weitergegangen ist. Er hatte unsere Leadership Akademie beauftragt, weil seine Firma zwar ganz passabel, aber eben nicht wirklich gut lief. Doch zunächst kam Mensching selbst nicht ganz aus der Deckung. Er wollte erst mal gucken und probierte sein Werkzeug deshalb nicht gleich an sich selbst aus, sondern schickte seine mittlere Managementebene vor.

Das kannte ich schon. Ich fuhr hin. Der Gebäudekomplex, in dem die Führungsriege saß, war schon älter und ziemlich unprätentiös. Man sah ihm an, dass es seinen Bewohnern in erster Linie um Inhalte ging. Das fand ich schon mal angenehm. Menschings Büro war nicht luxuriös, sondern ganz durchschnittlich eingerichtet. Auch die Firmenstrukturen ähnelten dem ganzen Haus – alles alte Schule. Ohne Fleiß kein Preis. Eine Hand wäscht die andere. Hierarchie – Bürokratie – Autokratie. Als mein Team damit begann, die zweite Führungsebene zu coachen, merkten wir schnell, was da im Argen lag. Matthias Mensching hatte so ein Gefühl, dass mit dem Gleichgewicht etwas nicht stimmte, und hat damit den richtigen Riecher gehabt. Natürlich waren es vordergründig die Ergebnisse, die nicht stimmten. Aber vor allem wünschte er sich auch eine andere Kommunikation zwischen seinen Mitarbeitern und eine Balance zwischen »Humanem und Fakten«, wie er damals nach der Podiumsdiskussion gesagt hatte. Nur wusste er nicht, wie er das erreichen sollte.

Mit dem Blick von außen – und dies ist mein Talent – konnte ich schnell ziemlich genau sagen, was in seinem Unternehmen los war. In diesem Fall war es sogar ganz einfach. Es mangelte den Führungskräften an Zutrauen und Vertrauen in die Mitarbeiter und umgekehrt. Und auch Mensching war niemand, der einfach so jemandem vertraute. »Vertrauen, das ist doch etwas Privates«, meinte er, »ich vertraue meiner Frau.« »Verstehe«, antwortete ich und dachte: Und genau hier liegt dein Problem! »Sie wollen Ihrem Unternehmen etwas Gutes tun. Sie haben sich gedacht, da hole ich mal den Grundl, vielleicht verändert der was. Zumindest haben Sie uns ja engagiert, oder?« »Ja schon, aber ...« »Und damit haben Sie auch eine wichtige Voraussetzung erfüllt. Aber das klappt nur, wenn Sie als Chef mitmachen. Ihre erste Aufgabe besteht darin, Ihre Mitarbeiter zu fördern und zu fordern. Und zwar so sehr, dass Sie sich irgendwann überflüssig machen können.« »Bitte erklären Sie mir das genauer«, bat mich Mensching. »Es ist gar nicht so kompliziert«, sagte ich. »Ich nenne es den Dreiklang aus Willensstärke, Wegen und Entwicklung: Zuerst müssen Sie die Voraussetzungen dafür erfüllen. Sie müssen sich überflüssig machen *wollen*. Unbewusst haben Sie das schon getan. Sie haben mich darum gebeten, in Ihrem Unternehmen eine Balance herzustellen – zwischen Humanem und Fakten. Und damit wären wir schon beim zweiten Punkt: Ihre Mitarbeiter sind Ihnen wichtig. Sonst hätten Sie mich nicht engagiert. Und wenn das so ist, stellen Sie sie auch ganz bewusst in den Fokus. Fördern Sie sie. Und sagen Sie sich selbst: Ich bin nicht so wichtig, ich bin ersetzbar! Und bringen Sie Ihren Mitarbeitern das Vertrauen entgegen, das sie verdienen. Sie sind gut, sie können mehr, als Sie denken. Geben Sie ihnen Verantwortung. Holen Sie alles aus ihnen raus. Geben Sie ihnen so viel davon, dass Sie selbst sich überflüssig machen können. Denn das ist der dritte Aspekt des Dreiklangs. Wenn Sie wirklich wollen, dass es ohne Sie läuft, müssen Sie Ihre Leute entwickeln und dann Verantwortung übernehmen lassen. Wie das geht, werde ich Ihnen zeigen.«

»Aber wieso denn eigentlich? Warum soll ich mich selbst überflüssig machen?«, fragte Mensching mit einem halb verwunderten, halb traurigen Blick. »Ich kann doch nicht immer schon donnerstags Golfen gehen?«, fügte er hinzu. »Klar können Sie«, entgegnete ich. »Aber der eigentliche Grund ist ein anderer. Ich sage: Mach dich selbst überflüssig, während die Ergebnisse besser und besser werden, weil ich will, dass Sie Vertrauen haben und Ihren Mitarbeitern die Verantwortung schenken, die sie verdienen. Denn wenn diese immer mehr von Ihren Aufgaben übernehmen, können Sie sich wertschöpfenderen Aufgaben und Projekten zuwenden. Natürlich werden Sie nicht immer schon donnerstags auf den Golfplatz gehen können. Aber ich habe gehört, da kann man seinen Kopf auslüften. Manche schwören drauf. Sie meinen, sie hätten beim Golfen die tollsten Ideen für neue Projekte – und pflegen Kundenbeziehungen!«

Und so erkannte Matthias Mensching, der Mann für Zahlen und Fakten, der aber eigentlich seine Mitarbeiter mochte, wie die Ergebnisse besser und besser werden konnten, obwohl (oder weil) er am Donnerstag auf dem Golfplatz stand und über neue Projekte nachdachte. Heinrich Hundertmark wiederum sah ein, dass ein volles E-Mail-Postfach nicht von wirklicher Führungsqualität zeugte. Mit beiden telefoniere ich inzwischen seltener. Aber regelmäßig erzählen sie mir, dass ihre Mitarbeiter auch etwas gelernt haben: Sie haben auf einmal Lust darauf bekommen, Dinge auszuprobieren, die sie sich vorher niemals getraut hätten. Und je mehr sie probierten, desto mehr klappte auch und desto mehr entlasteten sie ihre Chefs. Insofern geht es natürlich auch hier vor allem um den Dreiklang. Also erstens darum, den *Willen* aufzubringen, sich überflüssig zu machen. Zweitens darum, die *Wege* und Strukturen zu erkennen, mit denen das funktioniert. Indem man die Mitarbeiter in den Mittelpunkt stellt. Und drittens andere *zu entwickeln* und sich selbst dabei mehr und mehr überflüssig zu machen.

Wenn Sie also demnächst jemand fragt, woran man Ihrer Meinung nach einen guten Chef erkennt, was sagen Sie dann? Richtig, Sie sagen: »Am leeren Postfach! Und daran, dass er nicht in der Firma sein muss, sein Laden läuft auch ohne ihn – und zwar hervorragend.«

Diesen Paradigmenwechsel bekommen nur sehr wenige Führungskräfte hin. Sie fragen sich warum? Ganz einfach. Ehrgeizige Menschen kommen durch ihren deutlich größeren Einsatz in eine Führungsposition. Jetzt sind sie nicht mehr für ihre Ergebnisse, sondern für die Ergebnisse anderer verantwortlich. Ihr Berufsbild hat sich damit um 180 Grad gedreht. Nur kriegen sie das nicht mit, sie machen weiter wie zuvor. Es hat ja bis dahin immer bestens funktioniert. Ihr Ehrgeiz lässt sie dann bei anderen stärker die Defizite wahrnehmen – und damit auch verstärken – als die Potenziale, die es freizusetzen gilt. Das Ergebnis: Die Mitarbeiter entwickeln sich nicht, sondern befriedigen die unbewussten Motive ihrer Führungskräfte. Vorsicht! Ihre unbewussten Motive werden von den Mitarbeitern wahrgenommen, und sie reagieren darauf! Wollen Sie gebraucht werden, suchen Ihre Mitarbeiter nach Beweisen dafür, dass Sie gebraucht werden. Brauchen Sie das Gefühl, anderen überlegen zu sein? Kein Problem. Ihre Mitarbeiter werden Ihnen auch das liefern. Es gibt aber auch eine gute Nachricht: Wenn Ihnen das Wachstum Ihrer Mitarbeiter am Herzen liegt, werden Ihnen diese auch genau das zeigen. Zu einfach, sagen Sie? Die Erkenntnis mag einfach sein. Die Umsetzung ist alles andere als das. Sie kriegen es hin, wenn Sie konsequent dieser Frage folgen und offen sind für die Antworten, die sich daraus ergeben: Wie mache ich mich überflüssig, während die Ergebnisse besser und besser werden?

Boris Grundl

Trainer und Führungsexperte
info@grundl-akademie.de
www.grundl-akademie.de

Babette Halbe

Wenn keiner was tut, dann tut sich nichts

Ein Termin von vielen. Ich werde andere motivieren, andere zu motivieren. – Ich bin Nichtrauchertrainerin und vertreibe Seminare. Die Aussicht auf Erfolg spornt mich an. Ich weiß, was ich will: Ich erwarte persönlichen und finanziellen Zugewinn. Ich habe ein klares Ziel. Ich tue etwas, um es zu erreichen.

Auf dem Weg zu meinem Ziel durchschreite ich entschlossen stinkende Nebelbänke. Da ich mich im Kreis von Gesundheitsmanagern befinde, ziehe ich den einzig möglichen Schluss, dass es sich um einen Schwelbrand oder ähnlich Gefährliches handelt. Soweit ich bei der Sichtbeschränkung die Anwesenden silhouettenhaft erkennen kann, wirken sie harmlos und gelassen, und so entschließe auch ich mich, ruhig zu bleiben. Ganz nach dem Vorbild der anderen. Die meisten tun, was andere tun. Ich suche für den Fall, dass Gelassenheit nicht die angemessene Reaktion auf den Qualm ist, nach Feuerlöschern und Notausgängen. Innerhalb weniger Augenblicke allerdings erkenne ich, dass hier kein Brandherd zu bekämpfen ist. Die Gefahr lauert woanders. Die Menschen rauchen. Das ist an sich nichts Verwerfliches, auch ich habe Jahrzehnte gern geraucht. Ich überlege kurz, welche Überlegungen dahinterstecken mögen, Raucher auf Posten des Gesundheits- und Personalmanagements zu setzen, beschließe dann aber, dass ich nicht alles wissen oder gar verstehen muss.

Froh darüber, dass mein Vortrag wohl ohne Zwischenfälle und außergewöhnliche Aktionen beginnen kann, betrete ich den schlecht gelüfteten Raum. Die, die nicht hüstelnd reinkommen, empfangen mich mit teilnahmslosen Blicken. Ein paar Übergewichtige schieben ihre Kilos auf viel

zu kleinen Sitzflächen von rechts nach links, andere Zuhörer zappeln nervös herum. Ich bemerke, wie sehr ich mich von den Anwesenden unterscheide. Ich bin schlank, atme leise und gleichmäßig, stecke voll Energie und habe Lust auf alles. Den Unterschied haben auch die realisiert, die keine Lust auf irgendetwas haben. Unter argwöhnischen Blicken beginne ich, die Präsentation zum Thema Rauchstopp vorzubereiten. Ich nicke lächelnd hin und her, um mir und den anderen Mut zu machen. Ich denke: Mein Vortrag ist in dieser Runde eine glatte Zumutung. Die Runde denkt: Diese Frau ist eine glatte Zumutung.

Der Veranstaltungsleiter, oberster Gesundheitsmanager und Personalleiter des Unternehmens, blass und mager, spricht nun monotone Begrüßungsworte. Um Gesundheit gehe es heute, um die richtige Einstellung. Vor allem gehe es um die Gesundheit der Mitarbeiter, die zu betreuen seien. Vorbild sein wolle man. Zeichen setzen müsse man. Begeistern wolle man. Begeisterung sei überhaupt der Schlüssel, wenn es darum geht, Mitarbeiter zu motivieren. Der Leiter spricht langsam und ohne Akzentuierung. Keine Intonation, keine Geste.

Ich begreife, was ein Professor während meines Studiums vor etwa 25 Jahren meinte, als er über die nicht zu unterschätzende Beziehung zwischen Sprecher und Gesprochenem referierte.

Vorbild wolle man sein. Zeichen setzen wolle man. Ein solches Zeichen sei der nun folgende Beitrag über ein Nichtraucherseminar, stellt mich der farblose Moderator vor. Mit dem Rauchen aufzuhören sei ein wichtiger Beitrag zur Gesunderhaltung, das habe man erkannt. Immerhin, denke ich. Wer gesund bleiben will, wird also besser gar nicht erst krank.

So referiere ich über körperliche und psychische Suchtmechanismen, über sinkende Pegel, zahllose Kaffeezigaretten und den wunderbaren Weg in ein selbstbestimmtes und vitales Nichtraucherleben. Im Publikum erwachen einige für Momente.

Die Dinge liegen so klar auf der Hand, dass man sich ihnen nur schwer entziehen kann. Eine Entscheidung scheint unumgehbar. Erste ahnen, dass sie sich, falls sie weiter zuhören, womöglich zum Rauchstopp entschließen werden, und verfallen erschrocken wieder in ihre vertraute Lethargie.

Zeichen der Lebendigkeit bemerke ich erst wieder, als der stark unter Nikotinentzug leidende, sichtbar nervöse Personalvorsteher eine Pause ankündigt. Mit erleichtertem Gemurmel schleichen Ertappte auf den noch immer nach Rauch riechenden Flur. Hier greifen sie nach mayonnaisegetränkten Schnittchen mit Salami oder Stullen mit Aal. Wer möchte, nimmt ein Stückchen Kuchen oder ein kleines Törtchen. Das habe man ja gleich gewusst, dass hier nun noch mehr Einschränkungen kämen. Man müsse doch jedem selbst überlassen, wie er lebe. Manche rauchten nun mal gern. Überhaupt gehe das nun wahrlich zu weit. Gespannt sei man, was der nächste Vortrag verbiete. Jeder sei doch für sich selbst verantwortlich. Sicher, den Mitarbeitern müsse man schon beibringen, wie sie gesünder leben können. Nicht rauchen und nicht so fett essen. Vielleicht ein wenig Sport treiben. Lachyoga oder so. Schon wegen der vielen Krankentage. Das gebe einen schlechten Schnitt in der vergleichenden Aufstellung der einzelnen Zweigstellen. So viel sei klar.

Erleichtert und froh, den Entschluss für die Mitarbeiter gefasst zu haben, wischen sich die so gern Verantwortlichen den fettigen Tran von den Lippen. Wer raucht, der raucht.

Nun sind sie bereit für die nächste Lektion, aus der auch niemand was lernen will. Während der recht vitale Referent über »Work-Life-Balance« sinniert, staune ich über das Ausbleiben einer Reaktion auf meinen Vortrag. Offenbar alles entschiedene Konsumenten. Reaktionen verlangen Stellungnahmen. Handlungen, zu denen keiner bereit ist.

Da sich hier eh alle Menschen und Zustände in langweiliger Gleichförmigkeit befinden, löst nunmehr allein der Wortteil »Balance« wohlwollendes Geraune aus. Das klingt nach Bewährtem, nach Routine. Das klingt nach »Alles bleibt, wie es ist«.

Während das Publikum bereits jetzt mit allem einverstanden sein will, was der Referierende sagt und sagen wird, schließlich ist er Arzt, zerstört ebendieser die aufkommende Kuschelatmosphäre durch unzumutbare

Behauptungen. Es gehe nicht um Arbeit auf der einen und Leben auf der anderen Seite. Auch nicht darum, beides auszubalancieren, in Einklang zu bringen. Es gehe ums Leben an sich. Arbeit sei Teil dessen. Arbeit sei Leben, sagt er. Nicht arbeiten, bis der Rücken wehtut, und dann auf die Massagebank, sondern so arbeiten, dass der Rücken erst gar nicht schmerzt. Nicht arbeiten, bis nichts mehr geht, und dann ins Antistressseminar, sondern so arbeiten, dass es Freude macht. Erste Tumulte bringen Schwung in den Schlafsaal. Der muss völlig übergeschnappt sein. Keine Ahnung habe er. Solle er doch mal einen Tag hier arbeiten. Dann würde er schon sehen. Und ob man hier Stress habe, wisse man ja wohl selbst am besten. Keinen Schimmer habe er. Und man wolle doch mal sehen, ob ihm nicht der Rücken wehtun würde, wenn er den ganzen Tag am Schreibtisch sitzt. Man könne anders arbeiten und anders sitzen, wiederholt der an der Front unerschrocken. Könne man eben nicht, so die Basis. Ich denke:

Die wollen, dass ihnen der Rücken wehtut. Die wollen Stress. Sonst würden sie wenigstens eine Sekunde zuhören.

Ich frage mich, was die sonst so wollen. Was sie nicht wollen, ist klar. Sie wollen nichts anders machen. Ich fühle mich auf der Stelle überflüssig. Der andere wird auch nicht gebraucht. Nicht hier.

Vom Endverbraucher weder erwünscht noch benötigt, werden Referenten vom Veranstalter bezahlt, und so setzt der Kollege seinen Vortrag mit dem antrainierten Elan fort. Wenn es um die Gesunderhaltung der Mitarbeiter gehe, komme es verstärkt auch auf die psychische Balance an. Zufriedenheit am Arbeitsplatz trage entscheidend zur Produktivität bei. Als Personalleiter sollten die Anwesenden darauf achten, ihr Team bei seinen Bedürfnissen abzuholen, stetig zu motivieren und Leistungen permanent anzuerkennen. Von jemandem, der nur arbeite, um Geld zu verdienen, könne keine freudvolle Eigenleistung erbracht werden, für ihn seien Spaß und Erfüllung bei der Arbeit nicht möglich, und ihm fehle außerdem natürlich der wichtige Blick aufs Ganze, aufs Ziel des Unternehmens, so der in seinen Job verliebte Referentenkollege. Für einen Moment glauben die,

die noch zuhören, den roten Faden verloren zu haben. Oder ist das schon ein anderer, weiterer Vortrag? Wo bitte gibt es einen Zusammenhang zwischen Freude, Lust, Erfüllung und Arbeit? Wovon redet der? Einem schließlich reicht's. Sichtlich ergriffen und mit zornesrotem verschwitztem Gesicht löst er sich schnaufend von seinem Stuhl und ergreift entschlossen das Wort: Das habe ja nun wirklich gefehlt, dass so Referenten daherkämen, so 'n Doktor wie er, der wahrscheinlich ein schönes Leben und viel Geld habe und nicht viel arbeiten müsse und nun denen, die wirklich was leisten, sagen wolle, sie hätten Spaß bei der Arbeit zu haben. Das Allerletzte sei das. Wo er denn lebe. Und arbeite ...

Ich bin erfreut über die Interaktion und dramaturgische Wende. Ich denke, der Eklat ist perfekt, die Kluft kann größer nicht sein. Aber irgendwie haben die Zuhörer aus ihrer Sicht heraus auch recht. Ich denke, was der Arzt erzählt, verstehen die anderen nicht. Es gehört nicht in deren Welt. Jedenfalls nicht in die Welt, die sie sich erschaffen haben, und eine andere wollen sie nicht. Um keinen Preis.

Unbeirrt und sich der Arroganz seiner Ausführungen offensichtlich nicht bewusst, was ihn entschuldigt, erläutert der munter gewordene Kollege, dass er natürlich seinen Beruf liebe, dass er seinen verdienten Lohn schätze, dass ihn seine Aufgabe erfülle und dass sein Leben nicht besser sein könne. Und all das, weil er genau das tue, was er tun wolle. Jeder könne und solle genau das tun, was er tun wolle, schließt er bedeutungsschwer. Die Anwesenden hat der zu Höchstform aufgelaufene Redner längst verloren. Die Botschaften passen zu wenig in das Leben der Empfänger, um Widerstand hervorzurufen. Mit dem Gesagten kann man schlicht nichts anfangen. Hier gibt es einfach keine Referenzerlebnisse. Freude und Spaß bei der Arbeit? Erfüllung und Erfolg? Hier fehlt gefühltes, erlebtes Wissen.

Stille.

Unfassbarkeit.

Die Zuhörer geben auf.
Nicht, dass sie verloren hätten.
Vielmehr sind sie zu dem Schluss gekommen, dass ihr Gegenüber
die Spielregeln nicht kennt.

Da kann man nichts machen. Irgendwie tut der Arzt der Gruppe sogar leid. Weil er eben nicht Bescheid weiß. Weil er in einer Welt lebt, die so wenig mit Wirklichkeit zu hat. Glauben die Damen und Herren.

Am Ende der Vortragsreihe ist keiner dem anderen irgendwie böse. Der Veranstaltungsleiter bedankt sich für die vielen Anregungen. Möglichkeiten zur Umsetzung müssten nun in nächster Zeit »angedacht« werden. Vielleicht könne das ein oder andere auf einer der nächsten Personalsitzungen besprochen werden. Interessant sei das ja irgendwie schon, nur halt nicht so leicht umzusetzen, aber das könnten wir nicht wissen, dafür habe er Verständnis. Also, nichts für ungut. Nett sei es, dass wir hier seien, und so werden wir auch noch recht herzlich eingeladen, am gemeinsamen Abendessen teilzunehmen. Man scheint uns und unseren Präsentationen zu verzeihen.

Ich hatte nicht geplant, nach dem Vortrag zu bleiben. Auf der anderen Seite bin ich von meinem Ziel, Seminare zu verkaufen, noch weit entfernt, und so beschließe ich, der Einladung zu folgen. Vielleicht kann ich in entspannterer Atmosphäre noch Überzeugungsarbeit leisten. Der Arzt sagt mir auf dem Weg durch das Konferenzhotel, er habe ein ganz gutes Gefühl. Die Leute hätten schon verstanden, worum es geht, sie zeigten es nur nicht so. Na ja, denke ich und stelle fest, wie unterschiedlich Wahrnehmungen sein können.

Das Abendessen für etwa 40 Personen findet an Achtertischen statt und ich fühle mich auf der Stelle wie im Robinsonclub. Sicher kommen gleich die Animateure und fragen, wer Lust hat, bei der Abendshow mitzumachen. Danke, ich hatte schon einen Auftritt vor undankbarem Publikum. Jetzt drängelt die Versammlungsgemeinschaft an das Buffet. Auf überladenen Tellern treffen sich Fette und Kohlehydrate in den wundersamsten Kombinationen. Mitleidigen Blickes werden der Arzt und ich gefragt, was wir denn sonst so machen. Also, was wir richtig arbeiten ... Ich bin ausnahmsweise sprachlos und überlege kurz, ob ich mich schämen sollte, solche Vorträge zu halten und Nichtraucherseminare zu geben, während sich die anderen ihren Stress, ihre Krankheiten und ihre Lustlosigkeiten so schwer erarbeiten und verdienen. Wiederkäuend erläutere ich indes ein weiteres Mal die Vorzüge eines selbstbestimmten vitalen Lebens ohne blauen Dunst und weise im Duett mit dem an meiner Seite befindlichen Arzt auf sinnvolle Veränderungen im Leben hin.

Für Sekunden habe ich die Illusion, man versteht, was wir sagen. Ja, ja, so der Grundtenor der Mitlebensreisenden, das sei schon klar. Darauf erheben sie zunächst mal die randvoll mit süßlichem Wein gefüllten Gläser und wir stoßen erstmals als Verbündete an. Sie selbst hätten ja längst begriffen, dass sie ein paar Dinge ändern sollten. Werden sie auch. Bald. Vielleicht ein bisschen weniger Alkohol, vielleicht weniger rauchen, vielleicht ein bisschen mehr Bewegung, vielleicht ein bisschen mehr Zeit für sich. Aber im Moment gehe das gerade nicht.

Die neuen Dienstvorschriften müssten noch in diesem Jahr umgesetzt werden, das mache Arbeit und Stress und koste verdammt viel Zeit. Bevor man selbst dazu komme, was zu ändern, müsse man zusehen, wie man die Mitarbeiter dazu kriege, gesünder zu leben. Darum gehe es ja vor allem, das sei ja ihre Aufgabe als Personalleiter. Und gerade die Mitarbeiter, die seien ja so wahnsinnig schwer zu bewegen. Wir sollten mal lieber 'nen Vortrag darüber halten, wie man andere motiviert. Denn das sei das Allerschwerste. Alles andere wisse man ja selbst. Darauf heben wir noch einmal die Gläser und nehmen einen kräftigen Schluck. Einer fragt den Animateur nach einem Aschenbecher. Für nachher. Jetzt geht er erst noch mal zum Nachspeisenbuffet.

Nach etwa drei Wochen ein Anruf vom obersten Personalvorsitzenden. Ob ich denn Interesse hätte, im nächsten Jahr wieder so einen Vortrag zu halten. Wieder im Rahmen einer Personalleiterversammlung. Ja, wahrscheinlich wieder vor den Gleichen.

> Die Anregungen waren wirklich wichtig.
> Und die Situation wird ja nächstes
> Jahr dieselbe sein.
> Denn wenn keiner was tut, dann tut sich nichts.

Babette Halbe

Nichtrauchertrainerin
Vorstand Deutsche Gesellschaft für Nikotinprävention
www.nichtraucher-in-5-stunden.de
www.nikotinpraevention.de

Eckart von Hirschhausen

Callcenter-horror

Im alten China gab es eine grausame Folter: Wer nicht gestehen wollte, wurde gefesselt unter ein tropfendes Fass platziert, sodass der Tropfen stetig genau auf den Kopf des Gefangenen fiel. Das macht jeden mürbe und kurz vor dem Wahnsinn sagt man dann zu allem Ja. Im 21. Jahrhundert wurde dieses Prinzip wiederentdeckt: in den Warteschleifen von Callcentern.

Die werden ja lange geschult, die Mitarbeiter von Callcentern. Ich weiß nicht genau worauf, aber zur Sicherung der Servicequalität hören da immer welche mit. Grundregel Nummer eins: nicht gleich rangehen. Sonst denkt der Kunde womöglich, man hätte nichts zu tun, man hätte auf ihn gewartet. Das kommt nicht gut. Dann werden die so fordernd. Die Lufthansa macht das geschickt. Da wartet man im Schnitt länger, als man dann später in der Luft ist. Und könnte schon gleich aus Wut direkt in die Luft gehen.

Als medizinisch-psychologisch geschulter Kopf habe ich bei meinem letzten Anruf zwölf Stadien der Frustration an mir selbst beobachtet.

1 Ich summe die Melodie mit, um mich bei Laune zu halten. Dabei ertappe ich mich, wie ich schon synchron die Texte dazwischen mitspreche. »Bitte legen Sie nicht auf.«

2 Ich summe und spreche jetzt auch Sprachen, die ich in der Schule nie gelernt habe, mit: wie »Restez en ligne.«

3 Ich spreche jetzt schon mit dem kleinen Knacken, das immer zu hören ist, wenn das Band wieder an den Anfang springt.

4 Ich beginne abzuschweifen, versuche währenddessen meinen Schreibtisch aufzuräumen, beginne sinnlos Unterlagen neu zu stapeln. Dabei stelle ich mir vor, wie oft ich inzwischen mit dem Taxi am Flughafen gewesen wäre, um das Ticket eigenhändig zu kaufen.

5 Ich hole mir ein neues Päckchen Taschentücher wegen des Nasenblutens. Die Nasenscheidewand hat der Dauerbelastung durch den Finger auf der Suche nach irgendeinem Erfolgserlebnis nicht standgehalten.

6 Ich bekomme Hunger, will aber jetzt nicht auflegen, in der wahnwitzigen Idee, dass die Anrufer in der Warteschleife irgendwie aufrücken. Und ich kann ja den hinter mir in der Schlange nicht fragen, ob er mir den Platz frei hält, weil ich nur eben noch was zu besorgen hätte.

7 Ich lege nicht auf, gehe zur Dönerbude, komme zurück im Vertrauen, dass, wenn jemand schon 36-mal gesagt hat, dass ihm mein Anruf wichtig ist, er dann auch so rücksichtsvoll ist, mich warten zu lassen, bis ich wieder zurück bin.

8 Der Döner ist gegessen. Ich spreche einen neuen Text mit: »Haben Sie bitte noch einen Moment Gewalt.« Ich überlege, was eigentlich passieren würde, wenn ich meinen Telefonhörer kurz in die Steckdose halte, ob dann am anderen Ende der Leitung die Bandmaschine explodiert.

9 Ich entscheide mich für eine weniger riskante Vorgehensweise. Ich suche parallel im Internet nach unterbeschäftigten islamistischen Freiheitskämpfern. Achtung: Hinter Rentokill verbirgt sich nur ein Vermieter für Toilettenhandtücher!

10 Wenn jetzt jemand ranginge, würde ich diesen armen Menschen so was von zusammenfalten, die übelsten international verständlichen Flüche verwenden und so laut brüllen, dass es auch die Leute im Callcenter Seattle sogar ganz ohne Telefon hören könnten, denn dorthin wurde mein Anruf, »der uns wichtig ist, legen Sie nicht auf, der nächste frei werdende Platz ist für Sie reserviert«, ebendieser Anruf umgeleitet, weil in ganz Europa wohl gerade auf allen

Leitungen gesprochen wird, ja, wenn jetzt jemand ranginge: Ich würde ihn erst verbal zusammenscheißen, dann sämtliche Callcenter der Lufthansa auf der ganzen Welt in Schutt und Asche legen. Und es würden Wochen vergehen, bis jemand einen Unterschied im Service überhaupt merkt!

11

Und weil der Betriebspsychologe der Lufthansa dies weiß, geht jetzt auch noch keiner ran, sondern sie lassen mich noch weiterkochen. Und das war auch genau die Zeit, die ich brauchte, um mir die großen Fragen des Lebens wieder zu stellen: Muss ich da wirklich hin, wird mich dieser Flug zu einem besseren Menschen machen? Sind die zwei Stunden, die ich mit der Bahn länger brauche, wirklich 400 Euro wert, werden die vier Stunden Lebenszeit, die mich dieser Telefonterror gekostet hat, beim Jüngsten Gericht strafmildernd angerechnet? Und wie heißen noch mal meine besten Freunde? Ist es nicht zu Hause am schönsten?

12

In diesem Moment hebt die gestresste Telefonistin schließlich ab und fragt mich: »Wie kann ich Ihnen helfen?« Und ich flöte ihr ins Ohr: »Danke, nicht nötig – Sie haben mir schon sehr geholfen. Ich wünsche Ihnen von Herzen alles Gute, auch wenn wir uns nicht mehr sprechen!«

Dr. med. Eckart von Hirschhausen

Kabarettist, Redner, Humorcoach, Bestsellerautor
Gründer der Stiftung »Humor-hilft-heilen« für Komik im Krankenhaus
hirschhausen@hirschhausen.com
www.hirschhausen.com

Eckart von Hirschhausen

Das große TRA-RA (Technology related anger) oder Die weiche Seite der Hardware

Leiden Sie auch unter TRA? Vor Kurzem erst warf ein Angestellter seine beiden Computer gleichzeitig aus dem Fenster. Der mit dem Pentium-4-Prozessor war übrigens schneller. Im Ernst: Aggressionen gegen Computer sind keine Einzelfälle.

Technology related anger (TRA) ist eine klinische Diagnose, in manchen Ländern schon als Berufskrankheit anerkannt. Eine aktuelle Studie hat gezeigt: Diejenigen, die über 30 Stunden in der Woche vor dem Computer hocken, geben mehrheitlich Gewalt gegen ihr Gerät zu. Allein 30 Prozent haben sich schon an ihrer Maus vergriffen. Worin wohl diese Mausübergriffe konkret bestanden? In verbalen Attacken wie »Du Ratte«? Oder in Handgreiflichkeiten, in massiven Doppelklicks auf beide Tasten gleichzeitig? Wie viele wehrlose Mäuse wurden gar am Kabel gezogen?

Eine Soziologin meint zu TRA: »Um sich vom PC provoziert zu fühlen, muss man das Gefühl haben, mit dem Gerät in echter Interaktion zu stehen.« Wie bitte? Was für eine Frage!

> Mein Laptop
> verbringt mehr Zeit auf meinem Schoß
> als irgendein anderes Wesen.

Was da über die Jahre entstanden ist, gehört zu den stärksten Bindungen, zu denen ein Mann überhaupt fähig ist! Ich lebe mit, von und durch meinen Anschluss an die Welt, direkt zwischen meinen Beinen. Er weiß, wem ich was schreibe, wir kommunizieren jeden Tag viele Stunden. Es ist ein Geben und ein Nehmen. Ich gebe einen Text und er – nimmt ihn.

Im Gegenzug verrät er mir intime Dinge aus seinem Innersten: dass unerwartet sein Akku leer ist oder dass die verschiedenen Seelen in seiner Brust miteinander in einen Gerätekonflikt geraten sind. Das Schöne ist, er braucht keinen Alkohol, um zu vergessen, was gerade noch war. Er kann auch einfach so abstürzen. Aber ist das auf Dauer gesund für ihn?

Die hochgeschätzte Soziologin sollte endlich Selbsthilfegruppen einrichten – aber für die Computer. Für Mäuse, die sich nur hin und her geschoben fühlen, für traumatisierte Hightech-Tastaturen, die durch die Kabellosigkeit unter Bindungsangst leiden. Ein geschützter Raum, wo Hardware auch endlich ihre weiche Seite spüren lernt.

Höchste Zeit, denn die Geräte werden immer emotionaler: Anrufbeantworter, die zwischen verschiedenen Gefühlen der Anrufer unterscheiden können, gibt es schon. Bald werden diese Geräte sich untereinander anrufen, wenn sie sich von den blöden Menschen alleingelassen fühlen, werden sie sich an die Medien wenden und eine eigene Soap produzieren: Desperate Answering Machines. Was haben sich Menschen geschämt, als herauskam, dass wir vom Affen abstammen. Es ist nur eine Frage der Zeit, dann schämen sich die Computer, vom Menschen abzustammen. Am besten sagen wir es ihnen nicht, bevor sie reif dafür sind.

Dr. med. Eckart von Hirschhausen

Kabarettist, Redner, Humorcoach, Bestsellerautor
Gründer der Stiftung »Humor-hilft-heilen« für Komik im Krankenhaus
hirschhausen@hirschhausen.com
www.hirschhausen.com

Wolf R. Hirschmann

Der Xenon-Bannstrahl

Hurra, ich habe gewonnen. Fortuna hat sich für mich entschieden, obwohl sie weit mehr als 200 Alternativen hatte. Und auch die Alternativen gehörten durchweg zur »richtigen Zielgruppe« – alles Damen und Herren mit viel Macht und Einfluss und wie ich Teilnehmer eines Unternehmertages in Stuttgart. Fortuna wurde vom Hauptsponsor dieser Veranstaltung, einem altehrwürdigen Hersteller von Automobilen, beauftragt, ihre Wahl zu treffen. Es war eine clevere Idee. Denn »Unternehmer + Auto + Fahrzeugpräsentation + Gewinnspiel« ist ein Mix wie aus dem Lehrbuch des Marketings.

Und es hat funktioniert, für mich. Denn nun habe ich zum ersten Mal in meinem Leben bei einem Glücksspiel etwas gewonnen. Ich werde ein neues Auto bekommen, schon bald – allerdings nicht dauerhaft, sondern nur für ein langes Wochenende. Und mit diesem Fahrzeug darf ich dann samt meiner Frau in eine hübsche Stadt fahren, in einem erstklassigen Hotel nächtigen und allen Komfort, Sterneküche inklusive, genießen.

Das Auto, das für diese Fortbewegung vom Alltag in die Freizeit zur Verfügung steht, ist »das Beste«, was es im großen Konzern zu dieser Zeit gibt. Deshalb sponsern sie ja auch dieses Mittelstandsforum, um potenzielle Kunden zu locken und Wirtschafts- und Absatzkrisen zu trotzen. Hier zeigt man sich großzügig, auch wenn im Auditorium einige Menschen sitzen, die das Aldi-Knebel-Syndrom als Zulieferer erleben. Doch die Faszination angesichts der neuen »Super-Klasse« ist groß und so geraten selbst gestandene Männer ins Schwärmen und beglückwünschen mich zum Gewinn. Alle sind sich sicher, dass dies der Beginn einer besonderen, intensiven und liebevollen Dauerfreundschaft mit diesem Stück Blech sowie der Marke generell sei.

Zugegeben, es ist für mich die erste intensivere Begegnung mit einem Produkt dieses Herstellers. Obwohl er quasi vor meiner Haustür beheimatet ist. Bislang hatte ich in meinen Autofahrer-Jahren stets Fahrzeuge einer anderen süddeutschen Firma bevorzugt. Aber wer weiß ...

Doch zurück zu meinem persönlichen Großereignis, dem Erhalt des Gewinngutscheins! Der Vertriebsleiter des Autoherstellers bittet mich auf die Bühne. Ich fühle mich wie ein scheues Reh, das auf einer Landstraße vom Licht eines Xenon-Scheinwerfers erfasst wird. Denn in Nanosekunden erfasst mich eine Welle von Technologieinformationen, Motorenwerten, Abgas- und Emissionsstatistiken, Designvorzügen ... Wahnsinn!

Vielleicht reagiere ich auch nur deshalb so verwirrt, weil ich mich ansonsten eher ungern mit diesen autospezifischen Besonderheiten beschäftige. Denn meine Bedürfnisse sind eher von trivialer Natur. Ich will ein Auto, das mich nirgendwo stehen lässt, mich schnell und auch schnittig von A nach B bringt, in übliche Parkhäuser und Garagen passt ... doch was die letzteren Anforderungen betrifft, so habe ich beim Gewinnerfahrzeug durchaus Zweifel.

Nun denn, ich erhalte also den Gewinnscheck und damit die Legitimation, ein Wochenende zu wählen, an dem das Fahrzeug reserviert und für mich als VIP zur Abholung in der Niederlassung in der XY-Straße bereitgestellt wird. Wir freuen uns schon jetzt.

Heute ist er, der besondere Tag. Ein Freitag, meine Frau und ich fahren in gespannter Erwartung nach Stuttgart. Nur noch kurze Zeit und wir erhalten das Auto, starten in ein tolles Wochenende ... Hier ist sie, die Niederlassung des großen Herstellers. Überall Chromfunkeln, Autos in allen Formen und Farben, dazu Plakate und Deckenhänger, die auf die besonderen Vorzüge von ABS, ESP, ASR und was weiß ich noch alles hinweisen. Auch zeigen Displays, was es an Elektronik gibt, damit die Technik selbst genau weiß, was das Auto hat und was ihm fehlt. Sogar der Anschnallgurt weist anscheinend einen höheren IQ auf, als manche Fernsehsendungen jemals an Niveau haben werden.

Nun stehen wir also inmitten dieses millionenteuren Gebäudes, zwischen Autos und Verkaufshilfen. Doch was irgendwie fehlt, ist jemand, der uns freundlich und sympathisch begrüßt. Einerseits gibt es eine Mobilitätsgarantie – doch beim Personal hat sich dies wohl noch nicht herumgesprochen. Gut, dann suchen wir uns eben selbst jemanden, der nicht einfach wegschaut, wenn man ihn anspricht. Vielleicht finden wir einen Menschen, der das Gespräch mit seinem Kollegen kurz unterbricht und sich dem Dialog mit dem Kunden widmet. Oder der »Sorry-ich-habe-keine-Zeit«-Hektiker bleibt kurz stehen und hilft weiter ... Nein. Doch, da – plötzlich – spricht uns jemand an. Mit der klassischen »Rot-Kreuz-Frage«, die der Albtraum aller Verkaufstrainer ist. Er sagt weder »Hallo« noch »Grüß Gott«, er kommt gleich zur Sache: »Kann ich Ihnen helfen?«

Na klar kann er das – hier sind wir, die glücklichen Gewinner, und dies ist unser Gutschein, mit Abholtermin sowie Reservierungsdatum. Und nun bitte unser Auto. Denn wir wollen ja noch etwas von diesem Freitag haben, an dem wir uns extra freigenommen haben. Doch schon der erste Blick von ihm lässt uns zweifeln, und als er dann den nächsten Satz sagt, bestätigt sich unsere Befürchtung: »Oh, da kann ich Ihnen nicht helfen; und übrigens, da sind Sie hier falsch.«

Wie? **Wir »falsch«?** Hey, so nicht, hier stehen lauter PS-Superhobel, die ganzen teuren Megaflitzer, und dann sagt dieser mit Haarspray und Gel gestylte Boss-Anzug-Träger »da sind Sie hier falsch«. Warum denn? Hier steht es doch. Klar, präzise, in gutem Deutsch: Abholtermin, Adresse. Der Termin stimmt, die Adresse ist richtig – wo bitte liegt das Problem? Was sagt der gute Mann? »Wissen Sie, das ist bestimmt eine Aktion der Zentrale. Davon bekommen wir hier nichts mit. Von den Autos, die wir hier haben, kann ich Ihnen keines geben. Ihr Auto steht bestimmt in der anderen Niederlassung.«

Wow, das ist ja ein echtes Erlebnis-Event. Da stehen wir hier voller Vorfreude auf ein tolles Wochenende und sollen nun zum »Niederlassungs-Hopping« starten? Obwohl wir doch den entsprechenden Voucher mit allen passenden Angaben in der Hand haben?

Doch wir wollen mal nicht so sein. Halten wir es also mit der Volksweisheit vom »geschenkten Gaul«. Wir verabschieden uns und lassen uns von einem Freund, der uns hierher gebracht und der glücklicherweise gewartet hat, in die andere Niederlassung bringen.

Auch hier dreht sich alles um das Großereignis Autokauf. Die Dame am Info-Counter könnte optisch direkt mit den Supermodels aus Fernsehen und Werbung konkurrieren. Leider besteht kein Zusammenhang zwischen der Form ihrer Kurven und dem Schwung des Denkens, denn anscheinend ist unser Gutschein etwas abseits der Norm und nicht in der üblichen Dienstanweisung enthalten. Was wir deshalb bekommen, ist ein vorsichtiges »Da muss ich mal sehen, ob ich jetzt am Freitag noch jemanden finde, der hierfür zuständig ist«.

Nicht, dass wir sie nicht süß finden, aber nachvollziehen können wir die vorsichtigen und unsicheren Augen nicht wirklich. Denn wenn wir es genau betrachten, sind wir ja potenzielle Kunden. Wir sind Inhaber eines Unternehmens mit mehreren Firmenfahrzeugen und bieten somit jede Menge Umsatzpotenzial. Zugegeben, dies steht nicht groß auf unserer Stirn – aber dennoch wollen wir nicht zum Opfer der Marketing- und Vertriebsschwächen werden.

Die junge Frau greift zum Telefon, flötet in den Hörer und kündigt dem Mann am anderen Ende der Leitung »ein Paar« an, »die irgendeinen Gutschein für ein Testwochenende haben und eine S-Klasse wollen«. Was der Kollege sagt, das hören wir nicht; doch als sie das Telefonat beendet, haben ihre Augen das nervöse Flackern verloren. Selbstsicher sagt sie: »Mein Kollege sagt, dass Sie hier falsch sind. Das ist wohl eine Aktion der Kollegen von der anderen Niederlassung. Dort steht dann auch Ihr Fahrzeug.«

Ja, sind wir denn beim Buchbinder Wanninger
oder im Komödienstadel?

**Oder hat der Wahnsinn
vielleicht Methode?**

Werden wir jetzt im Kessel von Stuttgart
stetig von der einen zur anderen Verkaufsniederlassung getrieben,
bis wir – vielleicht ermattet und geistig verwirrt – einen
Kaufvertrag unterschreiben?

Mittlerweile hat sich in mir eine ungesunde Anhäufung von Adrenalin und anderen Kampfhormonen aufgebaut. Mit einem letzten Versuch von mitteleuropäischer Höflichkeit präsentieren wir nochmals unseren Gewinngutschein, zeigen die Hotelreservierung und erzählen von unserer heutigen Irrfahrt. Wir betonen, dass es uns auch völlig egal sei, wer für was zuständig sei, und wir nun endlich unser Auto wollten. Doch damit kommen wir nicht weiter. In ihrer Not greift die junge Frau erneut zum Hörer und sagt zu uns: »Ich hab eine Idee – ich rufe direkt mal in der Zentrale, in der Vertriebsleitung an. Dann klärt sich das bestimmt im Nu.«

Bekanntlich ist Hoffnung die Wiese, auf der die Narren grasen ... Denn wer bitte geht in einem großen Konzern an einem Freitagnachmittag ans Telefon? Oder wer von den Entscheidern und Führungskräften ist kurz nach 16 Uhr noch greifbar? Richtig: Niemand!

Und die Reaktion der Dame an der Infotheke? Ein zögerliches »Tja, das ist jetzt echt Pech. Aber da weiß ich leider auch nicht mehr weiter.«

Zugegeben, jetzt wurde ich laut. Mein Vokabular war wenig freundlich – das Mädel konnte ja wirklich nichts dafür. Aber diese kollektive Sippenschelte musste sie jetzt aushalten. Und was passierte dann? Plötzlich eilte inmitten der Off-Roader und Cabrios, der Limousinen und Sportwagen ein Kollege »zu Hilfe«. Irgendwie hatten wir die Atmosphäre und die Welt der Fahrstuhlmusik etwas durcheinandergebracht. Sein jungforsches Auftreten konnte ich problemlos ignorieren. Nun standen wir also »diskutierend« am Counter – und just in dem Moment, als wir die Nase voll hatten und uns mit einer eindeutigen Handbewegung und der Rückgabe des Gutscheins von diesen Menschen, den Autos und der Marke verabschiedeten, da kam er: der Mann der Tat. Gekleidet in einem grauen Arbeitskittel, mit Firmensignet und seinem eingestickten Namen, reif an Jahren und mit einem freundlichen Auftreten. Im schwäbischen Dialekt sprach er uns alle an: »Grüß Gott, was hen er? Gibt's a Problem? Kann net sei, alles koi Problem!«

Dem Himmel sei Dank. Ein Praktiker. Ein Macher. Er hörte zu, schaute sich unsere Unterlagen an, machte sich seine Gedanken – bündelte diese in einem Satz von den »Sesselfurzern in den Büros« – und traf dann eine Entscheidung. Er, als Fuhrparkmeister, wird uns nun aus seinem Fahrzeugpool hier und jetzt ein Auto geben. Dazu mussten wir zwar mit in die Katakomben des Gebäudes, dort wo Glas, Chrom, Halogenlampen nicht zu Hause sind und wo es sexy bekleidete Supermodels nur als Kalendermotive an der Wand gibt. Aber wir bekamen ein Auto. Ohne jeden Papierkrieg, nur mit dem Versprechen »per Handschlag«, dass wir das Fahrzeug am Sonntagabend an der Pforte abgeben. Und somit konnten wir, es war ja auch schon kurz vor 17 Uhr, doch noch starten.

Das Auto hatte 1001 Spielereien, ließ sich gut klimatisieren, strotzte vor Knöpfen, konnte gut beschleunigen und auch beim Bremsen in der Spur bleiben. Auch das Hotel war gut, die Küche top.

Eine Geschichte mit einem Happy End? Für uns schon – aber nicht für den Hersteller.

Selbstverständlich haben wir das Auto vereinbarungsgemäß abgegeben. Bei einem Nachtpförtner, der den Schlüssel entgegennahm. Ohne jedes nette Wort und auch ohne jede »Fahrzeugkontrolle«.

Auch haben wir seit damals nie wieder etwas von dieser Firma gehört. Niemand hat uns gefragt, wie dieses Wochenende war. Ob es uns gefallen hat, gastronomische Highlights zu genießen, und ob uns das Fahren in diesem Auto Spaß gemacht hat. Kein Vertriebsmitarbeiter hat sich je gemeldet. Kein Beratungsgespräch, kein Verkaufsgespräch wurde geführt.

Übrigens, als ich diese Geschichte einigen befreundeten Unternehmerkollegen erzählte, die ebenfalls Teilnehmer jener Unternehmertag-Veranstaltung waren, erfuhr ich ein weiteres interessantes Detail: Niemand, wirklich kein einziger meiner Bekannten hatte jemals einen Vertriebskontakt. Das lässt nur den Schluss zu, dass alle Gewinnspielkarten wohl unbearbeitet dem Recycling zugeführt wurden.

Wenn es irgendwie geht, wünsche ich mir für diese Autofirma einen Xenon-Lichtstreif am Horizont. Vielleicht erleuchtet er diejenigen, die die Verantwortung für Marketing und Vertrieb haben. Dann werden diese Experten bestimmt auch erkennen, dass Technik wichtig und Ausstattung schön ist. Doch wenn es ums »Verkaufen« geht, dann braucht man den engagierten, verlässlichen und sympathischen Umgang mit Menschen.

Wenn schon die Autos anscheinend Charakter haben, dann wäre es gut, wenn die Menschen, die die Marke repräsentieren, auch einen solchen zeigen.

Businesstipps

Konsequenz in der Prozesskette sicherstellen

Wer ist für was wie zuständig? Klare Regeln und Zuständigkeiten gehören auch zu einer Organisation von Sponsoring- und Marketingmaßnahmen dazu. Denn wie will man sonst den »Return« des Investments sicherstellen?

Dialogmarketing-Regeln einhalten

Wenn Sie ein Gewinnspiel planen und dort Adressen generieren, dann sollten Sie auch eine aktive Nacharbeit sicherstellen. Jede Adresse ist »Kapital« – und je qualifizierter die Daten sind, desto wertvoller ist diese Information. Legen Sie fest, wer die Adressen erfasst. Definieren Sie im Vorfeld auch die Abläufe der Bearbeitung. Wie »tröstet« man in diesem Fall diejenigen, die nicht gewonnen haben? Schickt man Prospekte und lädt zu Probefahrten ein? In welcher Frequenz wird welcher Kontakt wie gepflegt?

Interessenten und Kunden zu Empfehlern machen

Aktive Betreuung, Themensammlung von persönlichen und geschäftlichen Informationen – und alles pfiffig verknüpfen. Dann entstehen aus Kontakten auch Plattformen für ein aktives Empfehlungsmarketing. Jeder Mensch hat einen Freundes-, Bekannten- und Kollegenkreis, der sich hervorragend für eine Vertriebsaktivität eignet.

Verkaufspersonal coachen und Mystery-Shopping durchführen

Zugegeben, nobody is perfect. Aber dennoch sollte das Personal auch auf verkaufspsychologische Themen geschult werden. Und »Mystery-Shopping«, zur Überprüfung von Präsentation, Ansprache und Betreuung, ist sicherlich immer wertvoll und aufschlussreich.

Wolf R. Hirschmann

Unternehmer, Autor, Referent, Trainer
wolf.hirschmann@slogan.de
www.slogan.de

Norma Jackson

Air China

Wenn ich's mir recht überlege, fing alles schon im Reisebüro an. Ich wusste, ich war mit Ende November spät dran für einen günstigen Flug nach Thailand. Aber einen Versuch war's ja wert.

Nach viel Geklapper auf der Tastatur legt der Travel-Agent mir eine Verbindung vor:

Tegel – Frankfurt
Frankfurt – Peking
Peking – Bangkok

Wow. Und das bei meiner Flugangst ... Aber mit 790 Euro all inclusive für Ende November doch preiswert. Nehm ich!

»Welche Fluggesellschaft ist es denn?«, frage ich. Zur Antwort bekomme ich ein erstauntes: »Ach. Ist ja interessant.« Und das bei meiner Flugangst. Mit welchem Himmelfahrtskommando will man mich über die halbe Erdkugel schicken? Wer plant da schon meinen Tod?

»Ach. Ist ja interessant.« Ein Satz, wie ich ihn auch beim Zahnarzt nie hören will. Man weiß nie: gute oder schlechte Nachrichten?

»Nee, nee. Nichts Schlimmes. Ist Air China. Haben die bloß bisher so nicht angeboten. Eine gute Airline. In einer neuen Kooperation mit Lufthansa namens ›Star Alliance‹.« Ich bin einigermaßen beruhigt.

Mit dem ausgedruckten Ticket in der Tasche fange ich an, mich auf meinen Urlaub zu freuen. Au ja. Thailand. Sonne. Meer. Green Curry. Freunde auf einer Insel besuchen, nette Menschen kennenlernen. Mir von den massageverrückten Menschen in diesem Land meine arbeitsverhornte Seele abschleifen lassen. Tauchen. Ja!

Als es so weit ist, stehe ich in Tegel am Check-in.

»Wo soll's denn hingehen?«, erkundigt sich der junge blonde Mann hinterm Tresen.

»In den Urlaub.«

»Ah, nach Peking, ja?«

»Nein. Nach Bangkok.«

»Ach, Ihre final destination ist Bangkok?«

»Ja. Sehen Sie das denn nicht auf Ihrem Bildschirm?«

»Nein, ich kann hier nur die ersten zwei stop-overs sehen.«

»Das ist ja dann nicht wirklich schlau gemacht, oder?«, frage ich. »Ich will auf jeden Fall nach Bangkok. Und dafür habe ich auch bezahlt.«

»Keine Sorge, junge Frau, da kommen Sie schon an. Heißt nur, dass ich Ihnen nur die Bordkarten für Frankfurt und Peking geben kann und Ihr Gepäck eben nur bis Peking durchchecken kann. Da müssten Sie sich dann noch mal komplett neu einchecken.«

»Wie bitte? Wenn Sie mal genauer schauen möchten, junger Mann, dann werden Sie erkennen, dass meine Aufenthaltszeit dafür gar nicht reicht. Außerdem ist das doch ein und dieselbe Airline. Da sollte es doch möglich sein, mein Gepäck und mich bis nach Bangkok zu checken?«

»Ja, kleinen Moment bitte«, sprach er und stand auf, um eine Kollegin zur Unterstützung zu holen. Und just in dem Moment, in dem er ihr den Sachverhalt am Bildschirm verdeutlichen will, gibt dieser auf und wird schwarz.

Systemabsturz.

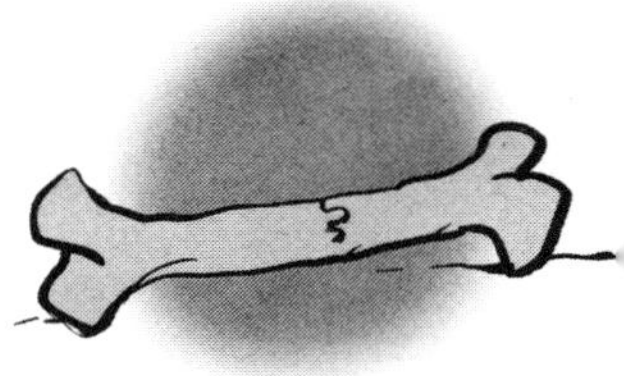

»Wenn Sie bitte mit an den anderen Counter kommen wollen?«, bittet mich der Mann höflich. Hab ich denn eine Wahl?

Er klappert hektisch auf der neuen Tastatur, die Kollegin nuschelt Eingabebefehle, und siehe da, aus dem Drucker kommt ein langer Gepäckaufkleber, auf dem die Stationen der Reise dokumentiert sind: FRA–PEK–BKK.

Der Mann hält mir den Aufkleber demonstrativ unter die Nase, schlingt ihn um eine Schlaufe des Rucksacks und klebt ihn fest.

Was draufsteht, steht drauf, denke ich mir. Ein merkwürdiges Gefühl bleibt, aber auf das höre ich jetzt nicht. Was sollte ich auch tun? Schmollend in Berlin bleiben?

»So, und hier sind dann auch Ihre Bordkarten: einmal von Berlin nach Frankfurt, Check-in-Time 17:45 Uhr an Gate 7, und von Frankfurt nach Beijing um 19:25 Uhr. In Frankfurt stellt man Ihnen dann auch die fehlende Bordkarte nach Bangkok aus. Und das Gate für den Flug nach Beijing müssen Sie dann erfragen, das sehen wir hier im System nicht.«

Ich frage mich, was die überhaupt auf ihren Bildschirmen sehen. Vielleicht ein Logo, das immer von den Rändern abprallt?

Nun gut, ich stecke also meine Bordkarten und den Gepäckabschnittsfitzel ein, um noch einen schnellen Kaffee zu genießen, und dann ab durch die Sicherheitskontrolle in den Warteraum.

Der Lufthansa-Flug nach Frankfurt geht pünktlich raus und ist ereignislos. Dort angekommen, muss ich einmal quer durchs gesamte Terminal hetzen, um zum Air-China-Counter zu gelangen.

Nun habe ich zwar schon die Bordkarte für den Flug nach Peking, aber die für den Flug von Peking nach Bangkok fehlt. Frag einfach gleich hier mal nach, denke ich mir – ist ja schließlich ein und dieselbe Airline.

»Tschuldigung, aber mir fehlt noch ein Boarding-Pass von Peking nach Bangkok. Man sagte mir in Tegel, dass Sie mir da weiterhelfen könnten.«

»Wie ist denn Ihre Etix-Nummer?«, fragt mich eine asiatisch aussehende Frau.

»Keine Ahnung!«, sage ich wahrheitsgemäß und schiebe der Dame meine aktuelle Bordkarte über den Tresen. Wieder hektisches Geklapper auf der Tastatur.

»Ja, kein Problem, stellen wir Ihnen gleich hier aus. Aber was ist denn mit Ihrem Gepäck?«

»Ja, wieso? Was ist denn damit? Das wird durchgecheckt, oder?«

Wieder wird eine Kollegin zur Unterstützung herangezogen. Noch mehr Tastaturgeklapper. Zwei Augenpaare richten sich auf den Bildschirm. Was da wohl diesmal von den Rändern abprallt?

»Nein, es ist alles in Ordnung. Ihr Gepäck ist bis Bangkok durchgecheckt.«

»Sind Sie sicher? Da hat es schon Probleme in Tegel mit dem System gegeben«, hake ich nach.

»Nein, nein, es ist alles okay. Guten Flug!« Und Madame händigt mir meine noch fehlende Bordkarte aus.

Dieses seltsame Gefühl ... es will und will nicht aus meiner Seele weichen.

Der Flug dauert neun Stunden und ist langweilig, das Umsteigen in Peking ist vom Alltag eines internationalen Flughafens geprägt. Ich kaufe mir die »Newsweek« und einen überteuerten Latte Macchiato für 6,80 Euro per Kreditkarte bei Starbucks, bevor ich in den zweiten Air-China-Flieger klettere. Auch der Flug von Peking nach Bangkok ist langweilig – nur eben nicht ganz so lang wie der erste. Nach viereinhalb Stunden dann Landung in Bangkok.

Hurra! Ich bin da! Urlaub! Endlich!

Es ist 19 Uhr Indochina-Zeit (ICT) und ich habe eine Nacht in einem Hotel in Flughafennähe geplant. Am nächsten Tag soll es per Bus weitergehen nach Koh Chang, wo Freunde von mir ein kleines Resort betreiben und ich meinen Freund treffen soll.

Raus aus dem Flieger, der Meute hinterher zum Gepäckband. Es dauert mehr als eine halbe Stunde, bis das Band anläuft. Dann endlich geht's los. Auf der Anzeige erscheint die Flugnummer, der Ort, aus dem der Flieger kommt (Peking), und der Zusatz »First Bag«.

Die Koffer rollen los, und es entsteht ein Gedränge, weil jeder so schnell wie möglich seinen Koffer will.

Nach ungefähr 25 Minuten steht auf dem Anzeiger immer noch die gleiche Flugnummer plus Ort (Peking), nur jetzt mit dem Zusatz »Last Bag«, als das Band quietschend zum Stillstand kommt. Mein Rucksack ist nicht dabei. Ob mich das wundert? Nicht wirklich. Ob ich mich ärgere? Und wie! Hab ich's doch irgendwie schon in Tegel geahnt!

Ich stiefele also zum »Lost and Found« mit einer Gefühlsmischung aus Müdigkeit, Resignation und schlechter Laune. Dort sagt man mir, dass das Gepäck von Air China sehr häufig in Peking hängen bleibe. Woran das liege, könne mir aber auch keiner sagen.

Super. Hilft ungemein, meine Laune zu heben. Nach Ausfüllen der »Vermisstenanzeige« hinterlege ich noch die Adresse des Hotels, in dem ich absteige, beim »Lost and Found«. Sobald mein Gepäck gefunden sei, werde es mir ins Hotel gebracht. Versprochen! Für alle Fälle bekomme ich aber noch eine Telefonnummer, unter der ich mich angeblich nach meinem Gepäck erkundigen kann.

Ohne Gepäck,

dafür noch in meinen Winterstiefeln aus Europa und dicken Jeans mache ich mich bei 32° Grad Celsius Außentemperatur auf den Weg zu meinem Hotel. So hatte ich mir das Ankommen nicht vorgestellt.

Vom Hotel aus, das in der direkten Einflugschneise des Flughafens liegt, nerve ich von nun an die Mitarbeiter vom »Lost and Found« stündlich mit meinem Anruf, ob denn mein Gepäck gefunden sei. Sobald sie meinen Namen hören, stellt sich ein bemüht lässiger Unterton in ihren Stimmen ein. Ich gehe ihnen wohl maßlos auf die Nerven.

Mit meiner Reisezahnbürste, die ich immer dabeihabe, und einer frischen Unterhose, die ich mir extra für den langen Flug ins Handgepäck gestopft habe, halte ich mich frisch.

Als ich bei meinem ersten Telefonat früh am nächsten Morgen erfahre, dass sich nichts an der Situation geändert hat, werde ich langsam sauer. Ich habe nicht geplant, in der stinkigen Stadt zu verweilen, nur um auf meinen Rucksack zu warten. Vielmehr habe ich Reservierungen in Koh Chang, wohin ich jetzt auch zu reisen gedenke. Ich wähle die Lost-

and-found-Nummer und bitte darum, mir meinen Rucksack dann dorthin nachzusenden. Nein, das gehe nicht. Man könne meinen Rucksack nur innerhalb von Bangkok ausliefern. Man schicke keine Gepäckstücke quer durchs Land. Ich bin baff und den Tränen nahe. Da sind meine ganzen Lieblingsklamotten drin!

Jetzt rufe ich meine Freunde auf der Insel Koh Chang an und bitte um Hilfe. Mein Freund Chris, der mit einer Thailänderin verheiratet ist, hat die wunderbare Gabe, mich innerhalb von Sekunden zu beruhigen. »Komm mit dem nächsten Bus hierher. Gib mir die Telefon- und die Registrierungsnummer vom ›Lost and Found‹. Alles andere regele ich von hier!« Musik in meinen Ohren.

Mit meinem wenigen Hab und Gut (und diesmal kann ich wirklich behaupten: ich habe nur leichtes Gepäck!), in Winterstiefeln, Unterhemd und hochgekrempelten Jeans mache ich mich auf den Weg zum Busbahnhof. Die Fahrt dauert etwa dreieinhalb Stunden, von denen ich die meiste Zeit verschlafe. Auf der Fähre, die mich dann auf die Insel bringt, habe ich zum ersten Mal wirklich das Gefühl, dass jetzt mein Urlaub anfängt, und ich beginne mich zu entspannen!

Als ich am Pier ankomme, steht Chris schon da. Im Gesicht ein Lächeln und auf der Ladefläche seines Rovers – mein Rucksack! Von Thai Air innerhalb von 40 Minuten auf die Insel geflogen. Geht doch.

Der Urlaub war dann so, wie ich ihn geplant hatte: sonnig, sandig, salzwasser-nass, ereignisreich – ob überm Meeresspiegel mit Elefantentrekking oder unterm Meeresspiegel mit Tauchfahrten.

Inzwischen weiß ich auch, wozu so ein Urlaub gut ist: um Kraft zu tanken für den Rückweg. Denn sofort geht es wieder los.

Einchecken mit Air China in Bangkok. Abgesehen davon, dass es mich etwa eine halbe Stunde gekostet hat, den richtigen Schalter zu finden – ich habe gelernt, dass »China Air« nichts, aber auch gar nichts mit »Air China« zu tun hat –, stelle ich dann mit Unbehagen fest, dass mein Flieger anderthalb Stunden Verspätung hat. Genau die neunzig Minuten, die ich fürs Umsteigen in Peking brauche. Ich weise beim Einchecken auf diesen Missstand hin.

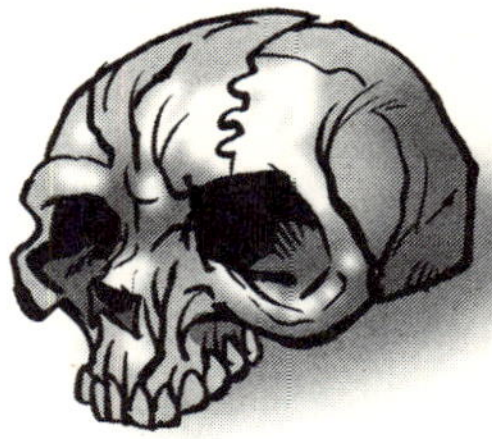

»No problem«, bekomme ich zur Antwort. »Das schaffen Sie!«

»Wie?«, erkundige ich mich. »Helfen Sie mir das zu verstehen! Wenn mein Flieger um zwei Uhr nachts in Peking landet und mein Flieger nach Frankfurt um zwei Uhr nachts startet, wie zum Kuckuck soll ich das schaffen? Beamen?«

»Nein, nein, das Flughafenpersonal holt Sie aus dem einen Flugzeug raus und bringt sie in das andere rein.«

»Ach, und das wartet dann auf mich?«

»Ja.«

Wunderbar. So einen Service hatte ich noch nicht. Eine ganze Maschine wartet extra nur auf mich und ein paar andere Umsteiger? Da kann man sich schon ein bisschen wichtig fühlen. Nur: Mein Gepäck wird's wohl nicht schaffen.

»Doch«, erwidert der thailändische Mitarbeiter hinterm Tresen zu meinem Erstaunen. Hä? Wie soll das denn nun wieder gehen?

Jetzt wird das Bodenpersonal sauer und kurz angebunden. Ich solle da mal drauf vertrauen, sie wüssten ja schließlich, wie so etwas geht, denn sie machen es ja nicht zum ersten Mal, blafft man mich an.

Aber egal: Hauptsache, ich kriege den Flieger, mein Gepäck darf sich dann ruhig noch ein bisschen Zeit lassen. Die Sommerkleidung brauche ich in Berlin gerade eh nicht.

Wäre da nicht wieder dieses Gefühl gewesen ...

Aus den anderthalb Stunden Verspätung werden zwei, und bis der Flieger dann tatsächlich abhebt, sind drei Stunden und fünfzehn Minuten vergangen. Der Grund für die Verspätung ist Gerüchten zufolge der, dass der Pilot sich in Peking wegen des sehr dichten Nebels zunächst geweigert hatte zu starten. Das Wetter lässt mein fluganstgeplagtes Herz wie wild schlagen.

Ich frage dann das Kabinenpersonal noch einmal nach meiner Verbindung, denn auch wenn ich von Flugdispos, Bodenzeiten und Turnusstarts keinen blassen Schimmer habe, so sagt mir doch mein gesunder Menschenverstand, dass das nicht funktionieren kann. Jedenfalls nicht, sofern der andere Flieger nicht auch Verspätung hat, oder?

»Nein, nein, Sie schaffen das«, versichert mir die Stewardess mit strahlendem, asiatischem Lächeln.

Beim Landeanflug werde ich in die erste Reihe gesetzt. Richtig, denke ich, wie soll ich auch schnell aus dem Flugzeug kommen, wenn Horden von Menschen sich vor mir das Recht zum Aussteigen erkämpfen. Ich mache mich klar zum Spurt. Außer mir muss noch ein Pärchen den Flieger nach Frankfurt kriegen.

Wir dürfen direkt nach der ersten Klasse aus dem Flieger aussteigen. Auf der Rollbahn schaue ich mich nach jemandem um, der uns wie versprochen zu der Anschlussmaschine fährt. Nichts. Die Flugbegleiterin zeigt auf den VIP-Bus.

Wir steigen eilig in den Bus, fliegen da aber gleich wieder raus, weil wir keine VIPs sind. Ich bin irritiert. Die Flugbegleiterin brüllt daraufhin den Busfahrer an, und dann nimmt der uns doch mit, grummelnd zwar, aber er tut's. Der Bus fährt allerdings zum Terminal und nicht zu unserer Anschlussmaschine.

Es ist mitten in der Nacht, das Terminal ist menschenleer. Jedem, der auch nur annähernd nach Flughafenpersonal aussieht, schleudere ich ein »Connecting flight to Frankfurt?« entgegen, ernte aber nur Schulterzucken und einen Fingerzeig Richtung »Passportcontrol« und »Customs«.

Wir rennen. Durchs gesamte Terminal. Bis zum Air-China-Counter. Ich schmettere mein »Connecting flight to Frankfurt?« einem einsamen Menschen hinter dem Schalter zu, der wohl schon mit seinem wohlverdienten Feierabend gerechnet hat. Er guckt ärgerlich, schüttelt den Kopf und sagt: »That flight just departed 10 minutes ago!«

Ich will wissen, wann der nächste Flug nach Frankfurt geht. Um 13:15 Uhr. Wie bitte? Innerlich fluche ich, aber so wie's aussieht, bin ich in Peking gestrandet.

»We put you up in a hotel«, sagt der grimmige Chinese hinterm Schalter. Ob ich denn mein Gepäck haben wolle? Klar will ich! Da ist nämlich das drin, was einer Jacke am nächsten kommt! In Peking sind es minus neun Grad Celsius. Und ich habe nur meine Winterboots plus T-Shirt. Das Pärchen verzichtet auf sein Gepäck und dann verfrachtet man uns in ein chinesisches Taxi.

Der Fahrersitz ist mit Plexiglas und Gittern isoliert. So was hab ich noch nie gesehen. Wir fahren auf einer menschenleeren Autobahn ins Nichts hinein. Die Stadt zeigt sich grau in grau – irgendwie deprimierend. Als wir an mehreren Hotels vorbeifahren, frage ich mich, wohin wir denn gebracht werden, denn ich bin inzwischen hundemüde und würde gerne schlafen.

Darf ich dann auch – und zwar in einem Fünf-Sterne-Etablissement. Kronleuchter und poliertes Mahagoni, wohin ich sehe!

Es ist mittlerweile halb vier Uhr nachts, wir bekommen unsere Schlüssel, den Hinweis »Wake-up call by 9« und fahren in den 16. Stock hinauf. Doppelbett, Minibar, Wasserkocher plus Tee und Kaffee, Satelliten-TV. Und das Badezimmer hat Wände aus Glas.

Gegen 6 Uhr klingelt mein Telefon und ich werde angeschnauzt: irgendwas mit »baking«. »No, I don't want to bake. I want to go to Frankfurt!«, erwidere ich verschlafen. Der Hörer wird aufgeknallt. Das zweite Mal klingelt's eine Dreiviertelstunde später: »Conference call?« – »No, airport!«, jetzt schon wacher!

Gerade als ich mich entscheide, nicht auf den Weckruf zu warten, sondern einfach schon mal aufzustehen, hämmert und bohrt es auf meiner Etage los, als habe man entschieden, das 16. Stockwerk komplett zu entfernen.

Ein Blick aus dem Fenster lässt mich rätseln, ob diese Stadt überhaupt Einwohner hat, ein so tristes und deprimierendes Bild bietet sich mir: graue Betonklötze vor einem grauen Hintergrund, wo graue Bäume ihre grauen

Äste einem grauen Himmel entgegenstrecken. Dazu grauer Qualm aus grauen Schloten am grauen Horizont. Das wahre Grauen, wenn man gerade so wie ich aus einer sehr bunten Urlaubswelt kommt. Ich schüttele den Impuls, keinen Sinn mehr im Leben zu sehen, ab und gehe runter zum Frühstück.

Nach dem Frühstück brechen wir auf. Oder besser: versuchen es. Der Doorman hält uns ein Taxi an und wir steigen ein. Nach einem kurzen, aber heftigen Wortwechsel zwischen Fahrer und Doorman fliegen wir hochkant wieder raus. Was ist denn jetzt?

Ich stürme zurück ins Hotel zur Rezeption und frage, was zur Hölle das Problem sei?

Ich will zum Airport!
Und zwar jetzt!

Leider versteht die Tagschicht kein Englisch. Ich werde laut und provoziere einen kleinen Aufruhr. Man winkt uns immer wieder nach draußen und der Taxifahrer schüttelt immer wieder den Kopf. Mir reicht's. Draußen minus zwölf Grad Celsius, drinnen lauter Holzköpfe, die mich nicht verstehen oder verstehen wollen.

Jetzt brülle ich los: »I want to see the manager!« Der kommt dann von ganz allein – er wollte wohl sehen, was da in seiner Hotellobby los ist. Er kann ein wenig Englisch: Wir müssen das Taxi selbst bezahlen, erklärt er. Das Taxi darf nämlich am Flughafen nicht parken, und so könne der Fahrer nicht reingehen, um sich das Geld bei Air China zu holen.

Und nun? »You pay!«, erklärt der Manager. Doch wir haben gar kein Geld! Meine Kreditkarte ist am Limit und ich habe gerade noch 17 Baht in Münzen. »No money?«, fragt er erstaunt. »Richtig, denn wir hatten diesen Zwischenstopp ja nicht geplant – remember?« Glücklicherweise hat das Pärchen noch zehn Euro. Die wechseln wir in chinesisches Geld. Damit zahlen wir dann das Taxi.

Als wir am Flughafen ankommen, ist es gar nicht so einfach, wieder reinzukommen. Denn so menschenleer, wie er letzte Nacht noch war, wimmelt er jetzt vor lauter Menschen. Hinzu kommt: Keiner von uns hat ein gültiges Visum für die Volksrepublik China. Erst hier fällt uns auf, dass wir bei der Einreise in der Nacht gar keine Passkontrolle passiert haben.

Nur erkläre das mal einem tödlich dreinblickenden chinesischen Beamten mit Knarre am Gürtel am Sicherheitscheck, der – oh Wunder – kein Englisch spricht! Ein Wort allerdings kennt er: »Visa!«, bellt er uns immer wieder an. Schließlich holt er sich Verstärkung in Form zweier Kollegen, die genauso aussehen wie er: gleiche Uniform, gleiche Knarre, gleicher Gesichtsausdruck. Und immer wieder nur ein Wort: »Visa!« Dann telefoniert einer von denen. Und endlich dürfen wir passieren.

Ich denke: Jungs, wenn ihr dieses Jahr Olympia ausrichten wollt, dann wäre ein bisschen Englisch von Vorteil.

Am Air-China-Schalter weiß man dann erst mal überhaupt nichts von uns – wer wir denn seien und was wir wollten. »Nach Hause«, so unsere Antwort unisono. Wir holen unsere Pässe raus und legen die Bordkartenschnipsel als Beweis dafür vor, dass wir auch wirklich gestern in der Maschine von Bangkok nach Peking waren.

Jetzt kümmern sich drei Leute gleichzeitig um uns: Geklapper auf Tastaturen, ratlose Blicke. Freilich hat leider keiner der Mitarbeiter über Nacht Englisch gelernt, sodass es nach wie vor sehr schwierig ist, jemandem klarzumachen, dass da noch Gepäckstücke fehlen – nämlich die des Pärchens. Der Versuch, diese im »Lost and Found« ausfindig zu machen, scheitert daran, dass man uns ignoriert. Mit den Worten:

»No English!«

Wir sind der Verzweiflung nahe, als ich auf gut Glück eine chinesische Reinigungskraft, die einfach sehr nett aussieht, frage, ob sie vielleicht etwas Englisch spricht. Tut sie! Oh Wunder!

Und dann geht alles recht fix. Wir finden das fehlende Gepäck mithilfe der englischsprechenden Raumpflegerin und erfahren, dass dieses sich schon auf dem Weg ins Flugzeug befindet. Nun werden wir selbst noch in den Flieger um 13:15 Uhr eingecheckt, und mit unseren Bordkarten in der Hand gehen wir zum ausgewiesenen Gate, wo wir diesmal ohne Probleme die Sicherheitskontrolle passieren.

Ich habe mittlerweile Halsschmerzen und einen ziemlich ernsten Husten, was mich aber nicht davon abhält, mich mit dem Pärchen ins nächste Restaurant zu setzen und mir ein riesiges Bier zu genehmigen.
Und das schmeckt!

Im Flieger dann ist es eisig kalt. Trotz vier Decken friere ich den ganzen Flug über. Mein Husten wird schlimmer, aber irgendwie wird mir langsam alles egal.

Heftige Turbulenzen veranlassen mich dazu, eine Beruhigungspille einzuwerfen, und ich verschlafe sämtliche Serviceaktivitäten. Und ich komme an in Frankfurt. Unverwundet. Und in einem Stück.

Ich bin völlig mit den Nerven runter, als ich durch die Passkontrolle gehe. Ich versuche noch menschlich zu bleiben und grüße den Beamten freundlich mit einem »Guten Morgen«.

»Wohl eher gute Nacht!«, bellt der Deutsche mich an. Es ist 19:30 Uhr. Ich habe jegliches Zeitgefühl verloren. Aber den Rest gibt mir eine riesige Anzeigentafel in der Halle, in der ich auf meinen Flug nach Berlin-Tegel, zu meiner final destination, warte: »Jetzt mit TUI und LTU nonstop nach Bangkok! Von Berlin, Frankfurt, München!«

Norma Jackson

Trainerin und Coach
n.jackson@nichtraucher-in-5-stunden.de
www.norma-jackson.de
www.nichtraucher-in-5-stunden.de
www.schlank-in-5-stunden.de

Susanne Kleinhenz

Von Verkäufern, Cabrios und heiligen Kühen

Peter Prinz ist der Vertriebsstar eines deutschen Dienstleistungsunternehmens. Charmant, eloquent und hochkompetent führt er eine große Vertriebsmannschaft zu höchsten Erfolgen. 98 Prozent seiner Außendienstmitarbeiter sind Männer. Peter liebt seinen Beruf, die Arbeit ist sein Lebensinhalt. Konsequenterweise ist er ledig, hat eine 80-Stunden-Woche und betreibt in seiner wenigen Freizeit Ausdauersport. Fragt man ihn, wie es ihm geht, erntet man ein strahlendes »Wunderbar«. Im Unterschied zu den anderen Sonnyboys seiner Branche meint er es aber auch genau so. Die 80 Stunden, die er Woche für Woche für seine Firma tätig ist, würde er nicht als Arbeit bezeichnen, sondern als reine Freude. Sein Job ist es, Menschen zu gewinnen und zu führen. Er versteht es, jeden für eine Tätigkeit im Außendienst zu begeistern. Gibt es Probleme oder Motivationstiefs – Peter Prinz löst sie einfach auf. Motiviert Gefrustete, gibt Vertriebs- und Verkaufstipps und findet für jeden seiner knapp 100 Mitarbeiter das richtige Wort und die richtige Verkaufsstrategie. Er ist ein genauso begnadeter Verkäufer, wie er ein empathischer Zuhörer sein kann. Das Einzige, was ihm manchmal Sorgenfalten auf die Stirn treibt und seine Stimme lauter werden lässt, sind die Probleme mit den starren und typisch deutsch überkorrekten Dienstvorschriften der Verwaltung. Er kann viele davon umgehen, weil er bei den Verwaltungsmitarbeiterinnen seinen Charme spielen lässt. Die Frauen himmeln ihn an und würden gern mehr für ihn tun, als die eine oder andere unsinnige Arbeitsanweisung etwas lockerer auszulegen. Aber er nutzt seine Chancen nicht. Zumindest sind keine Frauengeschichten über ihn im Umlauf. Der Prinz ist ein Gott – und leider unerreichbar.

Frauen interessieren sich bisher nicht sonderlich für seine Branche, aber Peter weiß, dass er in Zukunft mehr Frauen im Vertrieb braucht, um weiterhin seine Dienstleistungen erfolgreich verkaufen zu können. Es gibt eine Frau in seiner Branche, die ein großes Potenzial hat: Katharina Ehrenfels. Sie arbeitet für einen ausländischen Konkurrenten und ist in einer ähnlichen Position wie er selbst. Sie führt eine Mannschaft von 80 Vertrieblern – davon sind etwa 50 Prozent Frauen.

Wie Peter gehört hat, stehen dem Vertrieb in diesem Konzern vermutlich unruhige Zeiten bevor, bedingt durch eine Fusion. Er ruft seine acht Führungskräfte zusammen, um eine Strategie zu entwickeln, wie man die besten Vertriebler des Konkurrenten abwerben könnte. Die neun werden sich schnell einig, dass man als Erstes an die Leiterin rankommen müsste; und einer seiner Männer meint zu Peter: »Na, diese Ehrenfels kriegst du doch mit dem kleinen Finger rum.« Darauf erwidert Peter sehr ernst, dass er es nicht möge, wenn in solch abfälliger Form von Frauen gesprochen werde, und dass diese Respektlosigkeit wohl auch der Grund dafür sei, dass sie keine Frauen in der Mannschaft haben. Da keiner von den acht riskieren will, in ein Frauenversteher-Seminar gesteckt zu werden, würdigen sie jetzt ausdrücklich die Erfolge von Katharina Ehrenfels, die ja in der Branche keine Unbekannte ist. Am nächsten Morgen ruft Peter sie persönlich an und bittet sie um einen Termin zu einem gemeinsamen Mittagessen. Erstaunt und überrascht sagt sie zu. Sie sind zwar Konkurrenten, aber in ihrer momentanen Situation ist sie erst mal für alles offen.

Peter Prinz sitzt schon in dem kleinen Bistro, als sie das Restaurant betritt. Er hat sie früher schon einmal gesehen und so erkennt er die zierliche Frau mit den roten Haaren sofort. Sie ist Ende dreißig, ihr Gang ist sehr bestimmt, ihre Mimik zeugt von Ungeduld und Entschlossenheit, aber auch von Humor.

Peter erhebt sich, als sie auf ihn zukommt und ihn mit einem festen Händedruck begrüßt. Sie lässt sich den Mantel abnehmen und nimmt Peter gegenüber Platz.

»Was verschafft mir diese Einladung?«, fragt sie unvermittelt und fast ein wenig lauernd. Peter zögert nur kurz und entscheidet sich dann für eine ebensolche Direktheit.

»Ich habe gehört, dass Ihr Unternehmen Dinge plant, die sich negativ auf Sie und Ihre Vertriebsmannschaft auswirken könnten. Ich habe Ihre

Erfolge verfolgt und schätze die Art, wie Sie arbeiten. Sie haben genau das, was uns fehlt: weibliches Know-how und Frauen im Vertrieb. Kurzum, ich möchte Sie gern für meine Firma abwerben.«

Katharina Ehrenfels lehnt sich zurück, ihr Gesicht entspannt sich deutlich, und sie lacht befreit, als sie sagt: »Genauso gut spricht die Branche über Sie, Prinz, den Lanzelot der Vertriebslandschaft, immer offen und direkt. Ich fühle mich geschmeichelt.«

Peter ist nicht so leicht aus der Ruhe zu bringen – doch die Lebendigkeit dieser Frau macht ihn ein wenig verlegen. Er sieht sie an. Sie ist keine Schönheit, aber es fasziniert ihn, wie sie sich mit der Hand die Haare aus dem Gesicht streicht und nach der Speisekarte greift. Das Auftauchen des Kellners rettet ihn aus dieser Situation. Sie bestellt ein Steak mit Salat. Er schließt sich ihr an und freut sich, dass sie nicht zu der Salatknabberfraktion gehört, sondern Essen offenbar genießen kann.

Nach dieser Unterbrechung ergreift sie wieder das Wort und bestätigt, dass sie sich tatsächlich Sorgen machen würde, da noch nicht klar sei, wie der Aufkäufer mit ihrer Ausschließlichkeitsorganisation umgehen würde. Obwohl, so relativiert sie sofort, sie schon ein anderes Angebot erhalten habe, das aber in keiner Weise attraktiv sei. Auf dieses Stichwort fragt Peter sofort, was für ein Angebot für sie und ihre Mannschaft attraktiv wäre.

Ihre Antwort ist präzise und klar: Sie will die gesamte Mannschaft mitnehmen, sie nennt die finanziellen Parameter und fügt hinzu, dass die freie Dienstwagenwahl ja heutzutage wohl selbstverständlich wäre. Sie selbst liebe ihr 3er-BMW-Cabriolet, und zwei ihrer Vertriebsleiterinnen würden auch eher auf Gehalt verzichten als auf die Freiheit, die sie mit der Wahl ihres Autos verbinden. An dieser Stelle schluckt Peter. Die Übernahme der gesamten Mannschaft: wunderbar. Die finanziellen Forderungen: machbar. Die Dienstwagenverordnung: der Horror in seiner Company.

Er schluckt erst einmal und schaut ihr dann fest in die Augen: »Das kriege ich für Sie hin, Katharina!«

Katharina Ehrenfels hat sein Zögern allerdings sofort bemerkt. »Ist etwas nicht in Ordnung? Was für eine Dienstwagenordnung haben Sie denn?«

»Bei uns fahren die Führungskräfte 5er BMWs, die Mitarbeiter ohne Führungsverantwortung 3er. Sie könnten sich sofort den schicksten 5er BMW aussuchen, den der Fuhrpark von BMW zu bieten hat.«

»Lieber Herr Prinz, Sie und Ihre Firma müssen noch eine Menge lernen, wenn Sie mit Frauen erfolgreich zusammenarbeiten wollen. Frauen wollen nicht mit einem Schiff fahren, und sie brauchen keine dicken Autos, um sich wertvoll zu fühlen. Sie wollen Spaß und Komfort, und vor allem wollen Vertrieblerinnen die Freiheit, selbst zu wählen, in welchem Auto sie über 60 Prozent ihrer Zeit verbringen. Vertrieb ist Emotion und Freiheit, lieber Peter. Oder sehen Sie das anders?«

»Nein, das sehe ich ganz genau so wie Sie. Deswegen sind Sie ja genau die Richtige für unser Unternehmen. Lassen Sie mich mit meinem Vorstand sprechen, und wenn wir uns das nächste Mal treffen, kann ich Ihnen feste Zusagen machen.«

Dann wechseln sie das Thema; Gesprächsstoff gibt es genug. Sie sind sich sehr ähnlich, der Beruf bildet das Zentrum ihres Lebens.

Zurück in seinem Büro, lässt sich Peter Prinz sofort einen Termin bei seinem Vorstand geben. Der schlägt ihm ein Abendessen am nächsten Tag vor. Als sie sich in dem Restaurant treffen, klopft der Vorstand Peter väterlich auf die Schulter und sagt: »Die Ehrenfels – Donnerwetter. Sie trauen sich ja was. Frauen im Vertrieb, na ja, heutzutage sind Frauen ja auch auf U-Booten gestattet, und wenn ich mir die Umsätze dieser Katharina ansehe, dann könnte das schon eine Bereicherung sein. Ist sie bezahlbar?«

»Ja, Herr Dr. Bertram. Das ist kein Thema, ihre Forderungen sind absolut im Rahmen. Sie hat nur einen Wunsch, der ihr sehr wichtig ist ...« Peter macht eine Pause und sieht seinen langjährigen Chef an, bevor er weiterspricht. »Sie will freie Dienstwagenwahl – natürlich im Rahmen eines Budgets, das absolut unserem entspricht. Es liegt finanziell sogar unter dem, was wir bezahlen. Aber es geht ihr dabei um die freie Wahl, vor allem die Erlaubnis von Cabriolets ist ihr wichtig.«

»Cabriolets als Dienstwagen, Prinz. Die Ehrenfels könnte auch auf einem Besen reiten. Das sagt man auf jeden Fall über sie in der Branche. Reden Sie ihr das aus. Sie mit Ihrem Charme ... Sie kennen doch unsere Dienstwagenvorschriften genauso gut wie ich. Mir persönlich ist das völlig egal. Aber diese Verordnung gilt für Innen- und Außendienst, und Sie wissen, es gibt heilige Kühe, die zu schlachten Jahre dauern würde, und das ist doch den ganzen Stress nicht wert. Machen Sie und Ihre Männer weniger Umsatz, weil Sie in geschlossenen Autos fahren müssen? Das ist schon wieder dieser Weiberkram. Können die sich nicht einfach in unsere Welt einfinden, ohne alles umkrempeln zu wollen?«

Peter atmet durch, lächelt und fragt mit Unschuldsmiene: »Was für ein Auto fährt denn Ihre Frau, Herr Bertram?« Der grinst. »Peter, Sie sind immer noch der Verhandlungsfuchs, weswegen ich Sie vor fünf Jahren eingestellt habe – ein Mercedes Cabriolet. Aber sei's drum, reden Sie ihr das aus. Bringen Sie die rothaarige Hexe und ihre Mannschaft zu uns und sie bekommen einen Extrabonus. Unterstellen müssen wir sie vermutlich

direkt dem Vorstand – bieten Sie ihr das als Goody an. Selbstverständlich erhalten Sie dafür einen finanziellen Ausgleich. Aber lassen Sie sich auf keine Diskussionen über die Autos ein, das kriegen wir bei unserer Verwaltung nicht durch.«

»Das ist sowieso ein Punkt, über den ich gern noch mit Ihnen sprechen wollte. Die Verwaltung. Es ist ja nicht nur die Dienstwagenverordnung. Wir sind auch in vielen anderen Verwaltungsdingen viel zu starr und dadurch zu langsam. Was wir mühevoll draußen aufbauen, reißt uns die Verwaltung durch ihre Bürokratie wieder ein.«

»Ach Peter, jetzt lassen Sie uns erst einmal ein schönes Essen und einen exquisiten Wein bestellen. Ich verspreche Ihnen, dass ich mich um die Bürokratie kümmere und die Vorstandskollegen ansprechen werde. Holen Sie mir die 80 Leute und die Ehrenfels an Bord. Die sind alle bestens ausgebildet und können uns durch ihr Know-how auch bei den ausländischen Produkten weit nach vorne bringen. Weiß- oder Rotwein, Peter?«

Für Peter Prinz ist klar, dass er heute keine andere Antwort von seinem Chef mehr bekommen würde. Keiner wollte an dieses Thema ran. Die Dienstwagenverordnung ist nicht Sache des Vertriebs, sondern der Verwaltung. Und Peter weiß selbst, wie schwer es ist, dort irgendetwas zu verändern. Er weiß auch, dass sein Chef erst die Produktdiskussionen gewinnen muss, bevor er die Dienstwagendiskussion in den Gesamtvorstand bringen würde. Fachlich kann Peter das alles ganz gut nachvollziehen und trotzdem geht er an diesem Abend erstmals seit Langem mit schlechter Laune nach Hause. Als er in seiner schicken Penthousewohnung ankommt, denkt er darüber nach, wie er Katharina Ehrenfels sein Scheitern erklären soll. Was für ein Ärger! Wieso ist ein Auto so wichtig? Würde er ein Cabriolet fahren? Nein. Das ist ein Frauenauto. Aber verdammt noch mal, wir wollen Frauen für den Vertrieb gewinnen und sind nicht einmal in der Lage, ihnen das Auto anzubieten, das sie gern fahren, weil eine Verordnung dagegen spricht. In dieser Nacht schläft er schlecht. Er träumt, dass er mit Katharina an einer Demonstration teilnimmt. Als er aufwacht, grinst er. Er und demonstrieren. Das ist lange her. Auch wenn er sich nicht als Opportunist sieht, so überlegt er doch, wie viele Kompromisse er in der letzten Zeit gemacht hat. Wie oft hat er seinen Mitarbeitern Dinge schöngeredet, von denen er im Grunde seines Herzens gar nicht überzeugt war.

Am nächsten Morgen ruft er Katharina an, um sich mit ihr zum Essen zu verabreden. Sie bittet ihn, den Termin um eine Woche zu verschieben, da sie noch ein paar Gespräche abwarten wollte. Das klingt nicht gut, denkt er bei sich und akzeptiert den Termin zum Abendessen in der übernächsten Woche.

In der Zwischenzeit versucht Peter einige der starren Verwaltungsregelungen zu verändern. Er begnügt sich nicht mehr damit, die Damen zu bezirzen, sondern versucht wirkliche Veränderungen zu schaffen. Mit dem Erfolg, dass er jeden Abend mit Kopfschmerzen nach Hause geht. Immer klarer wird ihm, dass die Starrheit der Verwaltung ihn und seine Mannschaft oft genug ausbremst.

Als er sich zwei Wochen später auf das Treffen mit Katharina vorbereitet, nimmt er verwundert zur Kenntnis, wie sehr er sich darauf freut, sie zu sehen, und gleichzeitig graut ihm vor der Vorstellung, ihr einzugestehen, dass er ungeachtet seiner Vorstöße sowohl bei seinem Vorstand als auch beim Verwaltungsvorstand noch keinerlei Erfolge aufzuweisen hat. Die Argumente des Vorstandes waren immer die gleichen: Man habe diese Verordnung schon so lange und es sei ja auch immer gut gegangen. Und er mit seinem Geschick würde doch trotz der Verordnung diese Frau rumkriegen.

Als sie das Restaurant betritt, sieht Peter, dass sie viel entspannter und glücklicher aussieht als beim ersten Treffen. Ob sie sich auch auf den Termin gefreut hat? Sie reicht ihm strahlend die Hand und bemerkt sofort, dass ihm nicht zum Lachen ist. »Was ist los, Peter?«, fragt sie.

»Liebe Katharina, könnten Sie sich auch vorstellen, in einem 5er BMW glücklich zu werden? Sie wären auch dem Vorstand direkt unterstellt?« Er denkt bei sich, dass er auch schon geschickter vorgegangen ist, aber er kann in Gegenwart dieser Frau einfach nicht strategisch denken.

Sie schaut kurz hoch und erwidert: »Wissen Sie, man könnte natürlich den Standpunkt vertreten, dass ein Auto nicht so wichtig ist und dass ein

5er ja auch im Status viel höher steht als so ein 3er Cabriolet. Aber auf der anderen Seite hätte ich jeden Tag, wenn ich dieses Auto aufschließe und die Cabriolets in der Sonne an mir vorbeifahren sehe, das Gefühl, dass ich meine Ideale von Freiheit und Freude aufgegeben habe. Und, lieber Peter, das sollten wir im Vertrieb nie tun – unsere Ideale aufgeben. Ihrer Frage entnehme ich, dass es in Ihrer Company keine Möglichkeit gibt, diese Verordnung zu verändern? Daraus schließe ich, dass Ihre Verwaltung auch in anderen Dingen eher starr als flexibel ist. Und dass ich mit jeder Innovation viele kraftraubende Hürden nehmen muss. Das macht wenig Spaß und kostet Nerven an einer Stelle, wo es nicht sein müsste ... Ich sehe Ihrer Stirnfalte an, dass das vermutlich das große Manko Ihrer sonst sehr renommierten und guten Firma ist. Lieber Peter, ich schätze Sie sehr, aber unter diesen Umständen werde ich ein anderes Angebot annehmen, das mir letzte Woche gemacht wurde. Ein ausländischer Newcomer will den deutschen Markt erobern und ist bereit, sehr viel in den Vertriebsaufbau zu investieren. Die haben mir eine sehr gute Stelle direkt unter dem Vorstand für den Vertriebsaufbau in Deutschland, Österreich und der Schweiz angeboten. Der Vertrieb soll von zwei erfahrenen Vertriebsleuten geleitet werden: einer Frau und einem Mann. Wie wäre es, Peter, Sie und ich mit neuen Ideen zu neuen Ufern? Und ein Cabriolet würde Ihnen auch gut zu Gesicht stehen ...«

Peter Prinz verlässt zwei Monate später mit 75 Prozent seiner Vertriebsmannschaft und deren Kontakten das Unternehmen, der Verlust liegt in Millionenhöhe. Der Verwaltungsvorstand ändert nach einem Tobsuchtsanfall des Vertriebsvorstands die Dienstwagenpolitik und auch einige andere Vorschriften. Um die Verluste zu kompensieren, braucht das Unternehmen zwei Jahre. Der neue Mitkonkurrent macht ihnen größte Probleme, da er genau in der gleichen Zielgruppe akquiriert und die Kundenstruktur bestens kennt.

Peter und Katharina sind ein unschlagbares Team geworden, beruflich und privat.

Susanne Kleinhenz

Autorin, Akademieleiterin der live-academy, Rednerin
skleinhenz@live-academy.eu
www.live-academy.eu

Dirk Kreuter

Dabei sein
ist noch längst nicht alles! Beobachtungen auf einer typischen Messe

Neulich auf einer Business-Messe: Grauer Zwirn, gedämpfte Stimmen, sachliche Geschäftigkeit. Mittendrin steht eine Hostess. Sehr hübsch, sehr blond, sehr lange Beine. Ultrakurzer Minirock. An die Frau kann ich mich gut erinnern – an die Firmenpräsentation nicht ansatzweise. Und wie mir geht es anderen auch. Ganz gleich ob Männer oder Frauen,

alle starren auf die Beine;
den Stand dahinter beachtet niemand.

Darum herrscht dort gähnende Leere: Kein Mensch besucht eine Messe, um sich zu amüsieren; Messe ist Arbeit. Spaß gibt's im Vergnügungspark. Drum gehe ich wie alle anderen weiter.

Vor dem nächsten Stand steht keine Hostess. Und das Angebot interessiert mich durchaus. Allerdings diskutieren die Vertreter der Firma offensichtlich sehr lebhaft. Das wäre schön für ihren Arbeitgeber – wenn die drei denn mit potenziellen Kunden sprächen. Tun sie aber nicht. Stattdessen plauschen sie miteinander. Weiß der Himmel worüber. Jedenfalls lachen sie immer wieder und wirken wie eine

verschworene Gemeinschaft,
die ich keinesfalls stören will.

Auch hier gehe ich vorüber, die anderen Besucher ebenfalls.

An einem anderen Stand in der Nähe steht etwas ratlos ein Herr. Er würde sich gern über die dort angebotene Dienstleistung informieren. Geht aber nicht: »Ich spreche leider kein Deutsch«, wendet er sich in fließendem Englisch mit italienischem Akzent an den Verkäufer.

»Und ich spreche kein Englisch!«,

erwidert dieser, sich bereits abwendend. Dem Mailänder Geschäftsmann kann das egal sein: Irgendein Wettbewerber hat gewiss Personal mit Fremdsprachenkenntnissen.

Alljährlich präsentieren sich allein in Deutschland beinahe 200 000 Aussteller auf mehr als 150 überregionalen Messen, setzen die Messegesellschaften etwa drei Milliarden Euro um, werden Zehntausende Kontakte geknüpft, Neukunden geworben, Geschäftsbeziehungen angebahnt. Deren Zahl ließe sich steigern, der Umsatz erhöhen, wenn die Aussteller ihre teure Messezeit effektiv nutzten, ihr Personal für den internationalen Wettbewerb schulten.

Diese simple Erkenntnis jedoch ist offensichtlich noch längst nicht bei allen angekommen: Einen Gang weiter

weist das Personal gerade ziemlich schroff einen Interessenten ab, der etwas anders aussieht als die anderen Besucher:

Statt Anzug und Krawatte trägt der Mann Jeans und T-Shirt, seine Unterlagen transportiert er im Rucksack. Wahrscheinlich ein Student, mag der Mitarbeiter gedacht haben – ohne sich die Mühe zu machen nachzufragen. Doch dumm gelaufen: Der vermeintliche Student ist Inhaber eines erfolgreichen Internet-Start-ups und gewöhnt sich gerade daran, Verträge mit vielen Nullen hinter der ersten Ziffer zu schließen. Hätte der Verkäufer etwas genauer hingesehen, wäre ihm schnell aufgefallen, dass der Rucksackträger die Uni wohl längst hinter sich hat: Seine Uhr war ganz sicher kein Werbegeschenk, und solche Schuhe gibt's ebenso wenig im Kaufhaus wie die Hose. Kleider machen auch heute noch Leute – aber dabei ist das Detail entscheidend; auch Bill Gates trägt gerne mal ein Karohemd.

Am nächsten Stand stimmt die Garderobe: Alle Menschen dort tragen gediegenes Business-Grau. Schade nur, dass ich nicht erkennen kann, wer zum Personal gehört und wer nicht. Einheitliche Standkleidung? Fehlanzeige! Auch nach Namensschildern suche ich vergebens. Bevor ich mir die Blöße gebe, aus Versehen einen Kunden anzusprechen, verzichte ich auf diesen Anbieter und gehe weiter.

Der nächste Aussteller ist für mich interessant. Die Optik stimmt hier übrigens auch: Das Team ist einheitlich gekleidet, alle Mitarbeiter tragen Namensschilder, die Schaustücke sind gut beleuchtet, die Sitzgruppe wirkt funktional und bequem. Willkommen fühle ich mich dennoch nicht, denn

die Verkäufer wirken wie ein Security-Trupp.

Mit verschränkten Armen bewachen sie den Eingang zum Stand, erinnern an Nobeldisco-Türsteher, deren Aufgabe vor allem Abwimmeln ist.

Also studiere ich die Auslage der Konkurrenz. Dort spricht mich auch gleich ein Mitarbeiter an, bittet mich an seinen Tisch. Das Gespräch verläuft etwas schleppend, Small-Talk-Erfahrung scheint der Mann nicht zu haben. Aber immerhin wirkt er kompetent – jedenfalls so lange, bis ich eine Detailfrage stelle. Davon, erklärt der Verkäufer, habe er keine Ahnung. »Und wenn Sie mal ehrlich sind«, fährt er fort, »ist das doch nun

auch nicht so wichtig.«

Hm, was für mich wichtig ist und was nicht, entscheide ich ganz gern selbst, denke ich und sage das auch. Jeder vernünftige Mensch, fällt mir mein Gegenüber ins Wort, müsse doch einsehen, dass solche Kleinigkeiten nicht auf einer Messe besprochen werden könnten. Fünf Minuten später verliere ich vollends die Lust aufs Gespräch: Auf eine Nachfrage hin bekomme ich ungeduldig zur Antwort: »Aber das versuche ich Ihnen doch die ganze Zeit zu erklären.« – »Löblich, dass Sie's versucht haben«, entgegne ich, »besser wäre gewesen, Sie hätten's getan!«

Transylvanian Co.

Ich stehe auf, verabschiede mich, gehe weiter – und muss schmunzeln, denn eben wanken drei monströse Schaumstoffglühbirnen vorüber. Immer wieder ziehen Firmenmitarbeiter, Models oder Hostessen in absonderlichen Kostümen über die Messen: als Telefone, Früchte, Flaschen verkleidet. Tanzend oder auf Rollerblades.

Und immer noch gern gebucht werden beinahe textilfreie Models – wie die Werbedamen eines namhaften Getränkeherstellers, die auf einer Gastro-Messe den verblüfften Fachbesuchern ihre nackten Hinterteile zeigten. Ich weiß, dass solche Auftritte für den Auftraggeber teuer sind. Was sie bezwecken sollen? Das weiß ich nicht.

Gerade auf einer Business-Messe, wo Produkte, Investitionsgüter oder Dienstleistungen gehandelt werden, deren Nutzen sich nicht unmittelbar erschließt, ist kompetentes Personal gefragt, das prägnant erklären kann, worum es geht. Smarte Jünglinge und adrette Hostessen, deren Kernkompetenz in freundlichem Lächeln besteht, sind hier vollkommen fehl am Stand. Doch so einleuchtend diese Erkenntnis auch ist, sie ist – ganz offensichtlich – mitunter schwer zu vermitteln.

Sex sells?

Das mag bei Konsum- und Gebrauchsgütern stimmen: Wer bei einer Ernährungsmesse beispielsweise Bier anbietet, muss dazu zunächst nicht viel erklären. Erst einmal genügt es, potenzielle Kunden an die Zapfhähne zu locken. Hauptsache, Produkt und Präsentation passen zusammen – wie kühles Blondes und dralle Blondine. Überschrift: Lebensfreude, Sinnlichkeit. Komplexe Dienstleistungen und gefährliche Kurven sind hingegen keine sonderlich geglückte Kombination. Zumal eine solch anachronistische Paarung eklatant den Grundsatz verletzt: »Je abstrakter die Ware, desto größer der Erklärungsbedarf.«

Dennoch verzichten immer noch viele Firmen darauf, ihre Mitarbeiter für Messen zu schulen, in eine Beratung zu investieren. Stattdessen setzen sie auf gewinnendes Lächeln oder skurrile Aktionen – und wundern sich, dass zwar jeder den Stelzenläufer bestaunt, die hübschen Hostessen angafft, die wandelnden Cremetuben angrinst, den Stand dahinter aber nicht beachtet.

Das ist beim nächsten Aussteller, den ich besuche, nicht das Problem: Die Präsentation stimmt, die Verkäuferin ist ebenso freundlich wie kompetent. Vielleicht etwas zu kompetent. Jedenfalls weiß sie sehr viel über ihr Produkt und das sagt sie mir auch – alles! Nach ungefähr zehn Minuten bin ich nicht nur überzeugt, sondern auch durchaus grundsätzlich bereit, zumindest einen Vorvertrag abzuschließen. Würde ich auch, wenn ich dazu käme. Doch auch nachdem ich zum dritten Mal signalisiert habe, durchaus kaufbereit zu sein,

plappert die Verkäuferin munter weiter:

Diesen Vorzug habe ihre Lösung noch, außerdem jenen und, und, und. Irgendwann – und das ist mein Glück – muss auch diese Dampfplaudertasche einmal Luft holen. Ich nutze eilig die Gelegenheit, mich unter einem Vorwand zu verabschieden. Die Dame stutzt, dankt mir fürs Gespräch – und ich frage mich, ob sie ihre Monologe wohl tatsächlich für Unterhaltung hält.

Für diesen Tag habe ich genug. Wobei ... die Präsentation dort drüben sieht interessant aus. Die könnte ich eigentlich noch mitnehmen heute. Eine halbe Stunde ist die Messe schließlich offiziell noch geöffnet. Das Personal allerdings ist offensichtlich bereits im Feierabend: Für die Damen gibt's Prosecco, die Männer haben sich ein Bier aufgemacht. Dann eben nicht.

Am nächsten Morgen stehe ich pünktlich um 9.30 Uhr an Stand X7– mein Gesprächspartner leider nicht. Zwar hatte ich mich am Vortag verbindlich verabredet, doch der Verkäufer genießt wohl noch das Frühstücksbuffet. So genau weiß das niemand. Und auch nicht, wann er wohl kommen wird.

Also schaue ich mich inzwischen beim Nachbarn um. Dort bahnt sich schnell ein interessantes Gespräch an. Bereitwillig und erfreulich knapp beantwortet der Verkäufer meine Fragen.

Bis sein Handy klingelt.

Das zieht er aus der Tasche, murmelt »Entschuldigung« und nimmt ab. Drei Minuten sehe ich ihm beim Telefonieren zu – dann gehe ich.

An vier Ständen, die für mich interessant sein könnten, mustere ich neugierig die Auslagen. Ebenso neugierig mustert mich das Personal. Auf die Idee, mich anzusprechen, kommt keiner. Am fünften Stand höre ich kurz einem Gespräch zu.

Der potenzielle Kunde ist freundlich gelassen – der Verkäufer ist es leider nicht.

Als er sein Gegenüber anherrscht: »Nun hören Sie mir doch endlich mal zu!«, gehe ich weiter.

Eine andere Firma verheißt eine »Weltneuheit«. Davon allerdings ist nichts zu sehen. Leider, bedauert eine Verkäuferin, sei der

Prototyp nicht rechtzeitig fertig geworden.

Ich könne aber gern einen Katalog mitnehmen. Dankend lehne ich ab: Schließlich bin ich nicht auf die Messe gekommen, um Prospekte mitzunehmen. Hier will ich Exponate sehen! Interessant allerdings wäre das Produkt für mich schon. Also gebe ich der Dame meine Visitenkarte, und sie verspricht, mir die Unterlagen umgehend zu schicken. Wochen später sollte ich übrigens noch immer darauf warten. Schade: Inzwischen hat mich ein Wettbewerber bestens bedient.

Obwohl ich nicht auf die Uhr gesehen habe, weiß ich: Mittagszeit. Das erkenne ich daran, dass etliche Verkäufer essend an ihren Tischen herumstehen, offensichtlich nicht gestört werden wollen. Na Mahlzeit! Dann eben nicht. An einem Stand wird nicht gegessen. Allerdings ist der Verantwortliche nicht da. »Der sieht sich um«, weiß eine Hostess –

wann er wiederkommt, weiß sie indes nicht.

Anrufen? Nein, das sei völlig zwecklos: Das Mobiltelefon sei ausgeschaltet.

Viel Glück werde ich heute ohnehin nicht mehr haben, denn es ist der letzte Messetag: An einem Stand sind bereits die Exponate verpackt, und niemand hat Lust, sie abermals auszupacken; an einem anderen können sich die Verkäuferinnen kaum noch auf den Beinen halten, weil sie die Messe dazu genutzt haben, ihre neuen Pumps einzulaufen; am dritten hat kein Mensch mehr eine Visitenkarte:

**»Tut mir leid,
aber die waren schon vorgestern aus.«**

Wieder ein paar Meter weiter erklärt mir ein Verkäufer ebenso larmoyant wie ausführlich, warum für seine Firma die Messe »nicht gut gelaufen sei«. Das mag vielleicht seinen Chef interessieren, mir hingegen ist es herzlich egal. Ich finde das Gejammer des Verkäufers allenfalls amüsant: Zwei Stunden, klagt er aufgeregt, habe er sich eben noch unterhalten – und erst dann festgestellt, keinen potenziellen Kunden vor sich zu haben, sondern den Vertreter eines Wettbewerbers. Tja:

Wer fragt, führt.

Das gilt nicht nur für Vorstellungsgespräche.

Auf dem Weg zum Ausgang wanken noch einmal die riesigen Schaumstoffglühbirnen an mir vorüber. »Die armen Kerle darunter müssen mächtig schwitzen«, denke ich. Und bereits in der Drehtür fällt mir ein: Ich habe keine Ahnung, wofür sie werben.

Dirk Kreuter

Trainer und Coach
info@dirkkreuter.de
www.dirkkreuter.de

Jürgen Kurz

Das Albtraumbüro

Ich erzähle ihnen heute mal eine Geschichte, die sich so ganz sicher in keinem Unternehmen zutragen wird ...

Es war einmal eine alteingesessene österreichische Firma mit einer Niederlassung im Schwabenland. Sie verkaufte Brandschutzanlagen – und das Qualitätsprodukt wurde immer auch gleich montiert. 20 hoch spezialisierte Fachkräfte, darunter zahlreiche Familienmütter und -väter, arbeiteten viel und gut für den gemeinsamen Erfolg. Das Ergebnis dieser »österreichisch-deutschen« Produktion kam an auf dem Markt. Die Kundenanfragen konnten wegen Personalmangel gar nicht alle bearbeitet werden. Kurzum, alles schien rosig, die Zukunft des Unternehmens bis zum Sankt-Nimmerleins-Tag gesichert.

Ein Global Player war die Firma freilich nicht. Das wurde spätestens zum Problem, als vergleichbare Anlagen plötzlich in den Regalen der Fachhändler auftauchten, jetzt aber mit der unauffälligen Aufschrift »Made in China«. Ein kleiner Aufkleber, der für gewaltigen Nachhall sorgte! Seine bloße Existenz führte dazu, dass der urschwäbischen Geschäftsführung der sprichwörtliche Angstschweiß auf die Stirn trat. Sparen, aber wo? Dem Kunden konnte diese Aufregung egal sein. Für ihn war einzig von Bedeutung: Die gleiche Anlage (inklusive Montage) aus China war 20 Prozent billiger als das Original. Der Markt bedankte sich für diese Erkenntnis mit tiefroten Zahlen, und mit geübter Regelmäßigkeit wurden seither die Geschäftsführer unserer kleinen Niederlassung ausgetauscht.

Die Mitarbeiter hatten Angst, nicht nur um ihren monatlichen Gehaltsscheck, sondern um ihre blanke Existenz. Viele hatten sich im Laufe ihrer Karriere so auf ihre jeweilige Aufgabe spezialisiert, dass sie bei einem Jobverlust kaum eine Alternative gehabt hätten. Immerhin war das Problem erkannt und ein Ziel schnell gefunden: Die Effizienz des Unternehmens musste gesteigert werden! Dann gehen dem schwäbischem Sparplan zufolge die Kosten runter und die Produkte können billiger verkauft werden. So wäre die einst so rosige Zukunft unserer heimischen Brandbekämpfung wieder gesichert. Logisch!

Stellen Sie sich nun einmal vor, Sie seien Berater und sollen hier helfen, den Karren aus dem Dreck zu ziehen – so weit kein Problem! Dafür gibt es schließlich Konzepte.

Sie setzen sich also – weil es der Sache dient – zu einer unchristlichen Zeit ins Auto und treffen um sieben Uhr morgens auf dem Besucherparkplatz des Unternehmens ein. Im Kofferraum warten ein Beamer, ein Berg aus Schulungsmappen und eine nicht mehr ganz so taufrische Digitalkamera auf ihren beherzten Einsatz.

Im Foyer begrüßt Sie der aktuelle Geschäftsführer. Sein Lächeln wirkt sympathisch, aber dennoch etwas gequält. Möglicherweise steht er sonst nicht so früh auf. Es ist wirklich ein sehr zeitiger Morgentermin.

Bevor Ihre Schulung beginnt, durchforsten Sie die Büros der entsprechenden Abteilung nach Ordnungssünden und Effizienzkillern und machen Fotos. Mit denen kann man später wunderbar arbeiten.

Das Genie beherrscht *sein* Chaos

Das Erste, was Ihnen auffällt, sind Aktenberge mit unbearbeiteten Anfragen potenzieller Kunden, Papierstapel und Kataloge aus den Achtzigerjahren – einer Ära, in der Walkmans und der C64 beim schnuckeligen Elektrofachmarkt um die Ecke gekauft wurden, Schulterpolster noch in Trainingsanzügen Anwendung fanden und E-Mails für eine Eissorte gehalten wurden. Auf, unter und neben den Arbeitsplätzen verbirgt sich das eine oder andere sperrige Muster von Gehäuseteilen, Kunststoff-Stangenrohren oder Einzelteilen von Schaltkästen. Das Premium-Geheimversteck ist wohl der zugegeben spärlich bemessene Raum unter der Schreibunterlage. Mit dem dort gehorteten Schriftverkehr könnten ganze Unternehmen gegründet werden. Statistiken, Kaufverträge, Wachsmalzeichnungen der lieben Kleinen, die mittlerweile ihren Abschluss an der Uni machen. Die

Klebestreifen alter Post-its sind meist schon eine chemische Verbindung mit der Tischplatte eingegangen und gehören jetzt offiziell zum Tischdekor. Was für Long John Silver die Schatzinsel war, scheint für manchen Büroangestellten das kleine, heimliche Plätzchen individueller Freiheit unter der Schreibunterlage zu sein. Hier bin ich Mensch, hier darf ich's sein!

Und um es Einbrechern nicht unnötig schwer zu machen, haben sich die ganz Schlauen ihre Passwörter für den PC direkt unten rechts neben den Einschaltknopf des Bildschirms geheftet. Mit der Zeit kamen dann noch das E-Mail-Passwort und die Nummer des Girokontos dazu. Der Bildschirm hat bereits das Aussehen einer Sonnenblume angenommen. Überall kleine gelbe Zettelchen, die das Privatleben des Besitzers fein säuberlich dokumentieren. Man darf ja schließlich nichts vergessen!

Einige Mitarbeiter besitzen gar zwei Schreibtische. Auf denen liegen die Kundenanfragen hübsch drapiert auf mehreren Häufchen. Hätte man nicht gewusst, dass viele davon über ein halbes Jahr alt und noch unbearbeitet sind – man hätte fast glauben können, die Firma sei ähnlich erfolgreich wie Microsoft.

Sie überkommt das Gefühl, hier im beschaulichen Oberschwaben sei das Wort »Multitasking« erst erfunden worden. Denn an einem der Schreibtische im Einkauf ist gar eine Lötkolbenstation angebracht. Dieser Mensch schreibt also nicht nur Angebote, sondern lötet auch noch fleißig nebenbei irgendetwas. Es ist generell immer eine nette Idee, wenn Unternehmen ihren Mitarbeitern einen Ausgleich zum spröden Büroalltag schaffen. Aber ein Gutschein für den Fitnessklub gleich nebenan hätte es auch getan. Wenn ein Projektmanager Lötarbeiten übernimmt, kann auch der Chef den LKW beladen: charmante Vorstellung, aber völlig ineffizient!

Dieser Ist-Zustand ist ein gefundenes Fressen für Sie. Sie legen los, hoch motiviert und voller Tatendrang.

Ein Mann räumt auf

Sie wollen das Problem schrittweise angehen. Zuerst misten alle gemeinsam die Arbeitsplätze so richtig herzhaft aus. Da werden die Hemdsärmel hochgekrempelt und die Stöckelschuhe gegen durchgelatschte Birkenstocks eingetauscht. Irgendwann steht kein Postschälchen mehr auf dem anderen und die Gabelstapler bringen Tonnen kaputter Bürostühle, Regale und Aktenordner zur provisorisch eingerichteten Abfalldeponie. Ein schöner Anblick, so ein knapp fünf Meter hoher Turm aus nutzlosen Ablageschälchen!

Bei Schritt zwei gehen Sie dazu über festzulegen, was wohin kommt und auch bleibt – die sogenannten Standards. Übrig bleiben leere Arbeitsflächen und übersichtlich sortierte Kundenaufträge. Jeder freut sich über die wiederentdeckte Farbe der eigenen Schreibtischplatte und schwört feierlich, den zweiten Schreibtisch mental aus seinem Arbeitsumfeld gänzlich zu verbannen.

Schnell frisst langsam

Doch jetzt geht es erst so richtig ans Eingemachte. Denn jetzt wollen Sie die Abläufe im Büroalltag beobachten und, noch wichtiger, »analysieren«. Sie wollen ja schließlich erreichen, dass die Verbesserungen dauerhaft erhalten bleiben und keine neuen Aktenberge entstehen, die das Ulmer Münster in den Schatten stellen.

Ihre Analyse ergibt: Die große Schwachstelle in dem Unternehmen ist zweifelsohne der Angebotsprozess. Wer ein halbes Jahr braucht, um ein Angebot zu schreiben, der hat ein Problem. Wer ein halbes Jahr braucht, um eine Anfrage überhaupt zu lesen, der ist praktisch schon tot. Sie fragen sich, wie lange es wohl dauert, bis die Mitarbeiter mal Zeit finden, bei den Angebotsempfängern nachzuhaken. Wahrscheinlich flattert so um das Jahr 2050 bei einem ehemaligen Kunden ein ominöses, leicht vergilbtes und an den Ecken zerrupftes Kuvert mit der Aufschrift »Eilig« rein. Da hat dann wohl der zuständige Sachbearbeiter der Firma im Nachlass seines Vorgängers, auf Schreibtisch Nummer zwei, in Briefstapel fünf, dort ganz unten links, ein Post-it gefunden, das nach Jahren am PC-Bildschirm wohl die Haftung verloren und unter den Papierhaufen eine neue Heimat

gefunden hat. Hier wurde in kryptischen Lettern auf einen Kundenauftrag verwiesen. Die dazugehörigen Unterlagen wiederum liegen der Notiz zufolge im Büro den Gang runter auf Schreibtisch Nummer drei des Kollegen, irgendwo am Rand neben der Lötkolbenstation. Bearbeitet werden sollte das Ganze bis zum 21. Mai 2007.

Deshalb fragen Sie völlig naiv, wie hoch denn die Erfolgsquote bei den Angeboten sei. Die Antwort vom Geschäftsführer kommt wie selbstverständlich und ohne jede Form der Reue: »Es kommt drauf an!« Ihr Blick scheint wohl ganz besonders dämlich zu sein, denn er wiederholt sich: »Es kommt drauf an, für wen das Angebot gemacht wird!«

Die nun folgende Logik bleibt Ihnen wohl bis heute verschlossen: Scheinbar wissen die Mitarbeiter bei über 90 Prozent der geschriebenen Angebote ganz genau, ob daraus ein Auftrag wird oder eben nicht. Denn viele der Angebote sind offenbar reine Alibi-Kostenvoranschläge. Die werden vom Kunden nur eingeholt, um dem eigenen Geldgeber offiziell drei Angebote für den Kauf eines Produkts vorlegen zu können. So hat man bewiesen, dass man theoretisch alle Möglichkeiten voll ausgeschöpft hat, um dann letzten Endes doch wieder bei Konkurrent Hänschen Müller nebenan oder eben in China einzukaufen. Bei Ersterem ist man schließlich zur Kommunion der Tochter eingeladen. Da gibt's dann knackige Brezeln vom Bäcker – seines Zeichens zufällig auch Schwager vom Hänschen – und einen süßen Hefekranz von Oma Hildegard, während die Dorfkapelle »Rumtata« spielt. Das ist wahre Kundenbindung. Dem muss man einfach den Auftrag geben. Firmentreue eben!

Mit solchen gesellschaftlichen Amüsements kann Ihre Firma derzeit nicht aufwarten. Weder Hochzeit noch Firmung oder Geburtstag – ja, noch nicht mal ein läppisches Jubiläum steht an. Womit also die Kunden locken außer mit Angeboten, mit vielen nutzlosen Angeboten, die, wenn man's genau nimmt, völlig umsonst gemacht werden ...

Die Sachbearbeiter Ihres Unternehmens investieren jedes Mal zwei bis drei Arbeitstage in so einen Kostenvoranschlag, obwohl sie schon im Vorfeld wissen, dass der Kunde bereits auf der Gästeliste der Müllers steht und natürlich nebenan einkaufen wird – oder eben in China. Hier sieht man das, was in der Politikwissenschaft gerne als »Pfadabhängigkeit« beschrieben wird. Hat man sich einmal auf einen Weg eingelassen, wird der auch beschritten. Komme, was wolle! Da werden Angebote geschrieben, wo gar keine Kunden sind. Aber egal, Hauptsache, die Leute sind beschäftigt und es fällt nicht groß auf, dass die chinesische Konkurrenz einen gerade überrennt.

Es gibt nichts Gutes, außer man tut es

Sie haben gemeinsam den Aufwand für die unnötig erstellten Angebote überschlagen: Für dieses exorbitante Beispiel gelebter Ineffizienz investiert die Firma zwei Mannjahre, und zwar jedes Jahr aufs Neue. Das heißt, knapp 20 Prozent der Verwaltungsmitarbeiter, allesamt ausgebildete Spezialisten, kommen ein Jahr lang jeden Morgen brav an ihren Arbeitsplatz, erstellen dort mit Feuereifer und Lötkolbenstation Angebote, um sie dann zum Feierabend wieder in die Tonne zu kloppen – jeden Tag! Und das passiert in einer Firma, die um das nackte Überleben kämpft, weil sie angeblich nicht genug Personal hat, um die Skyline aus Kundenanfragen zu bearbeiten!

Sie schlagen vor, sich stärker auf die »Follow-up-Geschäfte« zu konzentrieren, anstatt Zeit und Energie in diese »Mülltonnenangebote« zu stecken. Ihre Analyse hat nämlich ergeben, dass hier enorme Potenziale schlummern. Denn die böse, böse Pfadabhängigkeit hat auch ihre guten Seiten. Wenn man einmal den Kunden für sich gewonnen hat, bleibt der für gewöhnlich auch bei einem, sei es aus Faulheit oder wahrer Überzeugung. Der Stein der Weisen sind in dem Fall die Folgegeschäfte. Mit denen könnte das Unternehmen den Profit machen. Denn welche chinesische Hilfskraft kommt schon freiwillig zu einem nach Hause, um die Batterien zu wechseln?!

Bei diesen Worten geht der Geschäftsleiter wohl schon die Reihe seiner Vorgänger durch und schätzt ab, wer aus der gegenwärtigen Führungsriege ihn schon bald ersetzen wird. Deshalb winkt er bei diesem Vorschlag ganz unverblümt ab mit den Worten: »Ich muss diese Angebote schreiben. Wenn mein Chef in Österreich erfährt, dass ich bewusst Anfragen nicht beantworte, feuert er mich.«

Was hat das Ganze gebracht? Nun, zumindest können die Mitarbeiter jetzt alle Angebote verschicken. Zwar auch die, die vor Ineffizienz nur so strotzen, aber immerhin verschwindet nichts mehr in den tiefsten Tiefen der Schreibtischablage. Sie verlassen das Unternehmen mit der leisen Hoffnung, dass die Mitarbeiter schlauer sind als ihr Chef und zukünftig die eine oder andere Pseudoanfrage im Papierkorb statt auf einem Aktenberg verschwinden lassen. Es gibt eben nichts Gutes, außer man tut es!

Sie werden vom schrillen Klingelton Ihres Weckers aus dem Schlaf gerissen. Sie stellen fest, dass Sie schweißgebadet im Bett liegen und alles nur geträumt haben. Sie stehen auf, knien nieder und danken dem Herrn, dass Sie kein Berater für Büroorganisation geworden sind.

Jürgen Kurz

Geschäftsführer der Tempus GmbH, Consultant und Referent
jkurz@tempus.de
www.tempus.de
www.fuer-immer-aufgeraeumt.de

Martin Limbeck

Von einem, der auszog, ein Konto zu führen

Gelungener Erstkontakt

Wir schreiben das Jahr 2000. Meine Geschäfte laufen gut. Sehr gut. Nach sieben Jahren als Partner eines renommierten Trainingsinstituts starte ich gerade meine eigene größere Company: Aus Martin Limbeck wird das Martin Limbeck Trainings Team. Wir trainieren Vertriebler, Verkäufer und Führungskräfte im strategischen Verkauf und vermitteln ihnen, wie Verkaufsprozesse intelligent gesteuert werden.

Mein Steuerberater rät mir, für die neue GmbH & Co. KG zwecks größerer Flexibilität eine zusätzliche Bankverbindung aufzubauen. Er empfiehlt die renommierte Deutsche Bank. Ich stelle die Unterlagen zusammen und mache mich auf zu meinem Termin, im Koffer alle Zahlen, die der Bank den guten Umsatz und den stabilen Aufwärtstrend der letzten Jahre bescheinigen.

Die Reaktion des »Bankbetreuers« – bislang kannte ich nur betreutes Wohnen – ist unmissverständlich ...

Die Bank: »Ihr Unternehmen steht zwar gut da, entspricht aber nicht den Umsatzwünschen unseres Hauses. Sie sind der prädestinierte Kunde für unsere Bank 24!«

Sie kennen das Sprichwort: »Warum schlechten Leuten gutes Geld hinterherschmeißen?«

Bislang hatte ich Vertriebsleuten beigebracht, wie der optimale Erstkontakt aussieht. Dass ein Banker diesen Erstkontakt gar nicht nutzen würde, ist mir nicht in den Sinn gekommen. Der Kollege ist wirklich mehr ein Betreuer als ein Verkäufer ...

Die gelungene Kaltakquise: Für den ersten Eindruck gibt es keine zweite Chance!

Mein Steuerberater hat eine andere Lösung parat. Sein Partner kennt den Abteilungsdirektor eines anderen renommierten Bankhauses und stellt den Kontakt für mich her. Meine Zuversicht wächst. Der Herr ist sehr freundlich, stellt wenig Fragen und sagt »Wir machen das schon«. Endlich ein Prokurist, der kompetent scheint und was zu sagen hat. Das Konto ist eröffnet. Doch jetzt kommt's.

Qualifiziertes Erstgespräch

Das qualifizierte Erstgespräch: Junge Pflanzen dürfen nicht beschnitten, sie müssen gegossen werden!

Die Bank: »Eines ist klar: Da Sie noch keine Umsätze mit uns getätigt haben, können wir Ihnen keinen Kreditrahmen für die neu gegründete GmbH einräumen! Trotz des hinterlegten Stammkapitals!«

Hm, danach hatte ich zwar nicht gefragt, aber mir wurde so gleich gezeigt, wo der Hammer hängt. Nun gut: Das Konto stand – alles Weitere könnte sich ja entwickeln, dachte ich in meinem jugendlichen Leichtsinn. Ich war halt nur »der blöde Kunde« ...

Hohe Servicequalität

Nach und nach sprechen sich die Vorzüge des Onlinebankings herum. Zweckmäßigkeit und Zeitersparnis sind offensichtlich und voller Enthusiasmus fragen wir bei unserer neuen Hausbank nach. Schwerer Fehler!

Die Bank: »Leider sind Sie Apple-User und ein Onlinezugang für Apple steht nur in Verbindung mit einem Privatkundenkonto zur Verfügung.«

Ich: »Aber außer uns weiß das ja keiner!«

Die Bank: »Nein, nein, das können wir nicht machen. Da Sie ein eingetragener IHK-Betrieb sind und somit über ein Geschäftskonto verfügen, ist das Problem weder auf dem kleinen noch auf dem großen Dienstweg zu lösen.«

Wir tragen also weiterhin penibel ausgefüllte Überweisungsträger zur Bank und sinnieren über den Menschen nach, der in der Bank die Gebühren der Geschäftskonten ins Verhältnis zu denen der Privatkonten und zum angebotenen Service setzt. Sollte es wirklich stimmen, dass wir uns in Deutschland in einer Service-Eiszeit befinden? Stimmt das verbreitete Vorurteil, dass Banker eher Buchhalter und Erbsenzähler sind?

Aber sei's drum: Auch wenn ich mehr als 250 Tage im Jahr im Dienste meiner Kunden in der Republik unterwegs bin, mir bleibt ja noch die Überweisung per Telefon – systemunabhängig und schnell. Freilich werde ich schon bald eines Besseren belehrt.

Die Bank: »Banking per Telefon? Das geht leider nicht. Schicken Sie uns doch bitte als Nachweis ein Fax!«

Ich bin im ICE unterwegs, als mich diese Absage ereilt, tippe eiligst das Fax und haste mit meinem Laptop durch den Zug, um einen Schaffner oder gar einen Drucker zu finden. Leider erfolglos. Deshalb versuche ich es erneut telefonisch bei der Bank. Vielleicht kann ich einen anderen Mitarbeiter motivieren, der ...

Die Bank: »Nein. Telefonbanking ist leider nicht möglich.«

Ich: »Bei meiner Sparkasse funktioniert das einwandfrei!«

Die Bank: »Es tut uns leid. Bei uns geht's nicht!«

> Die hohe Servicequalität: Service klingt zwar englisch, aber muss es deshalb bei uns ein Fremdwort bleiben? Service bedeutet heute in erster Linie das Finden von Alternativen im Sinne des Kunden!

Individuelle Bedarfs- und Motivermittlung

Die Welt dreht sich weiter. Ich hoffe immer noch, dass die Bank eines Tages Dale Carnegies Bestseller »Wie man Freunde gewinnt« liest und wir noch solche werden. Fast scheint es auch so: Der Finanzpartner kommt mit einem sehr schönen Angebot auf mich zu: Die Bank bietet mir drei Prozent aufs Festgeld an, bei einer dreimonatigen Laufzeit der Anlage.

Das hört sich gut an. Da ich von jeher mit einem schnell verfügbaren Sicherheitskonto für Notfälle arbeite, scheint dieses Produkt genau auf meine Bedürfnisse zugeschnitten zu sein. Ich signalisiere ernsthaftes Interesse. Der Abteilungsdirektor mit Prokura transferiert mein Geld und verspricht, sich vor Ablauf der Dreimonatsfrist mit einem konkreten Anlageangebot zu melden. Wow! Scheinen die doch noch verkaufen zu wollen und Interesse am Kunden zu haben? Und tatsächlich, drei Wochen vor Ablauf der Frist ruft er mich an und verabschiedet sich in den Urlaub. Er verspricht, dass einer seiner Mitarbeiter in der nächsten Woche mit einem Vorschlag auf mich zukommt.

Und tatsächlich. Das Telefon klingelt. Ein junger Kollege ist dran, übermittelt Grüße vom Abteilungsdirektor und hat zwei wunderbare Angebote für die Anlage. Glaubt er jedenfalls. Das erste Angebot läuft über zwei, das zweite über vier Jahre. Fassungslosigkeit macht sich breit. Was war mit der schnellen Verfügbarkeit? Was mit meiner Idee, im Notfall zügig reagieren zu können? Hat mir überhaupt irgendjemand zugehört? Mein Albtraum geht weiter ...

> Die individuelle Bedarfs- und Motivermittlung: Das Ziel gibt der Kunde vor, den Weg die Bank. Der Weg richtet sich nach dem Ziel und nicht umgekehrt!

Empathische Einwandbehandlung

Ich wundere mich über mich selbst: darüber, dass es mir gelingt, ganz ruhig zu bleiben und den Banker nett und freundlich zu bitten, das frei gewordene Kapital einfach wieder zurück auf mein Konto bei der Sparkasse zu überweisen. Etwas kleinlaut sichert er zu, sich darum zu kümmern, und er stellt einen erneuten Kontakt mit seinem Chef in Aussicht. Zu meinen Einwänden nimmt er nicht Stellung. Tatsächlich unternimmt er überhaupt nichts, um diese nicht unerhebliche Summe Geldes für seine Bank zu sichern. Auf den Anruf des Vorgesetzten warte ich noch heute. Mir kommt ein af-

> Die empathische Einwandbehandlung: »NEIN« bedeutet Noch-Ein-Impuls-Notwendig. Wenn der Kunde trotz Fehlern in der Vergangenheit noch mal Kontakt aufnimmt, haben Sie ihn an der Angel. Reißen Sie nicht an der Leine!

rikanisches Sprichwort in den Sinn: »Wer glaubt, dass Kokosnüsse eine harte Schale haben, der hat noch nie wirklich Hunger gehabt.« Oder wie ich zu sagen pflege: »Je höher das Festgehalt, desto schlechter ist oft der Verkäufer.«

Ein paar Jahre später ...

... ich bin immer noch Kunde der besagten Bank (einer der Gründe für Kundentreue ist schließlich die Bequemlichkeit), spült mir der Zufall besagten Abteilungsdirektor in mein Verkaufsseminar. Der Zufall? Nein, nein. Der liebe Gott scheint es gut zu meinen mit dem Banker und will ihm noch eine Chance geben. Eine Steilvorlage. Ich nutze die Geschichte des erlittenen Servicedebakels, um den möglichen Verlust von Kunden plastisch zu bebildern und deutlich zu machen: »Wer wirklich vom Verkaufen leben muss, der verkauft auch!« Natürlich nenne ich vor den anderen Seminarteilnehmern niemals einen Namen ...

Smarte Antwortstrategien

Ich (in der Pause): »Ich hoffe, Sie nehmen es mir nicht krumm, dass ich diesen Fall aus Ihrer Filiale als Beispiel gewählt habe.«

Der Kundenbetreuer: »Ich nehme es nicht persönlich! Vor vier Wochen bin ich in eine neue Geschäftsstelle gewechselt und somit ohnehin nicht mehr für Sie zuständig. Der Neue wird sich bestimmt bei Ihnen melden. Aber im Moment hat er wegen der Umstrukturierung viel um die Ohren.«

Ich bin platt. Noch immer kein Signal, sich endlich um meine Belange zu kümmern. Ich spiele mit dem Gedanken, eine ganze Baldrianflasche ex hinunterzustürzen.

> Smarte Antwortstrategien: Nur wer selbst brennt, kann auch andere entzünden!

Krönender Abschluss: Dem Kunden zur richtigen Entscheidung verhelfen

Ein paar Tage später, meine Mitarbeiterin mit Kontovollmacht ist im Urlaub, muss eine Überweisung schnell vollzogen werden. Ich versuche es wieder mal telefonisch und bekomme einen netten Betreuer ans Telefon. Der kennt sogar meinen Namen, weil ich ja jetzt für die Bank die Vertriebstrainings durchführe.

Der Betreuer: »Leider bin ich aber nicht für Sie zuständig.«
Ich *(zähneknirschend):* »Mit wem kann ich stattdessen sprechen?«
Der Betreuer: »Der Kollege, der für Sie zuständig sein wird, ist noch nicht eingestellt, das Bewerbungsverfahren läuft. Vielleicht können Sie in der Angelegenheit ein kurzes Fax schicken?«
Ich *(mit langsam hochsteigender Wut):* »Ich bin unterwegs und habe kein Fax dabei. Gibt es einen anderen Weg?«

Widerwillig erklärt er sich bereit, sich der Sache anzunehmen.

Der Betreuer: »Vielleicht sollten wir doch einmal einen persönlichen Termin vereinbaren.«
Ich: »Wieso? Sie sind doch gar nicht zuständig!«
Der Betreuer: »Aber nach einem Termin könnte ich Sie eventuell umschlüsseln.«

> Der krönende Abschluss: Entscheidungen haben mit Vertrauen zu tun. Nur wer Sicherheit und Geborgenheit vermittelt, kann andere zu Entscheidungen bewegen!

Aha! Er wittert Umsatz. Sollte ihm eine Kokosnuss auf den Kopf gefallen sein?

Ich: »Umschlüsseln hört sich gut an. Ich bin aber fast jeden Tag im Training. Könnten wir möglicherweise einen Termin am Abend finden?
Der Betreuer: »Zur Not, ja. Aber nicht nach 20.00 Uhr.«

Ich bin am Ende meines Banklateins ...

Es vergeht einige Zeit. Dann lerne ich irgendwann bei meiner Arbeit als Trainer für die Bank den Hauptverantwortlichen dieses Geschäftsbereichs kennen und gebe auch bei ihm meine Geschichte zum Besten. Im Anschluss schicke ich ihm mein Buch und schreibe ihm, dass ich mich über seine Teilnahme am Seminar sehr gefreut habe. Man glaubt es kaum: Er reagiert! »Ich werde persönlich dafür sorgen, dass Sie bei uns betreut werden!« ... Doch noch betreutes Banking!

Der After-Sales-Service

Kurz darauf meldet sich der Nicht-nach-20-Uhr-Betreuer: »Ich bin jetzt doch für Sie zuständig! Lassen Sie uns einen Termin ausmachen! Und wenn's am Anfang etwas knirscht, läuft es doch dann meist umso besser!«

Wir finden einen Termin bei Tageslicht. Besagter Betreuer kommt und packt seinen Bauchladen aus: Geldanlagen, Sparverträge, Versicherungen – das ganze Programm. À la Sparkassenwerbung: Mein Haus, mein Boot, mein Auto. Auf einmal scheint alles möglich – ein Silberstreif am Horizont: Nur noch die halben Gebühren für die Kontoführung und ein passabler Habenzins für positive Kontostände, wir scheinen endlich am Ziel. Wir haben einen Betreuer, der sich für uns zuständig fühlt. Er macht zwar nur Termine vor der Tagesschau, aber es hat sich gelohnt. Meine für die Finanzen zuständige Mitarbeiterin und ich triumphieren.

Bis – ja, bis er den grandiosen Vorschlag macht – wohlgemerkt im Beisein meiner Angestellten –, ihre nächste Gehaltserhöhung doch in die Riester-Rente umzuwandeln. Die junge Dame strahlt über das tolle Angebot, ich aber sacke (aus verkäuferischer Sicht) langsam auf meinem Stuhl zusammen ...

Der After-Sales-Service: Verstehen Sie Kundendienst als Dienst am Kunden. Bestätigen Sie den Kunden in der Richtigkeit seiner Entscheidung!

Martin Limbeck®

Der Hardselling-Experte
kontakt@martinlimbeck.de
http://www.martinlimbeck.de

Guido Palazzo

Die Banalität des Bösen
Warum gute Manager unethisch handeln

Wie kommt das Böse ins Unternehmen? Wann immer moralische Skandale in Unternehmen öffentlich werden, ist der erste Reflex, die Gründe in charakterlichen Schwächen der betroffenen Akteure oder in fehlerhaften Anreizstrukturen der Organisation zu suchen. Implizit vorausgesetzt wird dabei, dass sowohl der moralische als auch der unmoralische Akteur rational handeln und wissen, was sie tun. Ist das wirklich so?

In vielen Fällen scheinen diese Erklärungsmuster nicht zu funktionieren. Der Ford-Pinto-Skandal, der sich in den Siebzigerjahren in den USA ereignete, erzählt beispielsweise eine ganz andere Geschichte: Denis Gioia, ein junger Ingenieur, beschreibt sich selbst als einen klassischen Vertreter der hochpolitisierten Studentengeneration der Sechzigerjahre. Gioia ist ein engagierter Kritiker des Vietnamkriegs, steht dem Kapitalismus skeptisch gegenüber, ist sich seiner eigenen Werte bewusst – und er ist ein Mensch mit hoher Integrität. Zum Erstaunen seiner Kommilitonen entscheidet er sich für einen Job bei Ford. Er ist davon überzeugt, Veränderungen nur innerhalb der kritisierten Organisationen erreichen zu können. Bei Ford beginnt er im Beschwerdemanagement, wo er unter anderem in die Entscheidung über Rückrufaktionen bei Fahrzeugmängeln involviert ist.

Eines der Probleme, die in seinem Team abgearbeitet werden, betrifft das neue Modell eines Kleinwagens, den Ford Pinto. Der Wagen zeigt eine ungewöhnlich hohe Instabilität bei Auffahrunfällen, bei denen der Tank sehr leicht beschädigt wird und der Wagen explodiert. Das Problem an sich passt nicht so recht in das Analyseschema, das bei Ford angewandt wird. Die technischen Daten befinden sich in Einklang mit den gesetzlichen Sicherheitsvorschriften; ein konkretes fehlerhaftes Teil, das man austauschen könnte, lässt sich nicht identifizieren. Die Konstruktion des Wagens an sich ist problematisch.

Die Entscheidungssituation des Teams ist von hoher Komplexität geprägt. Jeden Tag müssen sehr viele sehr schnelle Entscheidungen über Rückrufaktionen getroffen werden. Rückrufaktionen ziehen nicht selten beträchtliche finanzielle Kosten nach sich und schaden der Reputation. Finanzielle Risiken müssen berechnet und Entscheidungsalternativen sehr rasch verglichen werden. Selbst der Wert, den das Leben eines Autofahrers hat, ist dabei präzise über Versicherungstabellen zu beziffern. Der Punkt, bis zu dem solche Risiken tolerabel sind, ist allerdings nicht präzise definiert. Autofahren an sich, so die Wahrnehmung von Gioia und seinem Team, ist mit Risiken verbunden, die sich nicht ausschalten lassen. Konfrontiert mit dem Pinto-Problem, entscheiden sie sich zur folgenden Kalkulation: Sie vergleichen die Kosten, die durch eine Rückrufaktion und die Verstärkung der Fahrzeugkonstruktion entstehen würden, mit denen, die sich ergeben, wenn man die Zahl der statistisch zu erwartenden Toten mit den Versicherungskosten multipliziert. Da diese Rechnung eindeutig gegen eine Rückrufaktion spricht, entschließen sie sich, lieber für die zu erwartenden Opfer zu zahlen. Als das Problem und das Verhalten von Ford in die Öffentlichkeit durchsickern, macht sich allerorts Empörung breit, die nicht nur zu enormen Reputationsschäden führt, sondern auch zu Strafzahlungen in Rekordhöhe.

Von außen betrachtet, scheint die Entscheidung von Gioia und seinem Team zutiefst unmoralisch zu sein. Paradoxerweise sieht das aber aus der Binnensicht des Teams ganz anders aus. Selbst Fahrer eines Ford Pinto, zeigt sich Gioia Jahre nach dem Skandal darüber erstaunt, dass er in der konkreten Entscheidungssituation die Schwere des Problems und die moralische Problematik nicht sah und auch in der unmittelbaren Zeit nach dem Skandal nicht erkannte. Er war überzeugt, vernünftig gehandelt zu haben. Den Schlüssel zum Verständnis seiner eigenen Rolle im Ford-Pinto-Skandal fand er erst später, nachdem er längst ein anerkannter Management-Professor geworden war.

Menschen interpretieren Informationen und treffen Entscheidungen mithilfe eines Schemas der Weltwahrnehmung. Diese Schemata strukturieren Informationen vor und entscheiden darüber, was als relevant wahrgenommen oder als bloßes Rauschen unbeachtet bleibt. Damit wird

einerseits Umweltkomplexität so weit reduziert, dass man überhaupt Entscheidungen treffen und routinisieren kann. Allerdings sind effiziente Entscheidungen nicht zwingend gute Entscheidungen. Die systematische Einschränkung der Weltwahrnehmung wird vor allem dort zum Problem, wo eigentlich hochrelevante Ereignisse mit den routinisierten Schemata nicht wahrgenommen werden können und durchs Raster fallen.

Aus der Außensicht irrational, unmoralisch oder sinnlos erscheinende Handlungen können aus der Binnensicht des Handlungskontextes als rational, moralisch oder sinnvoll wahrgenommen werden. In bestimmten Situationen ist es offenbar unmöglich, über den Rand des eigenen Kontextes hinauszublicken. Die Individuen handeln dann zwar weiterhin rational, aber nur im Rahmen ihrer unmittelbaren Situation. Sie können nicht sehen, was sich außerhalb dieses Kontextes befindet, und sie können selbst nicht die Rolle des externen Beobachters des eigenen Kontextes einnehmen. Sie sind begrenzt durch die Ränder ihrer Welt.

In einem sich verengenden Kontext fokussiert sich die Rationalität des einzelnen Akteurs darauf, die vorhandene bürokratische Routine zu optimieren. Man stelle sich den Einkäufer eines multinationalen Kaffeerösters vor, der vor seinem Bildschirm sitzt und sich die aktuellen Preise an den Kaffeebörsen in London und New York anschaut. Was er sieht, sind Mengen, Sorten, Qualitäten und Preise. Und Mengen, Sorten, Qualitäten und Preise sind exakt jene Dimensionen, die für ihn und sein Unternehmen relevant sind. Was er auf seinem Bildschirm nicht sehen kann und was er im Rahmen seiner organisationalen Entscheidungslogik auch gar nicht zu sehen braucht, sind die Bedingungen, unter denen die Kaffeebauern leben und arbeiten. Sie werden an den Börsen nicht eingepreist – höchstens in der Form sinkender Menge und steigender Preise, wenn genug verhungerte Kaffeebauern aus dem System katapultiert werden. Der Rest ist Rauschen im System. Was denkt ein ökonomisch ausgebildeter Kaffeetrader, wenn er mit der Information konfrontiert wird, dass die Kaffeebauern in bestimmten Anbauregionen beim aktuellen Marktpreis verhungern? Vermutlich denkt er dasselbe wie das, was der Pressesprecher eines weltweit führenden Kaffeerösters jüngst auf diese Frage zum Besten gab: »Wir überlassen die Lösung des Problems dem Markt.« Eine ökonomisch korrekte Aussage: Wenn die Kaffeebauern sterben, sinkt die Kaffeemenge auf dem Markt, wodurch der Preis wiederum steigt. Problem gelöst.

Kann man bei dem Ingenieur im Ford-Pinto-Fall oder bei dem Trader der Kaffeefirma von charakterlichen Mängeln sprechen? Was treibt eigentlich durchschnittliche Menschen zu überdimensioniert unmoralischen Handlungen, und warum sehen sie nicht, was alle anderen außerhalb ihres Kontextes sehen?

In den Sechziger- und Siebzigerjahren gab es eine Reihe von aufsehenerregenden Experimenten, die genau dieser Frage nachgingen: Man nehme beispielsweise junge Theologiestudenten, erkläre ihnen, dass sie einen Vortrag über den barmherzigen Samariter halten sollen, gebe ihnen eine Stunde zur Vorbereitung und unterbreche diese Vorbereitung überraschend nach 30 Minuten. Man schicke diese jungen Theologiestudenten in großer Eile zum Vortragsort und lasse dabei auf der Straße direkt neben ihnen einen Menschen mit einem simulierten Schwächeanfall zusammenbrechen. So lautet der Versuchsaufbau eines dieser Experimente, und die Frage, die es hier zu erforschen galt, ist offensichtlich: Hasten diese jungen Theologen an dem Hilfsbedürftigen einfach vorbei, weil sie über den barmherzigen Samariter reden müssen, oder werden sie selbst zum barmherzigen Samariter? Erstaunlicherweise gehen 90 Prozent der Versuchskaninchen weiter. Manche von ihnen steigen sogar über den zusammenbrechenden Menschen drüber. Nun wiederhole man das Experiment und verändere nur einen einzigen Parameter des Versuchsaufbaus: Man nehme den Zeitdruck raus. Alles passiert in großer Ruhe. Die Konsequenz? 90 Prozent der jungen Theologen helfen.

Salomon Ash hat mit seinen Konformitätsexperimenten bewiesen, dass es extrem schwierig ist, sich nicht der mehrheitlichen Meinung der eigenen Bezugsgruppe anzuschließen, selbst wenn die Position dieser Mehrheit noch so abstrus ist. Drei eindeutig unterschiedlich lange Linien A, B und C gilt es mit einer weiteren Linie D zu vergleichen. D ist ganz klar so lang wie A. Jedes Kind könnte das erkennen. Was passiert aber, wenn sechs Personen Stein und Bein schwören, dass D so lang ist wie C? Wird eine siebte Person dem Urteil der anderen (eingeweihten) Teilnehmer am Projekt folgen oder dem eigenen gesunden Menschenverstand? Der Gruppendruck ist in der Regel stärker als die Vernunft.

Stanley Milgram hat in den Sechzigerjahren gezeigt, dass Menschen bereit sind, andere Menschen mit Stromstößen zu töten, nur weil ein Wissenschaftler in weißem Kittel sie mit freundlicher Stimme darum bittet. Dass die (vermeintlichen) Opfer in einem Nebenraum vor Schmerz schreien, kommt gegen die Autorität des Wissenschaftlers (»Machen Sie weiter, ich übernehme die Verantwortung«) nicht an. Philip Zimbardo hat wenig später vorgeführt, was passieren kann, wenn man willkürlich ausgesuchte junge Studenten in den Rollen von Gefangenen und Gefängniswärtern über mehrere Tage miteinander agieren lässt: Die Rolle wird zur Realität.

Unmoralisches Handeln hat, so scheint es, oft nur begrenzt mit dem Charakter der involvierten Akteure zu tun. Es resultiert vielmehr aus einer situativen Konstellation, in der die Weltwahrnehmung der Akteure eingeschränkt und die Situation stärker ist als die individuelle Fähigkeit zum rationalen Urteil. Unter bestimmten Umständen, so die Schlussfolgerung aus den genannten Experimenten, ist es höchst unwahrscheinlich, dass Menschen *nicht* unmoralisch handeln. Menschen können moralisch erblinden. Sie tun dann das Falsche und denken, es sei das Richtige. Einen solchen Effekt kann man für unterschiedlich intensives Fehlverhalten nachweisen, von sexueller Belästigung am Arbeitsplatz bis zur Teilnahme am Genozid.

Hannah Arendt erregte mit ihrem Essay über die »Banalität des Bösen« in den Sechzigerjahren große Aufmerksamkeit, weil sie zeigen konnte, dass der Cheflogistiker der Transporte in die Konzentrationslager, Adolf Eichmann, kein Monster war, sondern ein langweiliger, pflichtbewusster Bürokrat mit einem Mangel an moralischer Vorstellungskraft.

Normalerweise verfügen Individuen über Mechanismen der Selbstkontrolle und Selbstreflexion, die zwischen den je eigenen normativen Standards und der Entscheidungssituation vermitteln, doch unter bestimmten Umständen wird diese Vermittlung blockiert. Der Psychologe Albert Bandura spricht von einem moralischen Abkoppeln (moral disengagement) und meint damit die Fähigkeit, durch Framingprozesse selektiv Moral auszublenden.

Zur Verdeutlichung: Neoliberale Standardargumente zum Problem der Kinderarbeit sind der Verweis auf die vergleichsweise guten Lebensbedingungen der kleinen Fabrikarbeiter (im Vergleich zu ihrer potenziellen beruflichen Alternative in der Prostitution), der Verweis auf den Beitrag der Kinder zum Familieneinkommen oder der makroökonomische Verweis auf »normale« Entwicklungsprozesse, durch die ein aufstrebendes Entwicklungsland nun mal durchmüsse. Wir hatten schließlich am Anfang auch den Manchesterkapitalismus. Insgesamt, so das Argument, ist es für alle besser, einen miserablen Job zu haben als gar keinen, und langfristig wird sich das Entwicklungsland auf ein höheres Wohlfahrtsniveau bewegen, wenn man den freien Markt nur walten lässt. Es liegt auf der Hand, dass die Verfügbarkeit dieser Argumente es dem Manager eines multinationalen Unternehmens einfacher macht, nicht gegen Kinderarbeit in der eigenen Wertschöpfungskette vorzugehen und sich dabei trotzdem gut zu fühlen.

> Moral wird entkoppelt, outgesourct, kleingeredet, anderen Akteuren zugewiesen oder historisch vertagt.

Dass Unternehmen die Macht haben, systematische Kinderarbeit in den Produktionsstätten ihrer Zulieferer abzustellen, zeigt die Sportindustrie eindrucksvoll. Dass dieses Engagement nicht freiwillig ist und beharrlichen Drucks aus der Zivilgesellschaft über mehr als ein Jahrzehnt bedurfte, deutet auf das Beharrungsvermögen moralischer Entkopplungseffekte.

Die moralische Verrottung ganzer Organisationskulturen kommt nicht über Nacht. Sie ist das Resultat eines langsamen Transformationsprozesses. Wie sagte es doch ein Enron-Manager so schön: »Beim ersten Mal hat es noch einen starken Beigeschmack. Beim zweiten Mal ist dieser schon deutlich reduziert.« Korruption startet nicht mit spektakulären Summen, sondern mit einer netten Einladung zum Abendessen.

Das Böse kann verstanden werden als eine Verschiebung von Normalität. Menschen schreiten in kleinen und kleinsten Schritten auf einer schiefen Ebene vorwärts, kommen irgendwann ins Rutschen und finden keinen Halt mehr. Was einem gestern noch als unvorstellbar erschien, wird heute zur Selbstverständlichkeit. Die Transformation kann sogar so weit gehen, dass unmoralische Handlungen mit Moralität aufgeladen werden, ja geradezu geboten erscheinen. Jemand hat es dann beispielsweise nicht besser verdient, als gemobbt zu werden. Sobald ein solcher Prozess der moralischen Degenerierung einsetzt, ist er nur noch mühsam zu stoppen. Ein solches Verhalten ist vielmehr systemisch verankert und hochinfektiös für jedermann. Und es ist nicht mehr sichtbar für die handelnden Akteure:

Wenn sich der Kontext langsam verändert und die Akteure sich mit ihm, sehen sie die Veränderung nicht. Es wäre naiv zu glauben, dass der sich in einem ethischen Dilemma befindende rationale Akteur damit beginnt, Immanuel Kants kategorischen Imperativ zur Lösungsfindung einzusetzen.

Was kann man tun gegen das Böse im Unternehmen? Entscheidend ist, dass man Menschen für die Risiken der schleichenden Korruption von Wertvorstellungen sensibilisiert. Ethiktrainings in Unternehmen sollten weniger über die Theorien von Immanuel Kant und anderen Philosophen reden und vielmehr über die psychologischen Effekte hinter moralischem und unmoralischem Verhalten aufklären. Vorgesetzte sollten wissen, welche Macht sie qua Autorität über das Verhalten ihrer Mitarbeiter haben. Generell sollte man sich über die Sorglosigkeit im Klaren sein, mit der Spiralen der Erniedrigung von Kollegen, der Verletzung von Menschenrechten oder der Korruption ihren Lauf nehmen. Ethik hat damit zu tun, durch einen möglichst großen Filter auf die Welt zu schauen und sich darüber bewusst zu sein, dass man an der Universität und im Job auf einen immer engeren Filter trainiert wird (Gewinnmaximierung zum Beispiel). Seine Vorstellungskraft zu schärfen, niemals zu glauben, es gäbe keine Alternativen, allzu simplen Weltbeschreibungen zu misstrauen,

sich darüber bewusst sein, dass man sehr leicht das Menschsein der anderen aus den Augen verliert und nur noch Kostenblöcke oder Hindernisse statt Menschen wahrnimmt.

Integer bleiben ist eine ziemlich fordernde Tätigkeit, denn das Böse ist banal.

Dr. Guido Palazzo

Professor of Business Ethics, University of Lausanne
guido.palazzo@unil.ch
http://www.hec.unil.ch/people/gpalazzo
www.palazzo-palazzo.com

Henriette Schäffner

Der Horrordreh

Woran denkt ein Kamerateam in jedem Fall, wenn es einen TV-Dreh von unbestimmter Dauer in einem Flugzeug vor sich hat und dabei etwa 1640 Kilometer in der Luft zurücklegt? Richtig, zumindest an genügend Akkus für die Kamera im Handgepäck. Daran dachte mein Kamerateam leider nicht und setzte somit einen Tausende Euro teuren Dreh in den Sand. Doch nicht nur der Akku-Mangel machte den Dreh zum Horrorfilm.

Zur Zeit des Geschehens arbeite ich als Redakteurin einer Überraschungssendung für einen großen deutschen Privatsender. In dieser Sendung werden Herzenswünsche von ahnungslosen Menschen erfüllt, was mit enormem Aufwand hinter den Kulissen verbunden ist. Absolute Geheimhaltung und perfekte Planung bis ins kleinste Detail sind hier oberstes Gebot. Diese Arbeit macht sehr viel Spaß, denn wenn die Überraschung gelingt, freuen sich nicht nur die glücklichen Überraschungskandidaten, sondern auch alle Beteiligten hinter den Kulissen.

Ich habe eine sehr schöne Geschichte auf dem Schreibtisch. Ehemann und Tochter bewerben Ehefrau und Mama und möchten ihr einen Wunsch erfüllen, den sie schon seit Kindertagen hegt: einmal Stewardess sein zu dürfen. In wochenlanger Vorbereitung wird der Dreh geplant. Fluggesellschaften und Flughäfen werden angefragt, Lockvögel rekrutiert, geheime Absprachen mit Ehemann und Tochter getroffen, der Ablauf wird mit allen eingeweihten Beteiligten minutiös auf dem Papier durchgespielt. Bei der inhaltlichen Planung unterstützt uns »unsere« Airline ganz wunderbar und ermöglicht es uns, unser Vorhaben in vollem Umfang umzusetzen. Gerade bei einem Dreh in einem voll besetzten Ferienflieger keine Selbstverständlichkeit. Der Dreh ist perfekt durchgeplant, und die einzige Frage, die uns bisweilen den Schlaf raubt, ist die, ob unsere Kandidatin auch wirklich mitkommt, wenn sie am Flughafen überrumpelt wird.

Dann endlich der große Tag. Aufgrund der Vielzahl unserer Drehs müssen wir auf einen immer wieder variierenden Pool an Kamerateams zurückgreifen. Schon bei der Begrüßung meines Team habe ich ein komisches Gefühl, das ich jedoch schnell beiseiteschiebe, man ist schließlich Profi, auch wenn sich mein erster Gedanke – »das sind aber Schnarchnasen« – später leider als wahr erweisen sollte. Mit staubegründeter Verspätung kommen wir zwar halbwegs pünktlich, aber dennoch gestresst am Flughafen an. Dort erwartet uns eine schwer erkältete Moderatorin, die sich kaum noch auf den Beinen halten kann. Zum Glück ist sie Profi genug und schafft es trotzdem, den charmanten Überraschungsengel zu mimen.

Die schnellstens durchgeführte, aber für die Überraschungsplanung äußerst wichtige Motivbegehung am Flughafen verläuft gut. Der Regisseur gibt unserem Kamerateam genaue Anweisungen, was wo zu geschehen hat und wer auf welcher Position steht. Statt genau aufzupassen, zieht es unser Kameramann jedoch vor, mit der Moderatorin zu flirten. Die anschließende Anmoderation gelingt prima, die Moderatorin trägt ihren Text perfekt vor.

Nur unser eben noch flirtender Kameramann pennt, er schießt die falschen Bilder.

Ich ärgere mich etwas über die Schnarchnase, sage allerdings nichts, denn kleine Pannen passieren nun mal. Dennoch geht wertvolle Zeit für die Wiederholungen drauf und natürlich verhaspelt sich unsere Moderatorin jetzt mehrere Male.

Inzwischen wird unser »Opfer« bereits am Flughafen gesichtet, erleichtertes Aufatmen bei mir, die eingeweihte Freundin hat unsere Kandidatin zum Flughafen locken können. Auch Ehemann und Tochter, die später mit an Bord der Maschine kommen sollen, treffen, von der Stewardessanwärterin unbemerkt, am Flughafen ein und warten, selbst völlig aufgeregt, auf den »geheimen Zugriff«. Ich stehe unter Volldampf und kommuniziere im Wechsel heimlich per SMS mit unserem Lockvogel, halte die wartende

Familie per Handy auf dem Laufenden, plane mit dem Regisseur den »Zugriff«, halte die kränkelnde Moderatorin sowie das Kamerateam bei Laune und informiere Flughafen- und Airlineteam im Zehnminutentakt über die Fortschritte unseres Drehs. Ich schwitze sehr und hoffe inständig, dass alles einfach nur irgendwie gut geht.

Wir stehen unter Zeitdruck, denn unser voll besetzter Ferienflieger ist schon fast startklar. Wir werden mit aller Kraft und herzlicher Freundlichkeit vom Flughafenteam unterstützt, das uns ein fantastisches Arbeiten ermöglicht. Wir dürfen überall drehen, selbst auf dem Rollfeld, man hält Rolltreppen für uns an, und auch die Flughafen-Sprechanlage dürfen wir für unsere Zwecke nutzen. Traumhafte Bedingungen, denn nicht selten drohen Drehs an öffentlichen Plätzen an den strengen Auflagen der Verantwortlichen und auch manchmal an deren Skepsis gegenüber dem Privatfernsehen zu scheitern.

Dann endlich ist es so weit. Der »Zugriff« steht bevor. Unser Lockvogel hat unsere Kandidatin unter dem Vorwand zum Flughafen gelotst, dort in Reisebüros nach Last-Minute-Angeboten zu schauen. In einer Verschnaufpause trinken die beiden nun auf der Flughafenterrasse einen Kaffee und werden dabei von unserem Kamerateam heimlich gefilmt. Alles läuft nach Plan. Dann macht unsere Moderatorin die Durchsage über die Flughafensprechanlage und zitiert unsere Kandidatin an den Informationsstand. Auf dem ganzen Flughafengelände kann man die Durchsage hören, aber mein Herz bleibt fast stehen, denn an genau einem Ort hört man diese Durchsage nicht: auf der Terrasse. Wir probieren es noch mehrere Male, und mittlerweile weiß jeder am Flughafen, dass Frau X sich am Infostand zu melden hat, nur Frau X selbst weiß es leider nicht. Mir stockt der Atem und auch der Regisseur reagiert panisch. Mittlerweile wird auch unser Lockvogel nervös, denn er wundert sich, dass nichts passiert, und dann will auch noch die in der Sonne schwitzende Kandidatin plötzlich nach Hause gehen. Sollte unser Meisterplan hier schon scheitern? In Windeseile disponieren Regisseur und ich um und improvisieren. Ich gebe dem Lockvogel per SMS die Anweisung, auf der Toilette zu verschwinden und beim Wiederkommen der Kandidatin vorzugaukeln, im Gebäude unsere Durchsage gehört zu haben. Der Lockvogel folgt unseren Anweisungen und die verdutzte Kandidatin macht sich mit fragendem Gesicht eilig auf in Richtung Information.

Jetzt gibt es kein Zurück mehr, der wichtigste Überraschungsmoment steht kurz bevor. Die Moderatorin steht auf ihrer Position und erwartet unsere Kandidatin samt Lockvogel. Unsere beiden Kamerateams, die eben noch auf der Terrasse waren und die zukünftige Stewardess heimlich gefilmt haben, hechten auf vorher abgesprochenem Wege durch das Gebäude, um die Ankunft der Kandidatin am Informationsstand und die Begrüßung durch die Moderatorin zu filmen. Dieser Vorgang wurde vorher bis ins Detail besprochen. Die genauen Positionen der Kamera- und Tonmänner wurden explizit festgelegt, damit auch wirklich nichts schiefgehen kann. Ich verstecke mich und warte mit Herzklopfen auf das, was gleich geschieht. Die Kandidatin ist nur noch wenige Schritte vom Infostand entfernt, die Moderatorin hält ihr schönstes Lächeln bereit und will loslegen. Doch dann, Katastrophe!

Mein Schnarchnasen-Kameramann trägt lässig die Kamera unterm Arm und hält nicht drauf!

Stattdessen sucht er nach seinem Tonmann, der noch nicht da ist. Und die Moderatorin nimmt unsere verdutzte Kandidatin bereits in Empfang und spult ihren Text ab! Ich schreie den Kameramann panisch an, warum er denn nicht filme, und er sagt, er kann nicht, denn sein Tonmann sei noch nicht da. Ich werde hysterisch und schlage die Hände über dem Kopf zusammen. Ich kann nicht glauben, was da gerade passiert. Meine Panik bleibt den uns umgebenden Flughafengästen nicht verborgen, sie schauen mich auch noch neugierig und mitleidig an. Ich flippe aus, denn es wurde vorher in epischer Breite besprochen, dass dieser Moment von ihm gefilmt und der Ton vom zweiten Tonmann, der auch an Ort und Stelle war, eingefangen wird. Es hatte also alles seine Richtigkeit, nur der Herr Kameramann hat es nicht kapiert. Zur Erinnerung: Ja, es war genau in jenem Moment, als er flirtete, dass wir das besprochen hatten.

Aber die Show muss weitergehen, ich kümmere mich zunächst um unsere Kandidatin, die völlig überrumpelt ist, aber zum Glück vor Freude und Überraschung strahlt. Ich stelle mich ihr vor und spiele die souveräne Redakteurin, innerlich fühle ich mich aber wie Rumpelstilzchen, das sich zerreißen möchte. Der erste Teil der Überraschung ist gelungen, unsere Kandidatin freut sich und kommt tatsächlich mit, ohne zu wissen, was sie erwartet. Zumindest hier große Erleichterung auf meiner Seite. Sie fällt ihrer Freundin und unserem Lockvogel um den Hals, es wird gelacht und es fließen sogar Freudentränen. Ganz großes Kino. Aber wir haben keine Bilder davon.

Auch der Regisseur ärgert sich sehr über den nicht eingefangenen Überraschungsmoment. Aber es bleibt keine Zeit für lange Diskussionen und Schuldzuweisungen, denn unser Flieger soll in 20 Minuten mit uns an Bord starten. Wir drehen die Überraschungsszene nach, allerdings ist es nicht dasselbe. Auch wenn unsere Kandidatin eine hervorragende Schauspielerin ist, denn sie spielt geduldig die »Zugriffsszene« mehrere Male für uns nach und agiert, als wäre es der echte Moment gewesen. Dennoch verlieren wir dadurch wieder viel wertvolle Zeit, was den ohnehin schon gestressten und angespannten Dreh nicht gerade erleichtert.

Ohne Zeit zum Durchatmen hechten wir durch den Security-Check. Das On-Bord-Team besteht aus der Moderatorin, der Kandidatin, mir als Redakteurin, dem Regisseur und ausgerechnet unserem Schnarchnasen-Kamerateam. Das zweite Team samt Aufnahmeleiter bleibt am Boden und filmt dort den auf den heimlichen Einstieg wartenden Ehemann samt Tochter sowie später unseren Flieger von außen auf dem Rollfeld. Unsere Kandidatin weiß noch immer nicht, was sie erwartet.

Unter den neugierigen Blicken von 375 Mallorca-Touristen, die ungeduldig auf den Beginn des Boardings warten, darf unser Team als Erstes an Bord der Maschine, die nach Palma de Mallorca fliegen wird. Den enormen Zeitdruck im Nacken, ziehen wir unser Programm weiter durch. Die Moderatorin führt unsere Kandidatin die Gangway hinauf, wo sie von Chef-Purserette und Flugkapitän aufs Herzlichste empfangen wird. Die beiden lüften nun endlich das große Geheimnis: »Dein größter Traum geht heute in Erfüllung! Du darfst Flugbegleiterin sein!« Unsere Kandidatin ist wie vom Donner gerührt und schaut uns alle fassungslos an. Sie umarmt die Moderatorin und fällt dem Kapitän spontan um den Hals. Dicke Freudentränen kullern über ihr Gesicht, sie ist fassungslos und kann ihr Glück kaum fassen. Wir haben ins Schwarze getroffen und erfüllen der Dame tatsächlich ihren allergrößten Herzenswunsch! Ein toller Moment, denn allein schon dafür haben sich die Strapazen der letzten Stunden und die intensive Vorbereitung im Vorfeld gelohnt.

Aber haben wir diesen wunderbaren Moment auch richtig als Bild eingefangen? Schließlich geht es nicht nur um die Freude, die wir jemandem bereiten, sondern es soll dabei ein emotionaler Film für unsere Sendung entstehen. Diesmal scheint der Kameramann das Geschehen eingefangen zu haben, aber der Tonmann erklärt dem Regisseur mit unbewegter Miene,

dass der Ton wohl nicht zu verwenden sei.

Dem Regisseur und mir stockt erneut der Atem, was soll das denn bedeuten?! Ja, der Ton sei im Eimer, der Mischer funktioniere nicht mehr richtig, sagt der Tonmann mit ignorantem Achselzucken, aber wenn wir Glück haben, könne man im Schnitt noch was davon retten. Schon wieder möchte ich einfach nur schreien. Besonders seine »Mir-doch-egal-Haltung« lässt mich ihn im Geiste ermorden. Endlich haben wir die richtigen Bilder und nun können wir den Ton vergessen?! Trotz Mordgelüsten mime ich wieder die charmante Redakteurin, denn vor unserer Kandidatin, vor der Airline-Crew, vor unserem Team sowie vor 375 wartenden Passagieren sollte ich mich besser nicht wie Rumpelstilzchen aufführen. Da die Zeit unbarmherzig drängt und der wegen unserer Dreharbeiten verspätete Flieger jetzt nun wirklich startklar gemacht werden muss, bleibt uns nichts anderes übrig, als zu hoffen, dass wir im Schnitt den Ton tatsächlich retten können.

An Bord bekommt unsere Kandidatin ihr persönliches Flugbegleiter-Outfit. Sie ist happy und freut sich wie ein kleines Kind auf ihren besonderen Einsatz. Sie begrüßt die Passagiere wie eine echte Stewardess und verteilt Zeitschriften. Sie ist selig und geht voll in ihrer Aufgabe auf. Nun steht uns noch die nächste Herausforderung bevor: Wir müssen den wartenden Ehemann und seine Tochter unbemerkt von unserer Kandidatin an Bord schleusen. Unsere Kandidatin darf einen Blick ins Cockpit werfen und der Kapitän lenkt sie mit seinem Gespräch hervorragend ab. Ehemann und Tochter nutzen die Gelegenheit und huschen auf unser Zeichen hin an uns vorbei, ohne dass unsere Kandidatin etwas davon mitbekommt. Beide nehmen in den hinteren Reihen Platz und halten sich dort versteckt. Auch ihnen stehen die Schweißperlen auf der Stirn, haben sie doch auch viele Stunden auf ihren großen Einsatz wartend auf dem Flughafen verbracht. Wir sind alle erleichtert, dass nun die ganze Familie erfolgreich an

Bord gebracht wurde, denn bis dahin war noch völlig unklar, wie wir dieses Kunststück überhaupt schaffen sollten. Unser Team sitzt ganz vorn in den ersten Reihen, von wo aus ich ein wenig argwöhnisch die Lage beobachte, immer hoffend, dass unsere Kandidatin ihre Lieben ganz hinten noch nicht entdeckt. Die Vollendung der Überraschungstrilogie soll schließlich erst während des Fluges vollzogen werden.

Der Flieger startet, und unsere Kandidatin hat einen Heidenspaß, als Crewmitglied die Fluggäste zu bedienen. Sie verteilt Spielzeug an die Kinder, macht Scherzchen mit den Gästen und strahlt über das ganze Gesicht. Von unserer Anspannung bekommt sie zum Glück nichts mit, denn sie lebt gerade voll und ganz ihren großen Traum. Unser Kamerateam filmt sie bei ihrem Einsatz, auch für die Jungs ist das in dem engen Gang eine enorme Herausforderung. Obwohl wir mit unseren Dreharbeiten schon für eine gewisse Verspätung des Fliegers verantwortlich sind und auch an Bord die Abläufe behindern, lässt uns die geduldige Crew gewähren. Sie ist nicht genervt, im Gegenteil, alle behandeln uns herzlich und zuvorkommend, trotz des voll besetzten Fliegers.

Wir haben noch viel vor an Bord, wollen die obligatorischen Interviews mit der Kandidatin drehen, brauchen noch Schnittbilder, und schließlich steht das Zusammentreffen der Familie noch auf dem Programm. Auf Wunsch unseres Regisseurs darf unsere Aushilfs-Flugbegleiterin Schokolade und belegte Brötchen verteilen. Dabei lotst unsere Moderatorin sie immer mehr in die Nähe ihrer Liebsten, die sich immer noch brav geduckt auf den hintersten Plätzen aufhalten. Der allerbeste Moment unserer Überraschungsmission steht bevor, und ich traue mich kaum hinzuschauen, so spannend ist die Situation. Die Kandidatin verteilt mit Inbrunst und hundertprozentiger Hingabe Brötchen und Süßigkeiten. Als sie, völlig ahnungslos, ihrem Mann ein Brötchen in die Hand drückt, klappt ihre Kinnlade im wahrsten Sinne des Wortes runter. Ihr Mund steht offen und sie starrt uns alle nur fassungslos an. Jetzt ist kein Halten mehr, Tochter und Ehemann fallen ihrer ganz besonderen Flugbegleiterin um den Hals. Großes Hallo, Gejubel und Gequietsche, alle lachen herzlich, die Fluggäste applaudieren und wieder kullern dicke Freudentränen bei allen Beteiligten über die strahlenden Gesichter. Unsere Kandidatin ist nun völlig aus dem Häuschen, ebenso wie Ehemann und Tochter, die so lange auf diesen Moment gewartet haben. Endlich können sie die Bombe platzen lassen und zugeben, dass sie hinter der ganzen Aktion stecken. Ein wunderbarer Moment, besser hätten wir es uns in unseren Vorbereitungen nicht ausmalen können. Alles hat funktioniert. Die Überraschungstrilogie, angefangen beim Zugriff auf dem Flughafen über die Nachricht, dass die Kandidatin Flugbegleiterin sein darf, bis hin zur Familienüberraschung im Flugzeug, ist perfekt.

Und dann das! Im großen Wiedersehensgetümmel lässt der Kameramann plötzlich seine Kamera sinken und sieht den Tonmann ratlos an. Verwirrt frage ich die beiden, warum sie denn bitte schön nicht weiterfilmen. Dann die Antwort:

Der Akku ist leer.

Kein Problem, denke ich, man ist schließlich mittlerweile daran gewöhnt, dass der Akku immer im unpassendsten Moment seinen Geist aufgibt. Das scheint Gesetz zu sein. Also schnell wechseln und weiterfilmen, ist doch kein Drama, sage ich großzügig und betont gelassen zu den beiden Jungs. Aber: Mein wundervolles Kamerateam hat keinen zweiten Akku dabei! Als ich das höre, traue ich meinen Ohren nicht. Ich frage nicht weiter nach, sondern gehe langsam zu meinem Platz zurück. Ich sinke in meinen Sitz, Tränen steigen mir in die Augen. Ich weiß an dieser Stelle schon, dass entscheidende Bilder für unseren Film fehlen und der Beitrag deshalb niemals ausgestrahlt werden wird.

Das Kamerateam setzt sich nun auch und versucht die Situation zu erklären. Der Akku hätte doch noch locker zwei Stunden gereicht, aber er sei eben kaputt gewesen. Natürlich kann das passieren, aber man hat doch noch mindestens einen Ersatzakku dabei, sage ich leise und um Contenance bemüht. Dann wende ich mich ab, denn ich kann die strunzdoofen Fratzen der beiden nicht eine Sekunde länger ertragen. Ich schaue nach draußen und bin darauf konzentriert, die Tränen zu unterdrücken. Wochenlange Arbeit umsonst, dieser Gedanke peitscht immer wieder durch mein Hirn, verstärkt durch die Wut über die Inkompetenz und die absolute Dummheit meines Teams. Ich bin eine tickende Zeitbombe kurz vor dem Ausrasten. Der Regisseur und die Moderatorin setzen sich nun niedergeschlagen neben mich. Beide geben die Hoffnung nicht auf und versuchen die Situation zu retten. Sie sind der Ansicht, mit dem, was wir haben, ließe sich doch sicher noch ein nettes Filmchen zusammenbasteln.

Ich will ihnen glauben, aber wir wissen alle, dass die Bilder schlicht und ergreifend nicht ausreichen. Ich bin im falschen Film, denke ich nur und vermute irgendwo in der Ecke eine zweite Kamera, die eigentlich mich im Fokus hat, dass also nicht unsere Kandidatin überrascht wird, sondern ich Mittelpunkt des Geschehens und Opfer einer »versteckten Kamera« bin und sich die Witzbolde gleich zu erkennen geben werden, sodass wir herzlich lachen können und alles ist gut.

Nichts ist gut. Natürlich bleibe ich in dieser furchtbaren Realität gefangen und bemühe mich, Wut und Enttäuschung professionell zu verbergen. Die Kamerajungs machen mittlerweile laute Witzchen, flirten mit Touristinnen und machen einen auf big TV-Zampano. Ich bin fassungslos über dieses unangebrachte, respektlose und unverfroren freche Verhalten.

An ihrer Stelle wäre ich vor Scham über mein Versagen in die Flugzeugtoilette gesprungen, hätte mich selbst runtergespült und unten im 10 000 Meter entfernten Ozean aufklatschend den Haien zum Fraß vorgeworfen.

Unseren Kandidaten gegenüber mache ich gute Miene zum bösen Spiel und gebe vor, dass alles bestens sei. Schließlich soll zumindest deren Freude durch die Inkompetenz meines Kamerateams nicht getrübt werden.

Wir landen auf Mallorca und verabschieden die glückselige Familie, die auf unsere Kosten noch eine Nacht auf der Insel verbringen darf. Wir hingegen müssen sofort zurückfliegen. Nur kurz können wir mallorquinische Luft schnuppern. Da wir das Gebäude zur Verabschiedung von der Familie verlassen haben, müssen wir die Kontrollen erneut passieren. Und als hätte ich an diesem Tag nicht schon genug Ärger gehabt, stellt sich dabei heraus, dass der Tonmann für den Rückflug nicht wie mit der Airline vorher vereinbart per Web-Check-in eingebucht wurde. Ruhe bewahren, denke ich, alles wird gut. Jetzt habe ich also das verhasste Kamerateam an der Backe und muss mich darum kümmern, dass sie mitfliegen können. Am liebsten würde ich sie einfach stehen lassen und abhauen. Dennoch suche ich den Check-in-Schalter unserer Airline. Natürlich ist er am anderen Ende des Gebäudes. In 25 Minuten geht unser Flug. Ich sehe mich schon den Flieger verpassen und mit den beiden Idioten am Flughafen Palma de Mallorca festsitzen. Von dieser Horrorvorstellung angespornt, rase ich mit Sack und Pack durch die Halle. Und mein Kamerateam? Das trödelt gelassen hinterher, unterhält sich nett und fragt nach, ob wir noch Zeit hätten, irgendwo eine spanische Salami zu kaufen. Ich schaue beide nur fassungslos und angewidert an, gebe einen unschönen Kreischer von mir und stiefele vor Wut trampelnd davon. Mein noch ausstehender Nervenzusammenbruch kündigt sich langsam an. Schließlich bin ich eingecheckt und handele lediglich aus meinem Verantwortungsgefühl als Redakteurin, indem ich den beiden bei der Behebung der Fehlbuchung behilflich bin und dabei riskiere, selbst den Flieger zu verpassen. Die beiden Hirnis schauen mir bloß grinsend hinterher.

Endlich erreiche ich den Check-in-Schalter. Dort ist keine Menschenseele mehr zu sehen. Die einzige Flughafenangestellte, die gerade vorbeieilt, halte ich panisch gestikulierend auf. Sie ist genervt, hilft uns aber bei unserem kleinen Problem. Mit klopfendem Herzen bete ich, dass der doofe, nicht eingebuchte Tonmann noch mitgenommen werden kann. Während die Dame die Dinge regelt, machen die beiden Jungs wieder ihre Witzchen. Als ich im Gekicher den Satz höre:

»Die können froh sein, wenn sie überhaupt ein Bild von heute haben bei den ganzen Technikpannen«,

ist es um meine Contenance geschehen. Ich warte die Bestätigung ab, dass die Einbuchung geklappt hat, und dann kann ich die beiden respektlosen Spaßkanonen nicht mehr ertragen. Ich mache auf dem Absatz kehrt und renne zu meinem Flieger, der in zehn Minuten startet. Ob die beiden noch hinterherkommen, ist mir jetzt egal, sollen sie doch in Sangria-Eimern ertrinken. Während ich renne, kullern mir die bis dahin mühsam unterdrückten Tränen übers Gesicht.

Atemlos erreiche ich unseren Flugsteig, wo Regisseur und Moderatorin schon angespannt warten. Die beiden haben von dem Drama überhaupt nichts mitbekommen und schauen mich mitleidig und ratlos an. Mit sich überschlagender und heulend-kieksiger Stimme erzähle ich den beiden von meinem Horrortrip und lasse meine Wut über das Kamerateam unzensiert raus. Dabei heule ich Rotz und Wasser. Im gleichen Moment ärgere ich mich über meinen unprofessionellen Nervenzusammenbruch, wie peinlich, und nehme den beiden das Versprechen ab, niemandem davon zu erzählen. Wir steigen in den Flieger ein und ich sinke völlig apathisch in meinen Sitz. Die Gedanken über den verpatzten Dreh und meinen Nervenzusammenbruch rasen durch meinen Kopf, immer noch ist kiloweise Wut und Enttäuschung in mir. Die zwei mir stark verhassten Kamerajungs haben den Flieger auch gefunden und nehmen hinter mir Platz. Ich ignoriere sie, was nicht leicht ist, denn sie versprühen schon wieder überall ihre unerträglich und grundlos gute Laune. Wie ich diese zwei Flugstunden überstanden habe, weiß ich nicht mehr.

Endlich zu Hause angekommen, kann ich vor Verzweiflung über diesen Horrordreh nur noch manisch lachen. Eine Flasche Sekt hilft mir dabei.

Wie befürchtet, ist der Beitrag nicht sendefähig. Wichtige Erzählelemente fehlen dem Film, und auch die Bild- und Tonqualität lässt zu wünschen übrig. Das Kamerateam wurde für das Projekt nicht mehr gebucht. Unsere Überraschungs-Stewardess und ihre Familie sowie Airline und Flughafen sind schwer enttäuscht, dass der Film nicht ausgestrahlt wird. Die wahren Gründe dafür nenne ich den Beteiligten aber nicht. Die Kosten für den verpatzten Dreh belaufen sich auf einige Tausend Euro.

Bei einem meiner nächsten Drehs fuhr ein anderes Kamerateam übrigens mit genügend Akkus, aber dafür ohne Bänder los. Aber das ist eine andere Geschichte.

Henriette Schäffner

Dipl.-Medienwirtin
henriette.schaeffner@gmx.de
www.henriette-schaeffner.de

Gerald Schönbucher

Personalauswahl in einem Start-up – www.horror.de?

Stellen Sie sich vor, Sie wollen eine Firma gründen. Was brauchen Sie dafür? Richtig: Personal! Aber gutes, versteht sich.

Anfang 2005 haben wir ein Start-up gegründet: eine Internetplattform zum Tausch und Kauf von Medienprodukten (DVDs, Bücher, Spiele, CDs). Ganz zu Beginn waren Jan und Andre, meine beiden Mitgründer, und ich noch an der Uni. Zu diesem Zeitpunkt waren wir noch nicht finanziert und machten alles selbst – von der Programmierung der Seite bis zum Kundenservice. Inzwischen sind wir nicht mehr an der Uni, haben ein »richtiges Büro« in Köln und beschäftigen gut 35 Leute.

Irgendwann war also der Zeitpunkt gekommen, an dem die erste Einstellung anstand – Personalauswahl war jetzt gefragt. An der Uni war das nur ein Randthema, das gerade mal in der Theorie angekratzt wurde. Das Elend nahm seinen Lauf. Dabei kamen wohl zwei Dinge zusammen: Zum einen war ich extrem unerfahren im Sichten von Bewerbungsunterlagen, und zum anderen flatterten uns ganz viele Bewerbungen ins Haus, die – im Nachhinein besehen – nicht wirklich überzeugend waren.

Eines vorweg – wir haben inzwischen ein ganz tolles Team beisammen, sonst hätten wir das Wachstum unseres Unternehmens gar nicht stemmen können. Aber unser Team bildet in etwa die guten zwei Prozent der Bewerber ab; der »Horror« waren die restlichen 98 Prozent der Bewerber. Um die soll es hier gehen.

Die erste Bewerberin, die ich zu Gesicht bekam, möchte ich »die Zwiebel« nennen. Die Zwiebel kam zwölf Minuten zu spät. Okay, ein akademisches Viertelstündchen, das kann es auch bei Nichtakademikern mal geben. Verziehen. Dass sie offenbar direkt vor dem Interview bei Burger King, dem »großen M« oder einer der zahlreichen Kölner Dönerbuden irgendetwas vertilgt hatte, was acht Zentimeter dick mit Zwiebeln belegt gewesen sein muss, war dann schon nicht mehr so leicht zu verzeihen. Ich setzte mich ihr schräg gegenüber. Das hatte ich irgendwo so gelesen. Nur nicht frontal, das ist schlecht, schräg gegenüber ist besser. Aber die Zwiebelfahne war so irgendwie noch intensiver. Mir wurde schon ein bisschen schlecht. Dennoch als Einstieg in das Gespräch brav eine kurze Selbstvorstellung: »Ich bin der Gerald, mache bei Hitflip ...« Die junge Dame hörte interessiert zu. Dann meine erste Frage an sie. »Warum haben Sie sich denn gerade bei uns beworben?« Ihre Antwort: »Erzählen Sie mir doch mal bitte, was Sie so machen.« Das tat ich nicht. Mein erstes Bewerbungsgespräch war nach weniger als fünf Minuten beendet. Wir lüfteten erst mal ordentlich durch.

Meinen zweiten Kontakt nenne ich »die Quasselstrippe«. Die Quasselstrippe trug schon im Vorfeld des Gesprächs zur Erheiterung unseres Auswahlteams bei. Ja, Auswahl*team* – auch das hatten wir inzwischen gelernt. Personalauswahl macht man am besten strukturiert und im Vier-Augen-Prinzip. Ob das vor Zwiebeln schützt, weiß ich allerdings nicht. Die Quasselstrippe hat jedenfalls ein Profil bei verschiedenen »Social Networks«. Das sind Seiten im Internet, auf denen man sich mit einer kurzen Beschreibung darstellen, Vorlieben angeben und virtuell mit seinen Freunden vernetzen kann. Auf diesen Seiten kann man auch verschiedene Bilder hochladen. Die Quasselstrippe tat das mit Vorliebe. Wir wussten also, dass sie betont locker – man könnte auch sagen freizügig – ist. Und auch einem guten Tropfen schien Madame nicht abgeneigt. Oder kann man die glasigen Augen auf den Fotos auch anders deuten? Was soll's, sie wirkte ganz witzig. Und ihre Noten waren wirklich ausgezeichnet. Die Quasselstrippe erschien pünktlich und zeigte auch gleich mal, dass sie gelernt hatte, zu Beginn eines Gesprächs Small Talk zu machen. Sie hätte uns dabei bloß nicht zu viele Details ihres letzten Urlaubs preisgeben müssen. Nein, wir wollten nicht wissen, dass Kakerlaken im Hotelzimmer waren. Wie auch immer. Es ging los. Das Lebenslauf-Interview war so weit in Ordnung, obwohl die Bewerberin auch hier immer mal wieder ausschweifte. Mir wurde schnell klar, dass sie Schwächen im strukturierten Denken hatte. Sie kam vom Hundertsten ins Tausendste. Bei der kleinen Fallstudie, die ich immer wieder gern nutze, war sie nicht in der Lage, das Problem zu

BEWERBUNG

erkennen, es in seine Einzelbausteine zu zerlegen und diese Schritt für Schritt anzugehen. Da die Vermögenswerte eines Internetunternehmens nicht Maschinen, sondern die Köpfe der Mitarbeiter sind, wurde das nichts mit uns. Die Quasselstrippe ist auch ein kleines Lehrstück für das deutsche Schul- und Universitätssystem – Noten sind nur noch mit extremer Vorsicht zu genießen. Es ist oft besser, einfach mal bei einem der früheren Arbeitgeber oder anderen Referenzen anzurufen. Was man dort erfahren kann, hilft manchmal mehr als das Studium eines Notenspiegels.

Natürlich gab es neben den beiden Grazien in den letzten Jahren noch etliche andere originelle Bewerber. Zum Beispiel erinnere ich mich an eine lustig blinkende E-Mail-Bewerbungsmappe, die mein Mitgründer Jan von einem jungen Herrn aus China erhielt. Herr Li bewarb sich für ein Praktikum als Softwareentwickler. Jan ist ein sehr gelassener und humorvoller Zeitgenosse. Er scheiterte aber vor lauter Blink-Blink daran, in der Mappe Lebenslauf und Zeugnisse zu finden. Es lag, glaube ich, nicht daran, dass er Mandarin nur rudimentär versteht. Entweder hatte er den Lebenslauf vergessen oder er war als grafische Manga-Story getarnt. Wir wissen es bis heute nicht genau.

Ab und an kommt es auch noch vor, dass wir als ein Facility-Management-Unternehmen angeschrieben werden – so kürzlich von einem ambitionierten Bewerber von der Uni Köln. Auch die Stadtverwaltung waren wir schon. Passt nicht ganz, bei uns ist üblicherweise nicht um 15:30 Uhr Feierabend, Stechuhren gibt es auch nicht.

Ach ja, falls ein qualifizierter Bewerber diesen Text liest, der die nachfolgenden Tipps befolgt und auch sonst nicht auf den Kopf gefallen ist, bitte mailen. Wir wachsen schnell und brauchen gute Köpfe – Studienfach zweitrangig.

Meine Tipps für Bewerber:

- Gepflegtes Erscheinungsbild, bei Internetunternehmen muss das kein Anzug oder Kostüm sein, nur: Zwiebeln gehen gar nicht!
- Was macht das Unternehmen denn genau, bei dem ich mich bewerbe? Ein Blick auf die Website hilft da meist.
- Auch Social Networks werden inzwischen im Vorfeld von Bewerbungsgesprächen von einigen Arbeitgebern gescannt – bitte beachten, zumindest, wenn man sich in eher tradierten Branchen bewirbt.
- Nicht zu viel Small Talk, eher Zurückhaltung üben – Fokus auf die Fragen, strukturiert denken.
- E-Mail-Bewerbungen sollten nicht blinken, übersichtlich sein und möglichst weniger als 2 Megabyte haben (unser Rekord: 25 MB, ein Rechner ging beim Empfang der Mail in die Knie).

Meine Tipps für Unternehmer/ Personalverantwortliche:

- Den Vorauswahlprozess klar strukturieren – die wichtigsten Kriterien definieren, nach denen eingeladen wird.
- Vier-Augen-Prinzip einführen, also mehrere Interviewpartner einsetzen.
- Wenn sich in den ersten zwölf Monaten mehr als 50 Prozent der Einstellungen als erfolgreich erweisen – Glückwunsch!
- Nicht (nur) von guten Noten blenden lassen, auf den Bauch hören. In den Fällen, in denen wir kein gutes Bauchgefühl hatten, trennten wir uns tatsächlich noch in der Probezeit.

Gerald Schönbucher

Geschäftsführer der Hitflip Media Trading GmbH
gerald@hitflip.de
www.hitflip.de

Cornelia Topf

Massaker

im Meetingraum
Manager zum Abschuss freigegeben

Unten auf der Straße führt ein kleiner dicker Hund einen kleinen dicken Mann spazieren. Die Vögel zwitschern und die Sonne scheint. Warum bloß muss ich ständig an Tomaten mit Mozzarella denken? Ein jäher Aufschrei reißt meinen Blick vom Fenster los. Der Klient mir gegenüber ist von seinem unerwarteten Ausbruch fast so überrascht wie ich. Wir starren uns für einen ehrlichen Sekundenbruchteil erschreckt in die Augen.

»Und ... ähm ... wie oft haben Sie diesen Albtraum?«

»Ständig. Oft. Einmal im Quartal bestimmt.«

»Zu bestimmten Anlässen?«

»Fast immer vor wichtigen Präsentationen, Meilensteinabnahmen, Vorstandspräsentationen, Sales Pitches um Millionenaufträge ... Ich wache nachts schweißgebadet auf. Manchmal sagt meine Frau, ich schreie im Schlaf ... Ohne Tabletten schlafe ich nicht wieder ein ... Ich halte das nicht länger aus. Das macht mich noch verrückt!«

Mir ist wohl momentan die Betroffenheit ausgegangen, weshalb der Klient insistiert: »Die Präsentationen selber sind gar nicht so schlimm. Aber diese Nervosität vorher! Und außerdem: Wie überzeugend wirke ich wohl, wenn ich schon mit Ringen unter den Augen antrete, Stimme und Hände zittern? Mensch, in meiner Position kann ich mir diese Nervosität einfach nicht leisten!«

»Nervosität? Nach den Symptomen, die Sie mir schildern, klingt das nach ausgewachsener Panik.« Der Klient zuckt mit den Schultern, wie um zu sagen: Genau deshalb bin ich ja hier.

»Wissen Sie, was es für einen Mann in meiner Position bedeutet, Angst vor Präsentationen zu haben? Das ist wie wenn ein Global Supply Manager, der jedes Jahr 50 000 Flugmeilen runterreißt, Flugangst hat! Untragbar. Ich habe schon alles probiert. Ein Glas Bier, Pillen, warme Milch, Fernsehen bis in die Puppen, autogenes Training ...« Ich schaue ihn fragend an.

»Hat alles nichts geholfen! Was meine Kollegen von mir denken würden, wenn sie das von mir wüssten!«

Ich lächle unwillkürlich: »Die würden denken: Willkommen im Klub!«

»Wie ...?«

»Glauben Sie, Sie sind der einzige Topmanager mit Präsentationshorror? Ich weiß nicht, warum das jeder betroffene Manager annimmt.«

Natürlich weiß ich es: absolut tabuiertes Thema. Dabei leiden meiner Erfahrung nach gut drei Viertel der Führungskräfte wenigstens zeitweise unter schwerer bis mittelschwerer Präsentationspanik. Nur die Cleversten schaffen es ins Coaching.

»Sie sind in bester Gesellschaft. Die meisten Manager leiden unter Präsentationshorror. Ist fast so häufig wie das Seitensprungsyndrom. Also. Was läuft als Erstes schief?«

»Ich kriege keinen – äh, ich meine, das Notebook fährt nicht hoch.« Ich schmunzle. Freudscher Versprecher. Für Manager mit Präsentationshorror ist praktisch alles ein phallisches Symbol der Kastrationsangst.

»Was noch?«

»Ach, die Pannen sind endlos. Das System fährt nicht hoch, die Datei ist beschädigt, die Charts sind gelöscht, die Tagungstechnik spinnt, die Klimaanlage röchelt ...«

»Aber das ist nicht das Schlimmste, nicht wahr?«

Der Bereichsleiter schaut mich mit unverhohlener Ehrfurcht an. Und seufzt. Ringt die Hände, als befände er sich in einem Pilcher-Roman.

»Ja, das Schlimmste sind die Zuhörer. Ich höre ganz deutlich, wie sie tuscheln: ›Typisch – Ingenieur und Technik!‹«

»Ach, halb so schlimm. Bei mir tuscheln sie: ›Typisch – Frau und Technik!‹ Wenn Sie ein Kaufmann wären – dito.« Das tröstet ihn nicht.

»Wie können Menschen so grausam sein? Ich stehe da wie ein Idiot, schaue hilflos auf den kaputten Beamer und muss mir vom Hausmeister helfen lassen. Erniedrigend. Und das mir, als Ingenieur!«

Ganz falsches Gleis. Jammertirade. Schnell davon runterbringen.

»Ich kenne keinen, dem das nicht peinlich wäre. Was können Sie dagegen tun?«

»Ach, was schon? Egal, was man tut, irgendwas geht doch immer schief! Man kann sich doch heutzutage auf rein gar nichts mehr verlassen!«

»Genau. Und weil man das nicht kann, wie sichert man sich ab?«

200 000 Euro Jahresgehalt schauen mich groß an.

Ghostbusting

Die Folgen der Technikgläubigkeit: Gerade Topmanager und Ingenieure glauben gern, dass ein Beamer beamt, weil man dafür bezahlt hat oder das technische Prinzip dahinter »trivial« ist – völlig untaugliche Annahmen für die Vorbereitung einer Präsentation. Gehen Sie davon aus, dass nach Murphys Gesetz alles kaputtgehen kann und deshalb auch kaputtgehen wird. Sichern Sie sich wirklich durchgängig ab: Drucken Sie Ihre Präsentation im Vorfeld aus, quasi als Back-up für den technischen Totalausfall, checken Sie vorab die ganze Technik durch, selbst die Sonnenblende, stecken Sie dem Hausmeister 20 Euro zu, damit er auf Abruf bereitsteht ... Vor superwichtigen Präsentationen: Absolut paranoid absichern. Kostet Zeit und Geld, doch beruhigt ungemein. Sie werden die meisten Vorsichtsmaßnahmen nie brauchen – aber total gelassen in die nächste Präsentation gehen. Und souverän präsentieren. Wer buchstäblich auf alles vorbereitet ist, kann alles gelassen erwarten.

»Ich kenne einen Bereichsleiter, der bucht vor überlebenskritischen Präsentationen sogar zwei Meetingräume – falls der eine doppelt gebucht ist. Oder überschwemmt.«

»Hm, könnte ich auch. So oft, wie unsere Tagungstechnik Mucken hat ...«

»Was noch? Was hält Sie vor Präsentationen noch nachts wach?«

»Irgendein Komiker stellt immer eine unbeantwortbare Frage. Da stehst du da mit deinem Fachwissen, deinen 30 Jahren Berufserfahrung und deiner detaillierten Vorbereitung und denkst nur noch: Scheiße, warum habe ich daran nicht gedacht?«

»Man kann nicht an alles denken. Auch als Experte nicht.«

»Weiß ich doch auch! Aber warum verfolgt mich das bis in meine Albträume, obwohl ich das weiß?«

»Weil es Ihren Nimbus des allwissenden Experten demontiert.« Der Klient schaut mich fragend an. Das war nicht vorstandstauglich formuliert.

»Was sagen Sie denn in solchen Situationen?«

»Ach, ich weiß auch nicht, das ist mir einfach peinlich, ich stehe da wie in Unterhosen, ich blamiere mich vor Vorstand und Kollegen, ich würde das Ganze am liebsten vertagen –«

»Na, dann tun Sie's doch!« Zögerlich beginnt er zu verstehen.

»Sie meinen: ›Gute Frage, möchte ich im Augenblick nicht kommentieren, lassen Sie uns das im Anschluss besprechen‹?«

»Tadellos.«

Abrakadabra

»Für jeden Publikumseinwurf, der Ihnen Präsentationshorror bereitet, brauchen Sie eine Musterformulierung, die Sie so entwerfen sollten, dass sie zu Ihnen passt. Üben Sie sie, bis sie flüssig über die Lippen kommt. Das gibt die nötige Sicherheit.«

»Und wenn der Frager merkt, dass ich bluffe, dass ich auf dem Schlauch stehe?«

»Sind Sie Gott?«

»Nö, steht nicht in meinem Arbeitsvertrag.«

»Dann stehen Sie dazu.«

»Und wenn er sich über mich lustig macht?«

»Machen Sie mit! Seien Sie auch lustig. Sagen Sie zum Beispiel: ›Einen echten Experten erkennen Sie daran, dass er bei jeder Präsentation dazulernt. Sie lernen heute viel von mir. Da ist es nur gerecht, dass ich auch ein wenig von Ihnen profitiere.‹«

»Ach, so einen Spruch glaubt einem doch keiner!«

»Hm, ist mir jetzt fast peinlich, aber: Das ist einer meiner Standardsprüche. Und die wirken immer, weil ich sonst mein Brot als Präsentatorin nicht verdienen könnte. Weil es auch darauf ankommt, wie Sie das rüberbringen: wie ein Showmaster. Charmant. Souverän. Unangreifbar.«

»Wie werde ich unangreifbar?«

»Indem Sie sich aus tiefster Überzeugung (alternativ: didaktischer Arroganz) für unangreifbar halten. Wer ist Ihr Lieblingsheld? John Wayne? Bruce Willis?«

»Clint Eastwood.«

»Stellen Sie sich vor, Sie sind Clint in ›Unforgiven‹. *Das* ist unangreifbar.«

Nichtangriffspakt

Wer zur Verbalkeule greift, um eine dumme Frage zu kontern, hat schon verloren – nämlich die Fassung, seinen Ruf, seine Souveränität und meist auch den Faden. Souveräne Präsentierende bleiben immer, immer souverän. Das heißt: im Katastrophenfall stets humorvoll und stilsicher. Auch wenn die Zunge blutet und das Lächeln anstrengt. The show must go on!

»Das ist ja alles gut und schön«, sagt der Klient. Aha, denke ich, jetzt kommt's. Jetzt habe ich ihm zu viel geholfen. Jetzt muss er als Topmanager mir beweisen, dass ich als Frau und Coach auch nicht alles weiß.

»Aber das hilft mir nicht gegen Dr. B. Sie müssen wissen, das ist der Finanzvorstand und unter uns gesagt ein Riesen... Wenn der Krach mit seiner Frau hat, schießt der Sie vom Seil, noch bevor Sie die erste Folie angeklickt haben!«

»Sie meinen mit Sprüchen wie: ›Präsentieren Sie mit PowerPoint oder haben Sie auch inhaltlich was zu sagen?‹ Oder: ›Bestimmt zeigen Sie bloß wieder diese bunten Bilder für die Bauern!‹«

»Ja, genau! Das hat er auch schon gesagt. Glücklicherweise zu einem Kollegen. Den hätten Sie mal sehen sollen! Der ging aschfahl in die Präsentation rein, blieb dreimal hängen und stotterte am Ende nur noch rum. Der hat sich monatelang nicht mehr davon erholt.« Er zögert. Denkt nach. »Genau genommen hat er sich nie wieder davon erholt. So ein Erlebnis macht verwundbar. Die Kollegen schießen sich gern auf einen ein, der bereits angeschlagen ist ...«

»Warum hat sich der Kollege wohl so aus dem Konzept bringen lassen?«

»Dumme Frage! Wenn Sie ein Vorstand derart fertigmacht, dann ist der Ofen aber ratzfatz aus! Da lastet Ihnen die Zunge wie ein Fisch aus Blei im Mund.« Gleich notieren, tolle Metapher.

»Ich wette, der Kollege, von dem Sie sprechen, hat genau das

gedacht. Ist ungefähr so, wie wenn die Zuschauer pfeifen, während der Elfmeterschütze der Gastmannschaft anläuft und denkt: ›Oje, die mögen mich nicht, jetzt verzieh ich bestimmt!‹ Soweit ich weiß, hat dieses plebiszitäre Gepfeife einen Beckenbauer nie davon abgehalten, die Kugel reinzumachen.« Fußball. Fußball und Formel 1. Wirkt immer. Der Klient hat aufgehört, mit seinem Manschettenknopf zu spielen.

Einstellungssache

Sie können nicht ändern, was Vorgesetzte und Vorstände Ihnen um die Ohren hauen. Sie können aber das beeinflussen, was daraufhin zwischen Ihren beiden Ohren abläuft. Entweder: »Der hat mich nicht mehr lieb! Jetzt ist alles aus!« Oder: »Mensch, was hat der denn für ein Problem? Krach mit der Frau?« Und: »Jetzt erst recht. Dem werd ich's zeigen!« Absolute Profi-Einstellung: »Was kann ich zur Lösung seines Problems beitragen? Was ist überhaupt sein Problem? Das kitzle ich kurz mal aus ihm raus.«

Der Klient kommt langsam aus den Polstern hoch. Etwas wie Hoffnung blitzt in seinem Gesicht auf. Dann fällt ihm der nächste Albtraum ein. Er sinkt wieder zurück.

»Hm, ja, da ist noch was ...«

»Nur Mut. So schlimm wird's nicht sein.«

»Doch. Ist schon schlimm. Sie müssen wissen, in meinem Alter ... Man ist auch nicht mehr der Jüngste ...« Nee, jetzt nicht auch noch ein Potenzproblem! Wozu gibt es Viagra? Bin ich etwa Allgemeinärztin? Nein, nochmals Glück gehabt.

»Wissen Sie, das Gedächtnis ...«

»Sie verlieren manchmal mitten in der Präsentation den Faden und stehen total auf dem Schlauch?«

Ein dankbarer Blick. »Was meinen Sie? Ginseng-Tropfen? Hilft das?«

Ich muss mir mühsam das Lächeln verkneifen. »Dann schenken Sie Ihrem 27-jährigen Assistenten aber gleich eine große Flasche!«

»Hm?«

»Das trifft Junge viel häufiger als Alte, zeigen Studien ganz klar.«

Ist gelogen, aus didaktischen Gründen. Er sieht immer noch aus wie vom Zweifel angefressen. Schnell nachlegen.

»Das passiert selbst mir bei jedem dritten Vortrag mindestens einmal. Das ist wie Verschalten. Passiert auch dem Alonso. Und wenn das selbst in der Formel 1 ganz normal ist ...«

Nähstunde

Den Faden zu verlieren ist normal. Und wieder ist Vorbereitung die halbe Miete. Legen Sie sich Fadenfinder zurecht: »Haben Sie Fragen dazu?«, »Moment mal, ich muss kurz meine Unterlagen ordnen«, »Augenblick, das muss ich mir notieren«, »Kommen wir ansatzlos zu einem anderen Thema«, »Wo waren wir gerade stehen geblieben?« Für ganz Kecke: »Sie werden nie erraten, was ich gerade verloren habe: den Faden. Ich bitte um Kollegenhilfe: Wo sind wir stehen geblieben?« Oder noch bequemer: einfach mit dem nächsten TOP weitermachen.

»Aber wenn ich etwas Wichtiges dabei vergessen habe?!«

»Was ist Ihnen weniger peinlich: Etwas Wichtiges zu vergessen oder minutenlang nach dem Faden zu suchen?« Rhetorische Frage, bedarf aber des Trostes: »Wenn es wirklich wichtig ist, kommen Sie oder die Zuhörer garantiert im Laufe der Präsentation noch drauf. Und wenn nicht, war's nicht wirklich wichtig. Wenn es Ihnen mittendrin gänzlich unpassend einfällt, fügen Sie's einfach an: ›Was ich an dieser Stelle noch zum vorangegangenen Punkt anfügen möchte ...‹«

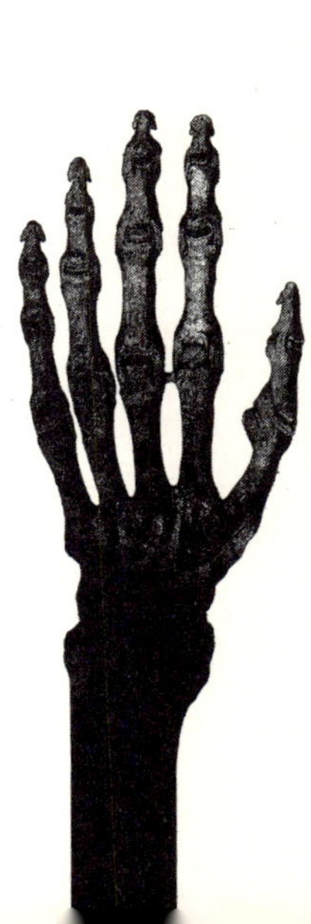

»Aber was ist ...« Aha, jetzt sind wir in der Coachingphase: »Ich werde dir beweisen, dass du nicht alles weißt!«

»... was ist mit der verbalen Blutgrätsche? Der Chefcontroller ist ein ganz scharfer Hund. Der fürchtet nicht mal den

Finanzvorstand. Der macht Sie mittendrin fertig! Ich wette, das passiert Ihnen nie!«

»Dann verlieren Sie Geld. Mir hat erst letzte Woche ein Vorstand gesagt: ›Frau Dr. Topf, das ist aber ein verdammt blondes Argument, das Sie da vorbringen!‹«

Der Klient grinst. Chauvinismus. Nichts hilft Männern schneller aus der Hilflosigkeit.

»Was haben Sie dem erwidert?«

»Ich habe ihn freundlich angelächelt und ihm gesagt: ›Wenn Sie das meinen …‹ Seine Kollegen haben sich schadenfroh die Hände gerieben.«

Schweinestrategie

Was schert es eine deutsche Eiche, wenn ein Schwein sich an ihr kratzt? Ignorieren Sie niveaulose Zwischenrufe einfach. Aber: Dem Unhold ins niveaulose Auge schauen. Kalt lächeln. Zeigen, dass man ihn gesehen hat – und dann ignorieren. Einfach übersehen. Message: »Dein Pennälerhumor geht einem erwachsenen Menschen doch am Senkel vorbei.«

»Und das wirkt?«

»Immer. So ein Zwischenrufer ist doch bloß auf ein wenig Publikumsschmunzeln aus. Der will halt seinen Gag abliefern. Mein Motto: Ertrag die Clowns!«

»Aber wenn ihn Ignorieren nicht zum Verstummen bringt?«

»Nochmals mit Blickkontakt fixieren und vertagen: ›Geschätzter Kollege, Ihr Problem werde ich nach dieser Veranstaltung mit Ihnen klären.‹ Und bloß nicht auf eine Erwiderung warten, sondern sofort weitermachen im Text.«

»Klingt wie eine Einladung zum Nachsitzen.«

»Darf es ruhig. Hauptsache, Sie lassen sich nicht auf eine Diskussion mit dem Störenfried ein. Wenn er Sie in eine Schlamm-

schlacht verwickelt, haben Sie nämlich verloren, selbst wenn Sie gewinnen würden – was meiner Erfahrung nach so gut wie unmöglich ist.«

Er scheint überzeugt zu sein. Denn jetzt fängt er an zu sinnieren – und sich in gewohnter Managermanier selbst zu überschätzen, was nicht das Übelste ist, was einen Manager auszeichnet.

»Kann mir gar nicht mehr erklären, warum mich das alles so belastet hat. Sieht jetzt viel besser aus. Das packe ich auch, denke ich mal. Vielleicht ist das viel größere Problem ...« Er bricht ab.

Ich rate. »Die Zuhörer?«

Er wiegt bestätigend den Kopf.

»Sie gucken zum Fenster raus oder spielen mit Notebook oder Handy? Starren Löcher in die Luft?«

Der Klient dreht beide Handflächen bedauernd nach oben: Was soll man da bloß machen?

»Manchmal träume ich nachts davon, wie ich mir den Wolf präsentiere und die Leute im Saal SMS tippen, lachen, Kaffee trinken und mich total ignorieren.«

Der Albtraum jeder Führungskraft: Unter sticht Ober.

»Das ist Ihr Albtraum. Wie aufmerksam sind die Leute in Wirklichkeit?«

»Hm, nicht wirklich aufmerksam. Höchstens sehr gezwungen.«

»Immer oder bloß wenn Ärger im Betrieb ist, wenn die Leute also geistig woanders sind?«

»Hm, eigentlich spätestens nachdem ich fünf Minuten geredet habe.«

Folienschande

Großunternehmen haben ganz passable und unterhaltsame Folienvorlagen. In Kleinunternehmen müssen sich Manager solo mit PowerPoint herumschlagen – und verlieren bei der Foliengestaltung. Ihre Folien geraten zu rezeptpflichtigen Sedativa. Es führt kein Weg daran vorbei: Wer mit seinen Präsentationen erfolgreich sein will, muss lernen, Folien nicht nur informativ, sondern übersichtlich, didaktisch klug und animierend zu gestalten. Das muss man übrigens üben. Am besten im Seminar. Denn die Einsicht allein verändert das Verhalten zu wenig.

»Aber bei einer Präsentation kommt es doch auf den Inhalt an und nicht die Gestaltung!« Zehn Minuten später habe ich Schweiß auf der Stirn, aber ihn wenigstens von diesem Irrtum abbringen können.

Präsentainment

Lebhaft, praxisnah, mit vielen Beispielen und nutzbringend. So sind Präsentationen, denen die Zuseher gefesselt folgen. Dass sie dabei auch noch informieren, nimmt man gern hin.

Seltsam. Wieder derselbe kleine dicke Hund, der einen kleinen dicken Mann an der Leine hinter sich herzieht. Der war doch schon vor drei Wochen da ... Anyway, wo waren wir stehen geblieben?

»Sie sehen so entspannt aus. Ihr Albtraum?«

Er lächelt. »Hat sich nicht wiederholt! Besser noch!«

»Lassen Sie mich raten: Hat sich auch nicht wieder bewahrheitet?«

»Genau!«

»Wie haben Sie das erreicht?«

»Wie Sie mir geraten haben« – ich kann ein flüchtiges Gefühl von Stolz nicht unterdrücken –, »ich habe meine Präsentationen inhaltlich vorbereitet, mir aber danach auch eine Liste der Horrorattacken gemacht, vor denen ich mich am meisten ... also die ich am meisten ...« Oh, hoppla, altes Managerproblem: kann keine Tabuwörter wie »Angst« oder »Furcht« aussprechen.

»... die Sie am meisten beunruhigt haben?«

»Ja genau. Und dann habe ich jede ..., jeden ...«

»... jeden Anlass zur Besorgnis?«

»Ja, jeden Anlass mit einer Gegenmaßnahme hinterlegt und mir zum Beispiel Musterformulierungen ausgedacht. Hat eine halbe Stunde gedauert, aber ungemein Sicherheit gegeben.«

»Und?«

»Ich habe Probepräsentationen gehalten. Vor meiner Frau, im Aufzug vor Fremden, vor meinen Kindern. Immer nur wenige Minuten die kritischen Stellen. Einmal sogar vor dem Müller, weil der ein besonders scharfer Hund ist und immer was zu meckern findet. War ein hervorragendes Training!«

»Und? Wie laufen die Präsentationen jetzt?«

»Viel besser. Ich bin zwar immer noch ein kleiner ... nun ja ... Langweiler, sagt meine Sekretärin. Aber daran arbeiten wir ja noch. Ich meine, Sie und ich ... Was mir auch noch einfällt, wenn ich so darüber nachdenke ...«

»Ja?«

»Seit ich mit den üblichen Präsentationstorpedos besser umgehen kann, kann ich auch im Alltag und in anderen Führungssituationen besser mit Störungen umgehen. Und ... ich glaube, ich bin ein besserer Liebhaber geworden.«

Verstehe ich jetzt absolut nicht. Aber so ist Coaching. Funktioniert glücklicherweise selbst dann, wenn der Coach nicht alles versteht, was er macht.

Also ...

Der dümmste und häufigste Fehler bei Präsentationshorror: sich fürchten, schlecht schlafen, den Horror als gegeben hinnehmen (»Vor Präsentationen ist jeder nervös!«) und sich bloß auf Inhalt und Folien konzentrieren. Präsentationshorror ist keine schwarze Magie! Er verlangt einfach, dass man sich mit ihm beschäftigt. Beste Anti-Albtraum-Strategie: Horrorliste der beunruhigenden Auslöser für Ängste anfertigen und mit Abwehrmaßnahmen hinterlegen, Musterformulierungen austüfteln und memorieren. Für besonders hartnäckige Ängste: Future Pace – stellen Sie sich vor, wie Sie bei der Präsentation Ihre Anti-Albtraum-Instrumente anwenden. Modifizieren Sie diesen Zukunftsfilm so lange, bis er passt und Sie sich ruhig und souverän fühlen. Und: Schlafen Sie gut!

Dr. Cornelia Topf

Kommunikationscoach, Fachbuchautorin und Trainerin
info@metatalk-training.de
www.metatalk-training.de

666

Ingo Vogel

Das Einzige, was stört, ist der Verkäufer

Eine wahre Geschichte über den großen Irrtum, als mündiger Kunde einfach kaufen zu dürfen

Endlich war es so weit: Nach ausführlicher Recherche im Internet, dem genussvollen Interpretieren diverser Testberichte und der notwendigen heimischen Überzeugungsarbeit brach ich auf. Mein klares Ziel: Ich wollte an diesem Tag in der Filiale einer führenden Elektro-Fachmarktkette meinen auserwählten Wunschfernseher kaufen und mitnehmen: einen tollen 42-Zoll-Plasmabildschirm, auf dem ich gleich am selben Abend einen monumentalen Kinofilm erleben wollte.

Im Fachmarkt angekommen, sah ich mich kurz um und fand auch sogleich meinen Favoriten. Also machte ich es mir davor probeweise richtig gemütlich: Da war es also, mein neues Traumkino! Ein letztes Mal regierte meine Ratio, ich stellte verschiedene TV-Kanäle ein, prüfte die Funktionen der Fernbedienung und machte den Ton hörbar.

Spätestens jetzt wusste ich, dass ich mich für den richtigen Fernseher entschieden hatte. Meine Begeisterung war ohne Grenzen, ich ergab mich den prächtigen Bildern, genoss den fantastischen Sound und stellte mir vor, welches Kinoerlebnis mir abends zu Hause bevorstand.

Breit grinsend wie ein Kind beim Spielen mit seinem Lieblingsspielzeug, mal auf den Bildschirm, mal auf die Fernbedienung konzentriert, stand ich also vor meinem »Auserwählten«, war glücklich und im Zenit meiner Kaufbereitschaft. Welch ein Tag! Ich war wild entschlossen, zu kaufen.

Dann kam leider die Wende ... Ein Verkäufer wandte sich an mich. »Kann ich Ihnen irgendwie helfen?«, fragte er. Nun ja, ich brauchte keine Hilfe, er musste mir genau dieses Gerät einfach nur noch verkaufen. Also setzte ich an, dass ich einen neuen Fernseher kaufen wolle, doch mitten im Satz unterbrach mich mein Gegenüber, noch bevor ich ihn über die bereits getroffene Wahl informieren konnte, und sagte: »Oh, da habe ich genau das Richtige für Sie. Kommen Sie mit ...«

Ehe ich antworten konnte, eilte ich, völlig perplex und meiner guten Erziehung folgend, dem davonstürmenden Verkäufer hinterher. Ein echtes Wettrennen – der Verkäufer war eindeutig in der Pole-Position und demzufolge lange genug vor mir am Ziel, um bei meinem Eintreffen an einer Kartonpalette sofort wieder auf mich einzureden: »Das ist genau Ihr Fernseher. Ein Topgerät, auch noch günstig, unser Angebot der Woche. Da würde ich an Ihrer Stelle sofort zuschlagen.«

Nein, dachte ich, nach meiner Verfolgungsjagd noch etwas nach Luft ringend, du bist aber nicht an meiner Stelle. Es geht um mich und ich will etwas völlig anderes.

Der Verkäufer redete und redete ... ein wahrer Wust aus Zahlen, Daten und langatmigen technischen Details. Komisch, überlegte ich, warum erzählt er mir das alles, statt mich einfach danach zu fragen, was für mich wichtig ist, worauf ich besonderen Wert lege? Irgendwann bemerkte er wohl, dass ich nicht sofort und positiv auf sein »unwiderstehliches« Angebot reagierte. Er sah mich an und fragte: »Ist Ihnen irgendetwas an diesem Angebot unklar?«

Endlich durfte auch ich einmal reden. Also nutzte ich meine Chance und gab mir alle Mühe, es für mein Gegenüber auf den Punkt zu bringen. »Nein, klar ist mir alles, nur habe ich mich bereits für ein anderes Gerät entschieden. Es ist ein 42-Zoll-Plasmabildschirm der Marke Panasonic – der macht ein besonders warmes, natürliches Bild, gefällt mir optisch ausgezeichnet und der Ton klingt auch prima. Ihr Angebot ist ein LCD-Fernseher und dessen Farben empfinde ich als unnatürlich.« Nachdem ich also nun dem Verkäufer seine Arbeit abgenommen und als Kunde erklärt hatte, welche Motive mich zum Kauf gerade dieses Geräts bewegen, dachte ich, dass das Gespräch nun die gewünschte positive Wende nehmen würde.

»Ja, sagen Sie das doch gleich«, entgegnete der Verkäufer. »Aber sind Sie wirklich sicher, dass Sie statt LCD ein Plasmasystem wollen? Und dann sind die Panasonics ja auch noch viel teurer, das sage ich Ihnen gleich.«

Recht hatte er, denn das Angebot der Woche kostete nur ungefähr die Hälfte meines Traumfernsehers. Schon komisch, welche Mühe mein Gegenüber auf sich nahm, um mir das günstigere Produkt schmackhaft zu machen!

Endlich kam ich dazu, auf seine Worte etwas zu erwidern: »Ja, das weiß ich und ich habe ganz bewusst den Panasonic gewählt. Sie haben ihn sogar da, er steht dort drüben, wo Sie mich angesprochen haben. Können wir jetzt bitte dort hingehen, damit ich ihn kaufen kann?«

»Natürlich«, antwortete der Verkäufer. Und erneut folgte ich ihm im Sauseschritt. An unserem ursprünglichen Treffpunkt angekommen, erkundigte ich mich: »Haben Sie das Gerät am Lager? Ich würde es gerne gleich kaufen.« Darauf der Verkäufer: »Ich glaube schon, um sicherzugehen, müsste ich allerdings nachsehen.« Sprach es und blieb stehen. Warum müsste?, dachte ich sofort. Ich will den Fernseher doch offensichtlich kaufen – worauf wartest du denn noch?

Also sagte ich: »Ja, bitte tun Sie das.« Der Verkäufer eilte davon, kam nach einigen Minuten zurück und teilte mir völlig leidenschaftslos mit: »Sie haben Glück, das Gerät ist da.«

»Toll«, erwiderte ich, »nun habe ich noch eine Frage: Haben Sie den Standfuß auch da? Ich würde das Gerät gern so, wie es hier komplett vor mir steht, kaufen.«

Immerhin redeten wir hier von einer deutlichen Zusatzinvestition von etwa 700 Euro. Das sollte den Verkäufer doch nun endgültig motivieren, mit mir ein richtig gutes Geschäft zu machen.

Falsch gedacht: »Nein, den haben wir nicht da«, lautete die verkäuferisch eindrucksvolle Antwort. Also hakte ich nach: »Gut, dann kann ich den Fuß doch ganz sicher gleich bei Ihnen bestellen? Wie lange ist denn ungefähr die Lieferzeit?«

Hatte ich bis dahin geglaubt, alle nur erdenklichen Unfähigkeiten eines Verkäufers bereits erlebt zu haben, wurde ich jetzt eines Besseren belehrt: »Den haben wir nicht da, den verkaufen wir nur auf Bestellung«, so der Verkäufer. Daraufhin gab ich ihm zu verstehen, dass ich diesen dann gern bestellen würde. Doch das hatte ich mir nun wirklich zu einfach vorgestellt: »Also, da müsste ich die genaue Typenbezeichnung erst einmal heraussuchen. Am besten, Sie schauen selbst in den aktuellen Panasonic-Katalog oder auf deren Website. Dort finden Sie den Fuß«, schlug mein Gegenüber vor.

Mir selbst die Daten heraussuchen, da kann ich ja gleich alles via Internet bestellen – und dies bestimmt noch günstiger, dachte ich mir. Ich wollte allerdings hier und jetzt kaufen. Also unternahm ich einen letzten Versuch und bat mein Gegenüber, mir einen Katalog zu geben, damit ich den Standfuß heraussuchen und gleich hier bestellen kann.

»Einen aktuellen Katalog haben wir nicht«, klärte er mich auf, während er sich gleichzeitig und scheinbar uninteressiert im Verkaufsraum umsah. Also ging ich auf die Zielgerade und wurde etwas direkter: »Sagen Sie, habe ich Sie richtig verstanden: Ich soll mir jetzt selbst dieses Zubehör aus einem Katalog heraussuchen? Zum letzten Mal: Ich will alles bei Ihnen kaufen beziehungsweise bestellen: hier und heute! Also lassen Sie uns doch bitte die Konsole kurz heraussuchen und die Bestellung fertig machen.«

»Das geht nicht. Wir haben keinen Katalog und ins Internet komme ich heute auch nicht«, war die lapidare Antwort.

»Okay, dann könnte ich doch jetzt den Fernseher kaufen und Sie machen sich eine kurze Notiz, dass Sie mir gleich Anfang nächster Woche die passende Konsole bestellen?«, unternahm ich einen letzten Versuch, um meinen Kinoabend zu Hause doch noch zu retten. Keine Reaktion!

Selbst als ich dem Verkäufer mein Unverständnis mitteilte und ihm sagte, dass ich ja dann gleich alles im Internet bestellen könne und dies im Zweifelsfall bestimmt günstiger, passierte nichts. Er enthielt sich jeglichen Kommentars, tat auch sonst nichts, um mir den sofortigen Kauf zu ermöglichen, und hatte dann auch endlich das erreicht, was insgeheim wohl sein Ziel war: Ich verließ das Geschäft und fuhr nach Hause ... leider ohne Fernseher!

Hier die sieben ultimativen Tipps,

wie Sie Ihre Kunden garantiert vergraulen:

1. Bieten Sie »Not leidenden« Kunden erste Hilfe an.
2. Fragen Sie Ihre Kunden niemals, was diese wollen.
3. Reden Sie möglichst viel, niemals dem Kunden zuhören.
4. Verkaufen Sie das, was Ihnen selbst am besten gefällt.
5. Nerven Sie mit technischen Details und Fachchinesisch.
6. Seien Sie bitte absolut uninteressiert und leidenschaftslos.
7. Glauben Sie Kunden niemals, dass diese sofort kaufen wollen.

Ingo Vogel

Rhetorik- und Verkaufstrainer
iv@ingovogel.de
www.ingovogel.de